경성 제일 끽다점

카카듀

경성 제일 끽다점

카카듀

박서련 장편소설

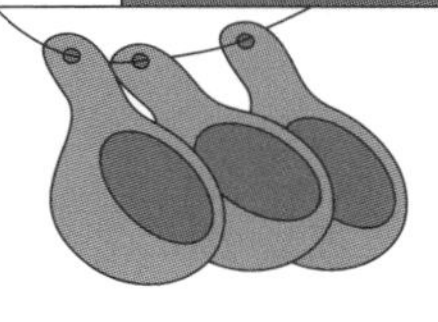

안온

차례

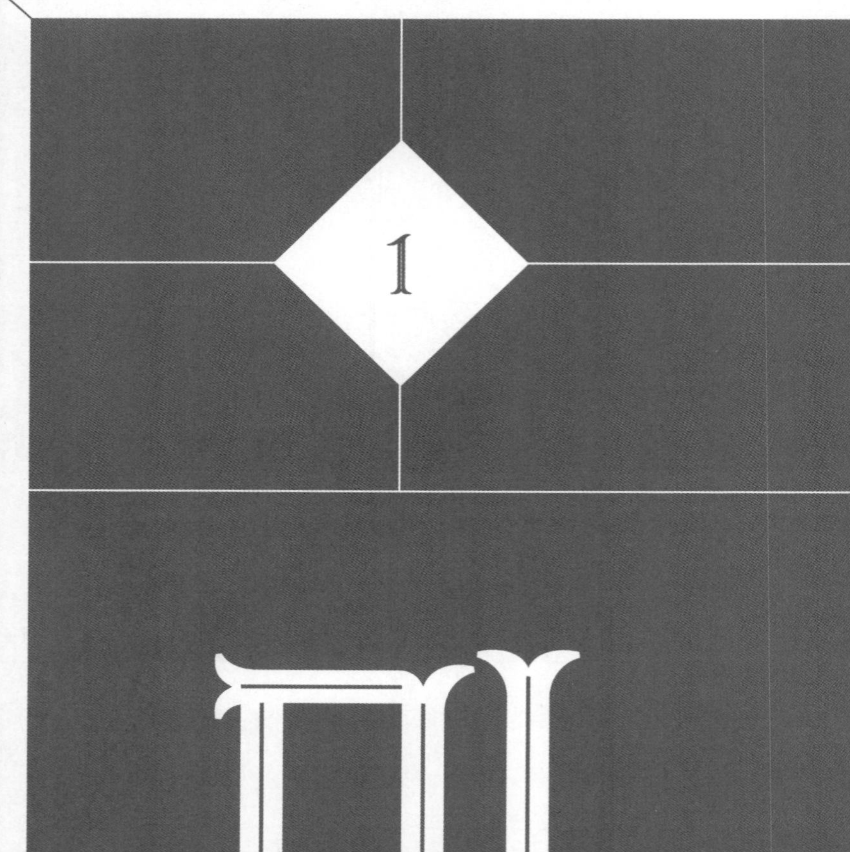
1

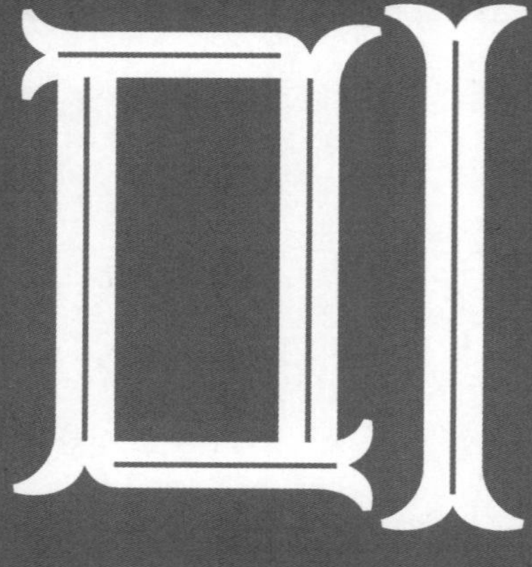
미

부

옥

나는 예술을 믿는다. 신을 믿듯이 아름다움을 숭앙한다. 아름다움을 추종함과 마찬가지로 사랑을 믿는다.

그리고 현앨리스가 나타났다.

이것이 나에게 일어난 모든 일의 가장 정확한 요약이다.

*

세계는 1920년을 베이브 루스가 이적한 해로 기억할 것이다. 보스턴 레드삭스에서 투수이자 타자로 활약하던 베이브 루스는 뉴욕 양키스로 이적한 이후 타자로 완전히 전향하고 그해에만 50개가 넘는 홈런을 날렸다. 같은 해 8월 초 경성에는 354.7밀리리터의 폭우가 내렸다.

10월에는 김좌진, 홍범도의 연합군이 일본군 수천을 소탕하였고, 11월에는 앞선 사건에 대한 보복으로 일본군이 수만 명의 민간인을 학살했다. 이외에도 많은 일이 일어났다. 충분히 중요하지만 미처 내가 알지 못한 일이야 얼마든지 있을 것이다.

미국에서는 그들의 20년대를 광란의 시대Roaring Twenties로 일컫는다. 폭발적 번성을 누린 이들이 자못 넌더리 난다는 투로 붙인 이름 같지만 글쎄, 비단 그것이 그들만의 시대였으랴. 나의 세계에도 10년에 걸쳐 일어나기도 바쁠 일들이 한 해에 일어났고 한 세기 같은 10년을 우리는 살았다. 그 시작인 20년, 베이브 루스가 54개의 홈런을 날린, 경성에 사상 최대로 많은 비가 내린, 청산리 대첩이 일어난 해에 서대문에는 예술학원이 생겼다.

미옥이 가족들과 함께 상해로 이주하기로 한 것은 그런 20년도의 일이었다.

미옥의 일가와 우리 집안은 그리 정답지는 않지만 썩 멀지도 않았다. 촌수로 따지면 미옥의 어머니가 나의 사촌 누이로 그 가정에서는 나와 가장 가까운 사이였으나 누님이야말로 어렵고 서먹하기로 제일이었고, 도리어 그 부군 되는 사촌 매형이 내게는 편하고 좋았다. 워낙 바빠 긴 대화는 어려워도 꼭 당신의 아들뻘 되는 내가 매형, 하고 없는 아양을 쥐어짜 인사드리면 그래 요사이에는 어떤 공부에 매진하시는가? 하며 반가이 맞아주시는 분이었다.

확실히 말해 나는 매형에게 심히 반해 있었다. 우리 집안은 누대로 태의원◆ 전의와 시의를 배출한 의관 집안이었다. 나의 아버지는 의원, 사촌 누님의 아버지 즉 삼촌도 의원, 나머지 삼촌들도 의원, 할아버지 젊었을 때는 집안에 정3품 당상관 영감 어르신도 계셨다고 들었다. 당연히 집안 어른들은 나 또한 의원이 되리라 여겼다. 그랬으면 한다는 기대도 그러지 못할까 하는 우려도 아니고, 마치 의관 될 팔자를 내게 맡겨놓은 듯한 예사로움으로 나를 대하는 것이었다. 그에 대한 내 감상은 아무도 중히 여기지 않았는데 내가 따로 말할 필요가 있을까. 애초 소년 시절에는 내가 무엇을 꿈꾸고 바라는지를 제대

◆ 태의원(太醫院) : 왕실 의원.

로 알지 못해, 꿈을 박탈당하고 있는 줄 또한 모르고 지냈다.

우리 집안이 의관 집안이라면 사촌 매형의 집안은 역관 집안이었다. 대대로 의원을 배출한 우리 집안처럼 매형 집안에서는 누대로 역관이 났다. 매형은 외국어 실력이라면 으뜸이라 정평이 난 그 문중에서도 손꼽히는 재원이었다. 일찍이 황실에서 검증한 인재만 입학할 수 있다는 관립영어학교에서 수학하고 일본 유학까지 다녀온 그는 서른한 살의 나이로 별안간 목사가 되었다. 명석한 두뇌와 유창한 외국어 실력도 물론 대단히 매력적이지만 내가 매형을 동경하게 된 결정적인 계기는 오히려, 그가 최종적으로 선택한 진로가 성직이라는 점에 있었다. 역관이 두 번은 되고도 남을 공부를 하고는 집안에서 정해둔 경로를 아무것도 아니라는 듯이 벗어나 보인 것이었다. 목사가 그리 자유분방한 직업은 아니고 오히려 그 반대라는 것쯤 지금도 알고 그때도 알고 있었지만, 그에게는 목에 착용한 클레리컬 칼라가 썩 어울렸고 그것이 그를 더 자유롭게 하는 듯이 보였다. 주일학교 아이들을 모아 야구를 가르쳐주고는 베스뽈의 베, 베이브의 베도 모르는 소년이 비실비실 던진 공을 깡 소리 나게 쳐 YMCA 회관 담장을 넘겨 날린 후 엄지손가락을 척 세우며 시방 보았지? 나를 대한의 빌리 선데이◆라고 부르게, 하고 너스레를 떨던 그에게 혹하지 않을 도리는 없었다.

언젠가 나도 지금의 나만 한 소년더러 봤지? 나를 대한의 아무개라고 불러라 하고 말해보아야지 하며 실없는 소망도 품은 적이 있다. 그런데 아무리 머리를 굴려도 내가 되고 싶은 아무개는 떠오르지 않았다. 그야 자명하게도 그때 나는 내가 무엇이 되고 싶은지 알지 못했으니까. 그대로 나는 매형의 아류가 될 것 같았고 아류가 되기는 죽기보다 싫었지만 어쩐지 그편이 아류도 되지 못하는 것보단 나을 듯도 하여 알쏭달쏭했다. 좌우간 나는 매형이 좋았고 그래서 교회에 열심히 나갔다.

자연히 미옥과도 종종 어울리게 되었다. 미옥네 일가가 경성에 자리를 잡을 즈음만 해도 열차 칸을 남자 칸,

◆ 빌리 선데이: 본명은 윌리엄 애슐리 선데이(William Ashley Sunday). 미국 메이저리그 야구선수 출신의 목회자.

여자 칸(때로 이에 더하여 외국인 칸)으로 구분할 만큼이나 남녀유별사상이 건재했다. 친인척 간에도 예외를 두지 않던 그 완고한 사상은 우리가 자라 열차 칸이 남녀 대신 일등, 이등, 삼등 구분으로 바뀔 동안에도 쉬이 물러지지 않았다. 그래도 교회만큼은, 주일학교 유소년부만큼은 임시로나마 겉으로나마 사내아이고 계집아이고 동무로 지낼 수 있었다.

매형을 따르는 만큼 미옥도 좋아하게 되었어야 이치가 맞을 것 같지만 실은 그렇지가 않았다. 첫째로 내 사교성이 그리 밝지 못했고 둘째로 오촌 당숙인 내가 조카인 미옥보다 한 살 적은 것이 어색했다. 붕어처럼 툭 튀어나온 눈과 꼬리가 시무룩하게 처져 있는 작은 입도 어쩐지 나를 시원찮게 여기는 것 같아서 덩달아 못마땅해지곤 했다. 한술 더 떠 안 그래도 튀어나온 그 눈으로 사람을 빤히 쳐다보는 까닭은 무어란 말인가. 뭘 봐? 아버지가 잘났지, 네가 잘났어? 내가 부러워할 줄 알아? 그런 심정으로 되쏘아볼 때도 있었지만 주로는 그 눈길을 피하기 바빴다. 말없이 쳐다볼 뿐 내게 아무 잘못도 하지 않은 미옥이 그렇게 밉고 마뜩잖았던 연유는 사실 내가 매형의 아들이 아니어서, 매형이 끔찍이 아끼는 첫째가 내가 아니라 바로 그 애라서였으니까.

그걸 알아차리고는 별안간 스스로가 싫어져 입맛이 없을 지경이었다. 이에 몸살 나게 좇던 매형네 교회 활동에도 시들해졌을 무렵, 부모님의 결정으로 일시 낙향하여 개성에서 보통학교를 마쳤고, 다시금 경성으로 돌아온 이후에도 그 교회에는 가지 않게 되었다. 사촌 매형네 일가와 한때 퍽 가까웠던 것은 소년 시절의 일탈로만 생각되었고 한가위며 설과 같은 대명절에나 그 집안 식구들과 마지못한 듯 인사 나누곤 했다. 내 아버지도 아닌 사촌 매형에 대한 호감, 소질도 없으면서 비실비실 던져대던 베스뽈의 추억이 빠져나가 허전했던 심간은 문학으로 채웠다. 문학을 만나고서야 그때껏 어렴풋하게만 느껴왔던 나의 문제가 비로소 뚜렷해졌다.

나는 아버지나 할아버지처럼 되고 싶지 않았다.

*

누님이 내게 기별한 것은 5월 초, 그즈음 미옥 일가의 사정이 어떠했는가는 대강 알고 있었다. 직접 들어서가 아니라 신문으로 보아서였다. 매형이 먼저 출국한 지 햇수로 2년, 미옥네는 딸린 입이 팔 남매나 되었고 집안에 남은 가장 큰 어른인 누님은 종2품까지 지낸 의관 집안 출신이어서 생활력이 턱없이 부족했다. 매형이 목사 시무 외에 외국인 선교사나 관리들의 통역을 맡아 벌었던 가욋돈과 쌓아둔 인망만으로는 버티지 못하는 처지가 되어 있었다. 누님은 몇 번이나 세간을 팔고 살림을 줄여 이사하며 가까스로 팔 남매를 건사했지만, 마지막으로 살던 초라한 집의 값은 팔 남매 기찻삯도 감당치 못했다.

내 발로 찾아는 갔지만 혹시나, 행여나 하고 석연찮은 마음이 들었다. 내가 다니던 학교로 사람을 보낸 것으로 보아 누님도 내가 집안의 뜻을 거역하고 가출한 사연을 알고 있는 듯했는데, 그건 나도 더는 집안의 돈을 타내 누님께 출연할 도리가 없다는 의미였다. 어떻게 거절할까 마음 졸이며 갔으나 뜻밖에도 누님은 돈을 벌충하고자 나를 불러들인 것이 아니었다. 내가 보았던 신문기사, 즉 별안간 남편, 부친과 생이별을 하였으나 찾아갈 길 없는 미옥 일가의 딱한 사정이 보도되자 신문사를 통한 모금이 무려 113원이나 들어왔다 하였다. 그러면 왜? 돈이 문제가 아니라면 왜? 별나게 쌓인 정도 없거니와 멀쩡한 집안을 뛰쳐나와 더욱 불편한 사이가 된 사촌을 왜?

"돈이 다 모인 지는 열흘도 더 되었네. 실은 돈보다도, 그간 왜정에서 여행 승인을 내주지 않은 것이 문제라네."

하지만 그것도 뾰족이 내가 수를 쓸 만한 일은 아니었다. 나는 멀뚱멀뚱 누님을 바라보았다. 아직 걸음걸이도 어설픈 막내와 일곱째가 누님의 치맛자락을 한 움큼씩 쥐고 펄럭펄럭 바람을 일으키며 즐거워하고 있었다. 세운 무릎과 바닥에 붙인 무릎 사이에서 치마가 부풀었다 꺼졌다 하며 먼지를 풀썩풀썩 일으키고 있는데도 누님은 아랑곳하지 않고 말을 이었다.

"그것도 일전 스미스 목사님이 나서주셔서 간신히 해결을 보았네마는."

그러면 도대체 뭐가 문제란 말이지?

"사람이 아홉이나 되니 아무리 줄이고 처분해도 이고 질 짐이 적잖은데 보다시피 아이들이 어리니 염치없지만 거들 손 좀 부탁하려네."

아아, 하고 나는 나도 모르게 마음 놓인 소리를 내고

말았을 것이다. 내게 누님은 다소 무서운 분이었다. 부를 때나 누님이지 나이로는 거의 어머니뻘인 데다 내가 태어나기 전 혼인하여 떠났기에 서먹하기가 남과 다름없는 분이셨다. 거절하기는 껄끄러운데 아예 들어보지도 않고 모른 체할 만치 스스럼없는 사이도 아니어서 오는 내내 체한 듯 께름하였는데 듣고 보니 그다지 어렵지도 않은 청이어서 한시름 놓였다.

아닌 게 아니라 미옥을 비롯한 팔 남매는 우선 많은 것도 문제, 터울이 큰 것도 문제였다. 나보다 한 살 많은 첫째 미옥, 한 살 적은 둘째 명옥, 셋째 준섭 아래로는 열 살을 넘는 애가 없었다. 옛이야기에 나오는 것처럼 돗자리에 구멍을 내 한 명씩 머리를 끼게 하고 끌고 가더라도 한둘은 잃어버릴 판이었다.

"더 지체했다가는 기껏 나온 여행 승인도 취소될지 모르고, 모금 받은 동정금도 꾸역꾸역 써가지고 쥐도 새도 모르게 될 걸세. 한시가 급한데 사람 부릴 돈은 없어 자네에게 부탁하네."

투르게네프의 소설 《루진》에서 주인공은 말한다. "그

래요, 나는 행동해야만 합니다. 내 재능을 숨기지 말아야 합니다. 만약 내게 재능이 있다면 말이죠." 그 구절을 읽을 때 나는 열네 살이었고 하인의 등 위에 있었다. 비는 내리지만 학교에는 가야 했고 그래서 우산을 든 하인이 나를 업었으며 나는 이유를 알 수 없는 전율에 사로잡혀 읽던 책을 구겨지도록 꼭 쥐고 있었다. 행동해야 한다. 재능이 있다면 행동해야 한다. 훗날 '말, 모든 게 말뿐이었어! 실천이 하나도 없었어……' 되뇌며 탄식하지 않기 위해서는.

미옥과 명옥, 준섭은 짐을 들고 나는 여섯째 순옥을 업고 누님은 막내와 일곱째를 업고 안은 채 길을 나섰다. 당숙 아저씨의 아이 업는 모양이 어설프다고 명옥이 자꾸 흉을 보았다. 나라고 내키는 일은 아니지 않겠는가. 내가 누구에게 업히는 입장이 아니고 거꾸로 업을 일이 있을 줄이야. 하물며 비도 오지 않는데.

"작년만 해도 엎어지면 코 닿을 곳에 역이 있었는데 미안하게 되었네."

누님 말씀처럼 서대문 앞에 자리했던 역이 폐역된 것이 불과 1년 전 일이었다. 만세 운동과 관계가 있는지 없는지는 불명이지만 공교롭게도 만세가 번지기 시작한 지 꼭 한 달 만이었다. 그 역은 다른 역도 아니고 경성역이었다. 경성역이 폐역된 바람에 사대문 안에 사는 이들은 남대문 정거장까지 내려가야 기차를 탈 수 있었다. 즉 종로에서 전차를 타기 전까지는 별수 없이 순옥을 업고 있어야만 했다.

동틀 무렵 나선 길이었으나 행인이 제법 되었다. 종을 달고 운행하는 인력거꾼들이 누님에게 흥정을 붙이려다 퇴짜 맞고 상스러운 소리를 뱉으며 멀어져갔다. 쩔렁쩔렁 시발 것 쩔렁쩔렁. 누님은 밤 장사를 마치고 돌아가던 찹쌀떡 장수를 불러 세워 남은 떡을 모두 샀다. 어린아이부터 하나씩 쥐여 주니 머릿수대로 돌리기에는 두어 개가 모자랐다. 명옥이 제 몫을 누님께 드리려 했지만 누님은 사양했다. 미옥도 나를 물끄러미 보다가 내게 떡을 내밀었다. 고개를 저어도 손을 거두지 않길래 입으로 덥석 물자 미옥은 풋 하고 웃었다. 별것이 다 우스운 애로구나, 나이도 나보다 위면서. 식은 떡을 질겅질겅 씹는 와중에 서대문 예술학원을 지났다. 나는 등에 업은 순옥을 더욱 추켜 업으며 투르게네프를, 루진을 생각했다. 재능에 대해서. 만약 내게 재능이 있다면, 이라는 말에 대해서.

"무슨 생각을 해요?"

"아무것도 아니다."

미옥이 물었고 나는 짧게 대꾸했다. 일부러 그런 것은 아니었으나 어쩐지 퉁명스러운 대답이 된 듯했다. 종로에 닿을 때까지 모두 아무 말도 하지 않았다. 아침놀에 사쿠라 꽃잎이 분분히 흩날렸다.

정거장에 닿고서는 그것으로 끝인 줄 알았지만 누님은 내 몫까지 전차 삯을 치렀다. 누님이 제일 어린아이 둘을 무릎에 앉히고 준섭과 마주 앉아 어린애들을 돌보고 미옥, 명옥 등 비교적 큰 애들이 나와 함께 앉았다. 아이들은 곧 꾸벅꾸벅 졸기 시작했고 내 맞은편에 앉은 미옥만 멀뚱멀뚱 눈을 뜨고 있었다. 나는 창턱에 팔꿈치를 괴고 사념에 잠기고자 했다.

"어떻게 지냈어요? 아저씨는."

미옥의 물음은 일면 성가셨으나 일면 나의 사념의 주제에 닿아 있기도 했다. 누군가를 등에 업어 촉발된 투르게네프, 투르게네프를 읽었기에 시작된 나의 방황, 그런 것들을 나는 생각하고자 한 것이다. 어디서부터 이야기해야 좋을지 망설여져 가까운 데에서 시작했다.

"작년 봄부터 신학교에 다녔어."

"어머나."

미옥은 매형을 떠올렸을까. 지나고 보니 신학이 나의 미션이라 여긴 것에 매형의 영향이 영 없지는 않은 듯도 했지만, 내가 성직자가 되려 한 결정적인 계기는 다름이 아니라 만세 운동이었다. 영원한 보헤미안이 되기로 마음먹었던 나에게, 진정한 행동과 실천이란 무엇인가를 뜨겁게 물었던 사건…….

"실은 그전에는 뱃사람이 되려고 했거든."

"갑자기요?"

"내게는 갑자기가 아니었는걸. 집 뛰쳐나간 길로 들어간 게 인천 상선학교였어."

"아저씨에겐 꽤 거친 생활이었겠군요."

"이래 보여도 잘 버텼어."

뜻밖에도 미옥과의 대화에서 흥미를 느낀 나는 자세를 고쳐 앉았다. 흥분이 고조될수록 오히려 목소리를 낮추어 열변을 토했다. 누가 들으면 불온하다고 여김 직한 내용이어서였다.

"정말이지 뱃사람이야말로 내 길이라고 여겼는데, 3등 항해사 시험이 딱 일주일 남았을 적에 만세가 일어난 거야. 내 심정을 이해할 수 있겠어? 나의 꿈은 오로지 보헤미안, 영원한 자유와 예술의 향유뿐이었는데, 민족의 시름 앞에서 내 소망이 얼마나 삿되고 이기적인 것인가를 알았을 때의 충격이란……."

"이해할 수 있어요."

미옥은 고개를 끄덕였다. 이해할 수 있다고? 미옥의 침착한 태도에 막 달아올랐던 나의 흥은 급하게 식었다. 나를 이해해? 미옥이? 미안하지만 평생 여학교에만 다닌, 저 유명한 이화여고보를 불과 한두 달 전에 마친, 여학생 중의 여학생인 미옥이? 알려진바 매형이, 그러니까 미옥의 아버지가 만세 운동의 후견인과 같은 입장에 있다고는 하지만, 그간 국내에 남아 있던 가족들의 출국이 금지되었던 것도 매형에 대한 일제의 의혹이 풀리지 않아서라고는 하지만, 그 매형도 아니고 미옥이?

하마터면 나는 감히? 하고 되물을 뻔했다. 이해할 수 있냐는 물음에 이해할 수 있다고 답한 게 죄는 아닌데도. 내 눈에는 세상 물정 모르는 애송이 계집으로밖에 보이지 않는 미옥이 나를 이해할 수 있겠다 하는 것을 도저히 받아들일 수 없었다. 고보를 자퇴하고 찾아간 상선학교에서 또 한 번 뛰쳐나와 만세 정신을 신앙으로 승화하려는 나를, 미옥이 감히.

"이런 이야기를 하면 어머니는 싫어하시겠지만."

미옥은 나처럼 목소리를 낮추고 내 쪽으로 몸을 기울였다.

"순사들이 어머니를 끌고 가서 발가벗겨 매질을 했어요."

나는 놀란 기색을 드러내지 않으려 애쓰며 눈만 돌려 건너편에 앉은 누님을 보았다. 비록 누더기를 걸쳤으나 대갓집 여식답고 지식인의 아내답게 꼿꼿한 모양으로 앉아 계신 누님을.

"어머니는 숨기려 하셨지만 그게 어디 숨긴다고 숨겨지나요. 사라졌다 돌아온 어머니 몸에 모진 매 흔적이 선명했는걸요."

미옥은 차분히 말을 이었다.

"우리는 아버지에게서 받은 연락이 없는데, 가짜 편지를 꾸며내서 협박을 했다더군요. 제2의 만세 운동을 선동하도록 종용하는 서신을 입수했으니 아는 것을 모두

불라고."

미옥이 속삭이는 소리를 듣기라도 한 듯 문득 누님이 우리 쪽으로 눈을 돌리셔서 나 또한 소스라치며 자세를 고쳤다. 다시 마주한 미옥의 얼굴은 말을 꺼내기 전과 조금도 다름없이 침착하기만 했다.

"그렇다 보니 어머니를 호송할 때도 집으로 다시 모셔올 때도 순사들의 태도가 신사적이지는 않았지요. 뚜렷한 이유도 없이 집 앞에 서 있거나 마당에 숫제 진을 치기도 했었고요. 출국 금지 명령을 해제하게끔 도와주신 스미스 목사님이 아니었다면 어머니는 또 끌려가서 고초를 겪었을지 몰라요."

미옥은 담담하게 말했고 나는 타는 듯한 질투를 느꼈다. 아아, 이 계집애 앞에 있으니 내가 가짜처럼 느껴진다……. 나는 《루진》을 생각했다. 투르게네프를 생각했다. 나를 둘러싼 모든 구습으로부터 벗어나 새 세계로 나아가 마침내 보헤미안이 되고야 말리라는 결심을, 하인의 등에 업혀 학교에 가는 길에 했던, 세상 둘도 없는 도련님이었던 나를 생각했다. 또한 미옥이 이런 나를 정확히 꿰뚫어 보고 있는 게 아닌지를 의심했다. 미옥이 이런 이야기를 내게 하는 것은, 내가 헛되다는 것을 스스로 깨닫게 하려는 게 아닌지를. 말로야 겨레를 위해 몸 바치겠다며 신학교 진학을 택했지만 실질적으로는 햇수로 2년간 아무것도 하지 않은 참이었다.

"실은 신학교도 그만두려고 해."

"그래요?"

충동적으로 내뱉은 말에 미옥이 호기심을 보였다. 나는 내친김에 방금 정한 마음을 오래 고심한 계획인 양 고백했다. 아닌 게 아니라 고민 자체는 적잖이 한 것이기도 했다. 나는 고보를 3학년 때 관뒀고 상선학교에서도 항해사 시험 직전에 뛰쳐나왔다. 신학교도 조금만 더 다니면 결실을 볼 단계였다. 뭐든 무르익기 직전 물러버리는 게 나의 습관이 되고 있는 게 아닌지 의심되었고, 역설적으로 그런 고민이 결심을 더욱 지체하게 하기도 했다.

"아까 예술학원 간판을 보았지? 올 초에 개원한 경성 최고의 예술학원야. 연극원의 현철 선생이 개원 전부터 나를 스카우트하려고 삼고초려 하셨지. 자랑은 아니지만 고보 시절에 광무대 극장깨나 들락거렸고, 연극 연출도 몇 번 맡은 적이 있는데 그걸 보신 모양이야. 성직도 좋지마는 문화예술로 대중을 일깨울 재능이 있다면 그 재능을 숨겨서는 아니 되지."

"옳은 말씀이에요. 용감한 결정이군요."

눈을 빛내며 고개를 끄덕이는 미옥에게서 나 혼자 몰래 상상한 악의 같은 것은 보이지 않아 도리어 조금 속이 쓰렸다. 동시에 우월감도 불쑥 솟아올랐다. 현철 선생이 예술학원 개원을 준비하던 지난해 겨울부터 내게 공을 들여온 것은 거짓도 과장도 아니었으니까. 내게는 분명한 재능이 있었다. 나 혼자 뻔뻔하게 주장하는 재능이 아니라 권위자로부터 인정받은 떳떳한 재능이.

"아저씨는 이제 예수 대신 예술을 섬기겠구나."

그렇게 말하고 미옥은 빙긋 웃었다. 미옥의 말장난을 한 번에 알아듣지 못한 나는 응? 하고 되물었다가 아아, 하고 따라 웃었다.

전차는 곧 남대문 정거장에 섰다. 나와 미옥네 일가 말고도 많은 승객이 남대문에서 내렸다. 일본인 운전수가 운행이 지체된다며 하야쿠 하야쿠, 목소리를 높였다.

기껏해야 삼등 칸인데다 어린애들의 차표는 반값밖에 되지 않는데도 단둥행 기차표를 사고 나니 신문사에서 모아준 동정금과 집 판 돈을 모은 뭉치의 절반이 깎여 나갔다. 누님의 안색이 밝지 못함을 알아챈 것은 나나 미옥 정도밖에 없는 듯했고 그것이 다행인지 그렇지 않은지 헷갈렸다.

"고마워요, 아저씨. 도착하면 기별하겠어요."

열차에 짐을 실어주고 내리려는 참에 미옥이 말했다.

"기별은 무슨 수로 기별을 한다고. 너 전보 몇 자 치는데 돈이 얼마나 드는지 모르는 게로구나."

"그렇네요."

미옥은 웃으며 대답했지만 나는 그 애가 매형을 떠올린 것을 알았다. 연락이 그렇게나 쉬웠다면 그 애 아버지가 진작 가족들에게 기별하였겠지. 하지만 미옥은, 예의상 미소한 것으로 보였던 미옥은 뜻밖에 줄곧 웃으며 이어 말했다.

"그러면 8일쯤에 떠올려주세요. 미옥이가 무사히 상해에 닿았겠거니 하고요."

미옥의 말을 듣고 대략 셈해보니 경성에서 단둥까지 갔다가 단둥에서 하루쯤 묵고 다시 기차를 타 상해에 이르면 그즈음일 듯했다.

"기억하실까 싶은데, 마침 그날이 저의 생일이기도 해요."

"생일에는 아버님을 뵙겠구나."

"그렇겠지요? 나는 운이 좋은가 봐요."

정말로 운이 좋았다면 지정석도 없이 있는 대로 사람을 받아 미어터지는 단둥행 열차 삼등 칸 4인석에 일가족이 다 끼어 앉은 채로 밤새 달릴 일도 없지 않았을까? 즉 그런 것은 운이 좋은 게 아니라 공교로운 것으로 보아야 하지 않을까? 그렇게 생각했으나 나는 산통을 깨기보다 미옥의 기분을 북돋워주기를 택했다.

"꼭 기억해두었다가 상상하지. 8일이면 미옥이가 상해에 도착하여 아버님으로부터 해피버스데이 축하를 들으리라고."

*

그해 5월 8일에 나는 과연 미옥을 떠올렸던가, 그런 것은 이제 생각나지 않는다. 우선 신학교를 그만두고 예술학원으로 적을 옮기는 일만으로도 내 정신은 이미 더 나눌 여유 없이 바빴다.

신학교가 영 싫은 것만은 아니었다. 첫째 내 발로 찾아간 것이었고, 둘째 교수들이며 교장으로부터도 귀여움을 듬뿍 받았으며, 셋째 공부가 흥미로웠다. 학교는 교토 도시샤 대학의 분교로서 일본어로 윤리학을 가르쳤다. 나는 외국어와 인문학에 취미를 붙이게 되어, 수업이 끝나면 당대 국내 유일의 서양철학자 김만수 선생의 집으로 가 영어와 철학을 수학했다.

그런데 그 공부라는 것이 외려 문제였다. 학교에서 가르쳐주니 배운 것이었는데 그 때문에 학교가 싫어지는 모순이 발생했다. 가령 우리 학교는 비록 분교라지만 저 관서 4대학 중에서도 으뜸이라는 도시샤 대학에 속해 있고, 우리는 본교생들과 똑같이 성서 배경사와 종교이론을 배우고 있는데, 그렇다면 본교의 학생도 나와 같은 구주를 영접하는가? 황국신민과 불령선인의 하나님이 같은 하나님인가? 그렇다면 하나이신 하나님은 어찌 열도인의 반도 침탈을 허하셨는가?

멀리 열도의 본교까지 갈 것 없이 동기들에게도 불만이 많았다. 만세 운동으로 뜨거워진 가슴을 안고 신학에 투신한 나로서는 명문이고 나발이고 간에 일본 학교의 분교에서 수학하는 것이 어쩔 수 없는 타협으로 느껴졌고, 김만수 선생 댁에 가느라고 도시샤 대학의 사각모를 쓰고 길에 나서면 주머니에 위조지폐를 가득 넣은 채 백화점에 들어선 사기꾼이 된 듯한 기분이 들었다. 동기들은 내가 일면 부끄러워하는 이 학교를 각자의 가장 큰 자랑으로 삼고 있다는 것을 알기에 그들에게 이런 심정을 함부로 터놓을 수도 없었다.

또 한 가지의 모순은 그런 그들보다도 내 쪽이 교수진의 총애를 얻고 있다는 점이었다. 이름만 그럴싸할 뿐 전교생은 스무 명 남짓하고 이층집의 다락에 긴 널빤지 하나를 책상 대신 펴 놓았을 따름인 초라한 학교였지만, 하여간 그중 으뜸으로 손꼽히는 학생이 부끄럽게도 나였고 이에 동기들은 때로 짐짓, 때로 대놓고 나를 견제하고 백안시했다.

이러나저러나 내내 냉가슴을 앓게 한 원흉이 다름 아닌 학교였으니 그만두겠다는 결심을 품자 한결 속이 후련했다. 이 뜻을 밝히자 아니나 다를까 교장은 나를 학교 옆 교회당으로 불러 설득하려 했다. 협박조로도 회유조로도 내가 뜻을 돌리지 않자 교장은 사비로라도 미국 유학을 보내줄 터이니 제발 학교에 남아달라 아예 애원을 하기 시작했다.

미국 유학, 저 달콤한 4음절에 하마터면 마음을 빼앗길 뻔했으나 곧 고개를 저었다. 학생들끼리 소위 호떡의 비극이라고 부르는 사건이 떠오른 것이었다. 입학한 지 얼마 되지 않은 무렵의 일로, 미국 유학을 준비한다던 선배가 호떡에 극약을 타 먹은 적이 있었다. 싸늘한 시신이 되어 교실 한가운데에서 발견된 선배는 유학 기회가 좌절되어 세상을 등진 것이었다.

학교에 다닌 지도 얼마 되지 않았고 잘 아는 선배는 아니었기에 그 좌절이라는 것이 교장 선에서였는지 총독부 선에서였는지 혹은 단순한 자금의 부족이었는지는 모르고 지나쳤지만, 학생들 사이에서는 한동안 '미국 유학'이 저승길을 은유하는 표현으로 유행했다. 이를테면 너 그러다 미국 유학 간다, 아휴 이번 시험 대비하다 미국 유학 나설 뻔했다, 미국 유학길에 순서가 어디 있느냐 하는 식의……. 교장도 내 안색을 살피고 내가 무엇을 떠올렸는지 알아차린 듯 농담이나 허언이 아닌 것을 강조했지만 내 귀에는 그의 말이 진지하게도 진솔하게도 들리지 않았다.

*

미옥을 다시 만나기까지 짧지 않은 세월 나는 세우는 계획마다 조금 실패하거나 제법 실패하거나 완전히 실패했다. 연이은 실패를 통해 결과적으로는 조선의 몇 안 되는 보헤미안이라 불리게 되었으므로 불평할 마음은 들지 않는다. 내가 한 일들은 실패로 돌아갔을지언정 역설적으로 나 자신은 실패하지 않은 것이었다. 찬찬히 이야기할 기회가 있겠지만 예를 들면 우선 예술학원 연극원이 학원생 전원 자퇴로 망했고 내가 단성사에서 올린 첫 상업극은 기생들밖에 보지 않았으며(기생들이 데리고 온 아이들이 다다미 바닥에 오줌을 눴다) 연출을 맡은 영화 촬영 후반 돌연 주인공이 도주하기도 했다. 하지만 연극원 전원 자퇴에 가담한 덕에 무대극연구회를 설립하여 단성사에 입성할 수 있었고 좌우간 내 팬이라는 기생으로부터 큰 출자를 받아내기도 했으며 〈장한몽〉은 장면마다 남자 주연의 얼굴이 바뀌는데도 어쨌건 대흥행했다. 숫기가 워낙 없어

내놓고 뽐낸 적은 없지만 내가 생각해도 나의 존재는 척박한 조선 예술계의 기적 같았다. ……그때는 그렇게 느껴졌다.

*

어쩌다 여기까지 왔을까, 부산에서는 자꾸 그런 생각이 들었다.

한낮이었고 선창이었다. 혼자였고 목적이 있었다. 그것은 바로 관부연락선을 카메라에 담는 일. 연출자적 입장을 말하자면 적당히 가까운 인천 정도나 가서 아무 배나 찍고 변사더러는 아아 저것은 시모노세키에서 들어오는 연락선이 아니겠습니까, 읊도록 하면 될 일이었지만 예술가적 자세로는 그러면 가짜다, 가짜로는 대중을 설득할 수 없다, 그런 고집이 불같이 일었다. 스스로도 괴롭게 느껴지는 곤조였다. 그게 그렇게 중요하면 귀찮지를 말지. 귀찮을 수밖에 없다면 예민하지를 말지. 사람 부리는 값을 아끼려고 무거운 카메라도 필름통도 혼자서 이고 지고 단신으로 부산행 열차를 타자니 예전 미옥네 일가와 송별하던 날을 떠올리지 않을 수 없었다. 어떻게 지내고들 있을까? 이따금 매형의 행적이 신문지상을 장식하였지만 누님이나 미옥 등 나머지 식구들의 소식은 알 길이 없으니 살아 있는지 미국 유학을 갔는지도 짐작할 수 없는 노릇이었다.

항구에 이르러 삼각대를 펴기 적당한 곳을 물색하다가 항구 대합실로 들어서는 어떤 여인을 보았다. 소재는 소박하지만 잘 재단된 양장 차림을 한 그 여인은 내게 옆모습을 보이며 지나가 곧 뒷모습으로 사라졌다.

그때의 내 심정을 어떻게 말하는 것이 정확할까?

나는 모종의 운명을 느꼈다. 생애 그렇게 아름다운 여인을 본 적이 없었다. 그 여자에게 말을 걸고 싶었다. 사내의 연정으로서가 아니라 예술가적 열정으로서 방금 스쳐 간 그이가 내게 중요한 의미가 있다고 판단했다. 나는 앞서 말한 모든 감정을 동시에 느꼈다. 이 중 어떤 말도 그때 내가 느낀 심정을 정확하게 스케치해내지 못했다고 생각한다.

행여 그 여자를 놓칠까 봐 부랴부랴 카메라와 필름통을 끼고 대합실로 달려갔다. 짐도 무겁거니와 앞뒤 없이 달려간 참이기도 해서 부딪치듯 쾅 소리를 내며 문을 열고 들어서니 그 여자가 나를 쳐다보았다. 크고 동그랗되 눈썹 길이만큼 옆으로 길게도 뻗어 있는 눈 한쪽은 쌍꺼풀이 짙었고 한쪽은 홑꺼풀인 듯 속쌍꺼풀이 있어 묘한데, 서로 비대칭처럼 보이는 눈의 균형을 좁은 콧대가 아슬아슬 조심스레 가누었고 그 아래에 붉은 마침표 같은 입술이 갓난애의 조막만 한 크기로 야무지게 놓여 있었다.

신파新派, 신파다.

새 시대의 얼굴이다.

나는 속절없이 그 여자의 마스크에 끌린 까닭을 그렇게 알았다. 이 여자가 내 영화에 나와야 한다는 생각이었다. 배우가 되고 싶어 하는 여자는 많았지만 와꾸는 둘째치고 기본적인 연기 연습도 되지 않은 이가 대부분, 기껏 뽑아놓아도 집안에서 반대하니 혼처가 정해졌니 하며 촬영 시작도 전에 말을 바꾸는 이가 또 반절 이상, 남자 이상으로 고등교육을 받았거나 애초부터 기생이라 예능 수업을 받았거나 한 경우라야 겨우 카메라 앞에 설 수 있었는데 또 한쪽이 다른 쪽을 괄시하거나 백안시하는 경우가 부지기수. 조선의 배우 판이라는 것은 도대체가 구제불능의 남초 판이었는데 그 여자의 얼굴은 이런저런 사정을 모두 뒤로 하게 하는 것이었다. 백치여도 좋고 벙어리여도 좋았다. 그 얼굴을 빳빳이 들고 내 영화에 나와 주기만 하면 되었다.

"아저씨."

그런데 그 여자가 먼저 나를 그렇게 불렀다.

"아저씨 맞지요?"

너무 놀라 카메라를 떨어뜨릴 뻔했지만 놀라움은 그것으로도 끝이 아니었다. 다시 보니 나를 아저씨라고 부른 그 여자는, 그러니까 7년 만에 마주친 미옥은 개구리의 울음주머니처럼 볼록해진 배를 앞으로 내밀고 있었다. 나는 한참이나 할 말을 찾지 못한 채 미옥의 얼굴과 배를 번갈아 보았다.

2
부

산

당신의 뮤즈가 되겠어요.

나를 당신의 여신으로 삼아주세요.

언젠가 그렇게 말한 여인이 있었다. 목소리도 얼굴도 기억나지 않지만 그 뻔뻔한 성격만은 잊을 수 없다. 그 여자야말로 배우가 돼야 했는데. 배우가 아니면 그 무엇도 체질에 맞지 않을 인물이었는데.

그러고 보면 오래전부터 내 특기는 여주인공을 놓치는 것이었다.

*

어릴 적 내가 까닭도 없이 미워했던 미옥의 얼굴은 물

고기 같았다. 툭 튀어나온 눈은 커다래서 서러워 보였고, 작고 아래로 처진 입매를 둘러싼 입술은 생기가 영 없어서 비늘막 같았다. 있으나 없으나 한 콧대 밑에 콧구멍이나마 한 쌍 제대로 뚫려 있는 것이 그 애 얼굴에 남은 마지막 운처럼 느껴졌다.

볼 때마다 속으로 혀를 차게 만들던 얼굴이 내가 애타게 그리던 신파의 인상으로 자라났다는 것을 도저히 믿을 수 없었다. 남대문 역에서 송별했던 것이 6년 전인가, 7년 전인가. 그때만 해도 비린내가 고스란하던 그 어린 애가 이렇듯 환골탈태했다는 것, 하물며 잘 보면 내가 그리도 업신여기던 이목구비가 어스름하나마 남아 있다는 것이 놀랍고 심지어는 두렵기까지 해 나는 얼어붙고 말았다. 못 보던 사이 잘 자란 것일까, 처음부터 잘난 용모였건만 내 눈이 미움으로 어두워져 몰라보았던 것일까, 어느 쪽이든 다만 부끄러웠다. 단 한 번도 미옥에게 내 속을 드러내 보인 적 없었으나 그 자리에서 낱낱이 들킨 것만 같았다.

"아저씨가 맞지요……?"

미옥은 자리에서 일어나 나에게 다가오며 재차 물었

다. 엉겁결에 어어 응, 하며 모자를 벗자 미옥은 함박웃음을 지었다.

"이게 얼마 만이지요. 어쩜 이런 곳에서 마주치나."

그러게 말이다……. 나는 탄식하듯 내뱉었을 것이다.

미옥은 내가 찍으러 온 바로 그 관부연락선을 타러 왔다고 했다. 무슨 일로 누구를 만나러 일본에 가는지, 느슨히 잡아도 여섯 달은 될 성싶은 배의 곡절은 무엇인지, 가족들은 상해에서 잘 지내는지 궁금한 사연이 한둘이 아니었지만 워낙에 깜깜하던 사이여서 어느 하나 쉽게 물어볼 수 없었다.

"아저씨는 무슨 일로?"

미옥이 스타트를 끊었다. 나는 바닥에 내려놓았던 하드케이스를 발로 툭 건드려 보이며 미옥의 주의를 끌었다.

"영화를 찍으러 왔지."

"배우도 기사도 없이 단신으로?"

"배경 한 장면 찍는 데 이놈 저놈 대동하자면 감독 봉급에 남는 게 있겠니."

"아저씨가 감독이라고?"

나는 예전 미옥이 내게 건넨 농담을 떠올렸다.

"앞으로 예술 한번 섬겨보라고 하지 않았던가."

"옳아, 그랬어요. 그런데 예술학원에 간다고 했던 것 같은데?"

딱히 켕기는 것도 없는데 말문이 막혔다. 그야 내가 모르는 길고 많은 곡절로 인하여 그 애가 이곳 내 눈앞에 와 있듯 나도 내 나름 기막힌 사연과 사건들 끝에 그 애를 마주치게 된 것이었으니까. 무엇을 어디서부터 이야기해야 할지 몰라 머뭇대는 내게 미옥이 또 물었다.

"부산에는 언제부터 계셨어요?"

글쎄, 그 질문도 답하기가 수월치는 못했다. 오늘부터라고 해야 할까 몇 년 되었다고 해야 할까. 미옥은 웃으며 답을 기다리고 있었다. 이런 쉬운 물음에도 우물쭈물하는 얼치기가 될 일인가. 하지만 정말이지 언제부터라 답하기가 묘한 노릇이었다.

"그러는 너는?"

하노라고 한 것이 고작 되묻는 짓일 따름. 나와 달리 미옥은 시원하게 답했다.

"남편이 동래에서 일하고 있어요."

결혼을 했구나. 동래라면 이 부근이지. 그런데 그렇다

면, 저야말로 어찌 남편도 없이 단신으로 항구에 나와 있는 것인가.

"이제는 남편도 아니지요. 이 애 아버지라고 할까."

미옥은 볼록한 배에 한 손을 얹고 담담히 말했다. 이혼을 했구나. 애를 품고서 바다를 건너야 할 만큼 중차대한 사유가 있겠구나.

"그러면 상해로 돌아가나?"

"포와."◆

"포와?"

"네, 그러니까 이다음부터는 미옥이가 아니고 앨리스."

"앨리스?"

"그래요. 그게 나의 첫째 이름이니까."

조카인 미옥이 나보다 연상이었기에 나는 기억할 도리가 없는 일로, 미옥은 본래 포와에서 온 애였다. 03년에 두 번째로 뜬 포와 이민 배에 누님과 매형 부부가 탔을 적 이미 잉태되어 있던 미옥은 포와에서 출생한 첫 번

◆ 포와(布哇): '하와이'의 음역어.

째 대한 사람이었다. 당시 미국 정부에 입적할 때의 이름이 아마도 앨리스, 그러니 그것이 미옥보다 앞서 첫째 되는 이름이라는 그 애의 말에는 틀림이 없었다.

이제부터는 미옥이가 아니고 앨리스.

있으나 없으나 한 그 애의 짐을 연락선에 실어주고 손 흔들며 송별하다 아차 하고 이마를 두드린 것은 그 배를 카메라에 담으려던 계획을 까맣게 잊고 있었음이 그때서야 떠오른 까닭이었다.

*

어디서부터 이야기해야 좋을까. 그래, 〈곰〉부터가 좋겠다. 언제부터 부산에 계셨느냐는 앨리스의 물음에 정말이지 언제부터를 말하면 좋을까를 고민하던 그 순간 어째서인지 내 머리에 떠올라버린 이미지가 문제의 〈곰〉이기도 했으므로.

〈곰〉은 체호프의 곰. 곰 따위는 나오지 않는 〈곰〉. 체호프가 남자 주인공 배역을 처음 맡아준 배우에게 헌정했다는 〈곰〉. 나의 신극 연출 데뷔 작품인 〈곰〉.

심사숙고 끝에 들어간 예술학원은 엉망진창이었다. 애초 현철 선생에게 스카우트를 받았을 적 연구생으로가 아닌 조교수로, 수학을 대신하여 업무를 보아줄 것을 제안받았던 것부터가 망조였다. 다른 원생들보다 글 몇 편 더 쓰고 극 몇 편 더 올려보았을 뿐 달리 전문적인 예술 교육을 받은 적 없던 내가 원장을 대신해야 했으니까. 당시 현철 선생은 학원 일에 큰 관심을 두지 않았다 할지, 둘 수가 없었다 할지……. 학원 개원 전부터 해오던 화장품 사업에 슬슬 입질이 오는 모양이었다. 견디다 못 해 원생 몇몇을 이끌고 선생의 댁을 찾으니 온 집 안에 공병이 굴러다니고 사방에서 분내가 진동함은 물론, 손님 치르겠답시고 차려온 밥상에서마저 화장품 냄새가 나 원생들이 화장수에 구리무◆말아먹는 것 같다고 흉을 보았다. 속없는 현철 선생은 (그러니까 눈치 없이 밥도 차려주었겠지) 원생들의 마음이 험해진 줄도 모르고 멀뚱멀뚱이었다.

◆ 크림.

배울 게 없음을 알면서도 남기를 택한 의리는 그래도 현철 선생이 나를 알아봐준 것에 감사해서였다. 고보 시절부터 몇 번인가 시와 산문을 투고해 문예지와 신문에 싣기도 하고 학생 동호회 수준으로나마 몇 편의 극을 올린 일이 있었지만 그런 따위는 모두 내가 자진하여 나를 알아봐달라 세상에 외친 것. 저쪽에서 먼저 나를 찾아와 내 예술을 보여달라 청한 것은 현철 선생이 최초였기에 각별했다. 원생들이 급기야 원장인 현철 선생보다 조교수인 나를 더 따르며 나 한 사람만 결심해주면 다 같이 새 단체를 만들 준비가 되었노라 간할 때에도, 그래서 나는 망설였다.

결국 버티다 못해 나마저도 예술학원을 떠나기로 마음먹자, 연극원생 전원이 일시에 자퇴한 후 집을 얻어 합숙을 시작했다. 예술을 그만두려고 학원을 관둔 게 아니라 도리어 그 반대였기 때문에. 우리의 새 이름은 '무대극연구회'(무연회)였다. 대구 출신 연구생 하나가 집안 땅을 처분해와 쩐주 노릇을 했다. 예술학원의 주류파라고 하니 단성사에서도 문을 열어주었다. 모든 것이 순조로웠고 합숙소부터 단성사까지 비단길이 깔려 있는 듯이 느껴졌다. 전원 자퇴 이후 첫 극을 상연하기까지 단 한 달밖에는 걸리지 않았다. 그렇게 올린 극이 〈곰〉.

그야말로 곰탱이 같은 짓이었다.

주인공 하나, 포포바. 주인공 또 하나, 스미르노프. 막 남편을 여윈 포포바는 무려 일곱 달이나 고인을 애도하며 집 안에 틀어박힌 여인으로, 남편에게 빌려주었던 돈을 갚으라며 쳐들어온 스미르노프와 팽팽한 기싸움을 벌인다. 와중에 스미르노프는 여자인 포포바에게 결투까지 신청하고, 포포바는 무서울 게 없다는 노릇으로 그에 맞서는데, 그러다 둘은 서로 눈이 맞고 만다…….

예술이 매양 사회의 반영이고 풍자일 필요는 없겠지만 말하자면 신극의 맛을 모르는 조선의 대중은 상복을 입은 채 빗장을 걸어 잠근 과부 포포바로, 우리는 난데없이 그의 마음속을 헤집고 파고들 스미르노프가 될 것이었다. 그래야 했다. 체호프 특유의 범박한 듯 진정성 있는 캐릭터와, 유머러스하면서도 파토스가 묻어나는 상황 설정과, 시대와 공간을 초월하여 느닷없이 도래하는 사랑이라는 정서의 맹공. 조선 대중은 신극의 물결에 함락되고 말 것이라고 나는 믿었다.

내가 믿는다 하는 것은 추호도 의심하지 아니함을 의미한다.

그러나 관객들은 일단 엘레나니 '뽀뽀바'니 '스미르노뿌'니 어쩌구 하는 이름 외우기를 버거워하는 듯했고, 죽네 사네 싸우다가 갑자기 얼싸안는 인물들을 이해하지 '않았으며' 웃음이 터진 장면은 단 한 번, 스미르노프 역의 배우가 허둥대다 무대에 들어서며 넘어졌을 때뿐이었다. 다다미 바닥은 엉덩이가 배겼고 사이다 사이다, 라무-네 라무-네 읊으며 돌아다니는 스낵 뽀이가 안 그래도 약한 관객들의 집중력을 흩뜨려놓았다.

애초 단성사 낮 시간대 프로를 보러 올 만치 시간 많은 사람이 기생들밖에 없으니 관객의 팔구 할은 기생인데 그들이 신극에 대하여 무엇을 알겠는가 창하고 춤춰야 잘한다 할 따름이지, 하며 우리는 서로를 다독였다. 답은 부산이다, 왜냐 부산은 경성보다도 개방적인 분위기로 신극을 포용할 만치의 문화력을 이루고도 남지. 기억은 가물가물하지만 아마도 이렇게 주장한 자는 대구 출신 쩐주였을 것이다. 그를 빼고는 우리 중 누구도 부산에 대해 조금도 알지 못했고 우선 나부터가 경인 지역을 크게 벗어나본 적 없는 서울내기였으니까. 그때는 미처 알지 못했지만 하물며 찐주에게조차 부산은 막연한 도시였다. 아무려나 우리는 경성에서 첫 번째 실패를 맛본 참이었고 우리 주제를 알기에는 아직 그 실패의 맛이 진하지 않았기에 부산행을 결정했다. 몰이를 당해 달아나는 곰처럼, 그러나 기운이 남아 네발로 달리는 곰처럼.

*

관부연락선의 관은 빗장을 뜻하는 관, 시모노세키下關를 한자로 썼을 때의 관. 부는 가마를 뜻하는 부, 부산釜山의 부. 말하자면 그것은 문간에서부터 부뚜막까지 오가는 배라고 할 수도 있을 터이다. 과연 문간과 부뚜막 사이를 분주히 오가는 주부처럼 연락선은 부지런히 드나들었고 집의 문간부터 부엌까지의 거리가 그렇듯 부산과 시모노세키 또한 서로 가까이에 있는 도시였지만, 나는 그사이를 한 번도 건너가본 적 없었다. 조선에서 나고 자란 사내들 대부분이 그렇듯. 그런데 불현듯 나타난 미옥은, 아니 앨리스는, 산뜻하게도 그사이를 건너뛰는구나. 처음도 아니라는 양으로. 펼쳐보지도 못한 삼각대와 카메라를 들고 항구 대합실을 나서는 심정이 어쩐지 민망스러웠다.

제작사에 하루 이틀만 말미를 달라 하고 단신으로 경성을 떠나온 내막에는 여하간 정신없는 현장을 잠시나마 떠나 있고자 한 충동도 있었는데, 핑계 김에 연락선을 찍어 가마 했던 약속이 마음에 걸렸다. 이참에 휴식 삼아 며칠 더 머물며 이것저것 필름에 담아 갈 것인지, 곧장 경성으로 돌아가 아깝게 배를 놓쳤노라 털어놓고 출장비를 아낄 것인지 고민하다 여인숙을 잡았다. 우선 카메라가 무거웠고 둘째 깊이 생각하고 싶지 않았으며, 무엇보다도 서둘러 돌아가기 싫었기에. 그렇다고 부산에 오래 남아 있기를 바란 것은 아니었다. 다시 떠올리기에는 무거운 추억이 발에 차이게 많은 도시였다. 일대를 산보하며 예전에 일하던 영화사와 무연회의 이름으로 상연하였던 극장을 둘러보고 일찌감치 잠을 청했다. 그런 밤이 낯설지 않아서 울적했다.

여인숙에서 보아준 아침 밥상에는 갈치구이가 올라와 있었다. 여전하군, 하고 중얼거리니 여인숙 주인이 물끄러미 보았다. 수저를 뜨는 둥 마는 둥 하다 숭늉으로 입가심하고 빈손으로 길을 나섰다. 주말이어서인지 시내가 소란했다. 교회당에서 결혼식이 있는 모양으로 법석이었다. 남자는 사모관대 대신 양장을 하고 여자는 간단하게 색동옷을 입은 채로 성직자의 축혼사를 듣는 신식의 웨딩. 회당 앞에 나붙은 안내문에 따르면 정 아무개라는 남자와 윤 아무개라는 여자가 부부가 되는 모양이었다.

나중에, 그리 머지않은 미래에 앨리스가 들려준 이야기에 따르면 그 정 아무개라는 남자가 앨리스의 전남편일 수도 있었다. 하여 후일 나는 후회하기를, 그날 신랑 신부의 얼굴을 조금이라도 보아두었으면 좋았을 것이었다. 도대체 어느 못난 남자가 앨리스를 떠나보내고 새장가를 들었는지. 그 얼마나 이상적인 신부이기에 앨리스를 대신할 수 있었는지. 못나고 잘나고를 떠나 그저 그들이 그런 구식의 인간들이어서 가능한 결합이었는지도 모른다. 앨리스는 남편의 사랑을 바랐으나 남편은 아들을 낳을 첩을 원했고 첩은 순종하였으나 앨리스는 순종하지 아니한 것이다. 구식의 인간들에게 신식의 웨딩이 무슨 소용인가 싶지만, 이러한 생각들 모두가 그런 일들로부터 훌쩍 멀어진 후의 회고로서 이루어졌음을 생각하면 이 또한 소용이 없는 것이다.

한편 나는, 특히나 당시의 나는 구식이든지 신식이든지의 형식을 떠나 한 남자와 한 여자의 결합에 어떠한 의미가 있는가에 대하여도 비관적인 인식을 품고 있었다. 작품으로는 모든 장면과 대사에서 열렬한 사랑을 웅변하면서도 정작 나 자신은 사랑을 진정으로 믿지 않았다는 말이다. 그도 그럴 것이 사랑이란 일종의 데우스 엑스 마키나로서…… 돈을 훔친 자도 사랑 때문, 사람을 납치하여 죽인 자도 사랑 때문, 사기 치고 배신하고 강제로 간음하고 교묘히 미치게 하는 등의 온갖 악행이 모두 사랑을 근거로 할 수 있는데, 한때는 인륜을 저버리게 할 만큼 막강하였던 동기가 별안간 온데간데없이 사라지기도 하는 조화를 과연 어떻게 보아야 옳은가.

오해는 없기를 바란다. 사랑이 잘못하였다는 것이 아니다. 다만 사랑을 핑계로 저 추악한 온갖 행위를 자행하고 반복하는 인간들이 있는데, 인간을 빼놓고 사랑을 논할 수도 없지 않은가……. 순정한 사랑은 오로지 작품 속에서만 가능하다고 나는 믿어왔고, 어떤 반례도 이 믿음에 감히 대적할 수 없었다.

*

"선생님은 사랑 때문에 가슴이 찢어져본 적이 없으신 게로군요."

자기를 여신으로 여기라고 말했던 여자는 그런 말도 했다.

"사랑은 칼이 아니외다. 다른 일로 찢어진 가슴을 사랑이 꿰매어준다면 모를까 찢다니요."

"사랑의 꼴이 누구에게는 부드러울지 몰라도 누구에게는 날카롭기도 하지 않겠어요?"

나는 여자의 말도 옳고 내 말도 틀리지 않았다는 것을 알면서 유치한 언쟁을 이어가고 있었다. 아차, 대꾸를 말아야 했는데. 대화를 늘이지 말아야 했는데.

모두 갈치 때문이었다. 갈치에 질린 내가 생일을 맞아버린 탓이었다.

경성에서 참패를 맛본 우리 무연회의 〈곰〉은 부산에서 똑같은 꼴을 당했다. 이쯤에는 일찌감치 실패에 길이 들었달까, 그럼 그렇지 경성 사람과 부산 사람은 본질적으로 똑같은 조선인이 아니겠나? 뭐가 부산의 문화력이고 뭐가 신파의 수용력이란 말인가, 하며 처지를 비관하였지만 그마저도 반은 우스운 마음이었다. 이어지고 쏟아지는 실패가 이제는 유쾌한 지경이라 단원들 얼굴만 보면 부아가 치밀면서 동시에 웃음도 터져 나왔다.

부산에서도 경성에서와 같이 낮 시간대 프로를 했고 당연하다는 듯 기생들만이 극장에 찾아왔다. 무대에서도 잘 보이는 특등석 다다미 위에는 우리 프로가 끝난 후 저녁, 돈깨나 있는 일본인이 많이들 찾아올 시간에 공연하는 일본 신파극단의 잘생긴 주연배우가 앉아 극장 청소를 맡은 여자 인부를 희롱하고 있었다. 유심히 보면 그 배우의 니글니글한 눈길은 무대보다 객석의 다른 구석을 훑고 있을 때가 더 많았다. 팔에는 청소부를 끼고서 기생 중 반반한 여자를 탐내고 있는 듯했다. 무대 쪽에서는 어렴풋하게만 보이는 얼굴 가운데 과연 턱선이 미끈하게 빠진 서구적인 미인이 하나 있었는데, 나로서는 그때도 지금도 영문을 모를 일이지만 바로 그 여자가 나에게 눈독을 들이고 있었던 것이다.

〈곰〉의 부산 상연이 끝난 후 우리는 다음 극을 준비한답시고 여관에서 눈칫밥을 먹는 생활을 근근이 이어갔다. 눈칫밥의 반찬은 다름 아닌 갈치. 갈치구이, 갈치조림, 갈칫국. 갈치 일색의 식생활 가운데 쩐주의 주머니가 마침내 거덜 났고 단원들은 전전긍긍이었다. 배우들은 그나마 뻔뻔하여 돈을 구하니 극장을 알아보니 하는 핑계로 밖을 나돌아다녔지만 나는 울며 겨자 먹기로 여관의 일손을 거들고 있었고, 그것으로는 그저 여관 주인의 싫은 소리를 조금 면할 뿐 쌓여가는 여관비를 조금도 깎을 수 없었다. 새 쩐주가 한시라도 급한 상황이었다. 백방으로 돌아다니던 배우 중 하나가 내게 귀띔했다. 부산에 이름난 기생이 하나 있는데, 그 여자가 감독님을 뵙고 싶어 하더라……. 나는 순진하게 대꾸했다, 그분이 체호프를 참 좋아하시나 봅니다? 배우는 너털웃음을 지었다. 체호프는 얼어 죽을 체호프입니까! 황진이의 환생도 아니고. 그 여자는 다만 특이하거나 기묘한 타입의 남성이라면 누구든 손에 넣고 싶어 할 따름이며 그 독특한 취향 덕인지 결국 부산 제일의 부호와 연을 맺었다는 귀띔이 이어졌다.

아무려나 나는 남녀의 관계를 문학으로밖에 배운 적 없는 숙맥이었기에 배우들이 그렇게 다리를 놓아주려고 해도 어떻게 응해야 좋을지를 몰랐다. 그게 그렇지 않은가. 내게 흥미를 갖고 있는 돈 많은 미인이 있다는 소문만으로 뭘 어쩌란 말인가. 그런데 여자가 직접 나를 찾아왔다. 그것이 단순한 소문만은 아니라는 사실을 증명하려는 듯. 여자는 무연회에 관심이 있다며 우리가 투숙한 여관에 뻔질나게 드나들고 집에 가는 길에는 꼭 내게 바래다 달라고 청해왔다. 여관에서 그 여자 집 사이 어둡고 인적 드문 곳을 지나 불빛 있는 곳에 닿으면 나는 돌아섰는데, 어느 날 여자가 내 소매를 붙들었다.

"선생님, 우리 집에서 주무세요."

그러고는 입맞춤, 마치 숙련된 배우처럼, 물 흐르듯 대사 후 입맞춤. 나는…… 나는 가야 해요! 하고 뒤도 돌아보지 않고 산길을 달려 여관으로 갔다. 그 여자가 무서웠다. 무서웠고 힘껏 달렸기 때문에 가슴이 마구 뛰었다. 배우들이 무슨 일 없었느냐며 넌지시 물을 때에 아무 일 없었노라고 말하려는데 혀가 아팠다. 어쩌면 그 여자도 무서웠을까, 긴장했던 거였을까, 얼마나 힘껏 빨아들였기에 내 혀가 이리 아릴까. 나는 그 여자가 조금 가여웠고 가여워하는 마음과 사랑은 아무 상관없다고 생각했다.

*

예술 운운하는 자로서는 부끄럽게도, 나를 다시 찾아오기 전까지 앨리스가 겪은 일들에 대해서는 잘 상상할 수 없었다. 나중에 내가 직접 밟아본 땅들에서야 앨리스를 겹쳐 보며 그 애도 언젠가 여기에 있었겠거니 하고 그려보았을 따름이다. 어느 순간 나는 내가 살면서 가본 모든 도시에 앨리스가 먼저 다녀갔다는 사실을 깨달았다. 내가 태어난 경성 정도라면 모를까, 이후 내 인생에 앨리스의 미답지는 거의 존재하지 않았다. 그러므로 그것은 순례였다고 해도 좋을 것이다. 앨리스는 세인트◆가 아니었고 나 또한 필그림◆◆이 아니지만 좋으나 싫으나 내 인생은 먼저 태어난 내 조카의 행적을 뒤밟는 길이 되어 있었으므로, 순례라고 부르기가 영 실없지만은 않은 것이다. 그 첫 번째를 꼽자면 단연히 부산. 앨리스는 거기에서 첫 아이를 낳았다. 나도 첫 영화를 부산에서 찍었다.

◆ 세인트(saint): 성자.
◆◆ 필그림(pilgrim): 순례자.

앨리스는 첫애를 그곳에 묻었다. 나도……라고 말하기에는 멋쩍지만, 아무려나 나 역시 내 작품들을 두고 떠나야 했다. 잔인한 말이나 첫애가 목숨을 거두어 앨리스는 미련 없이 남편을 떠날 수 있었고 나 또한 데뷔 작품에 정을 두지 않았기에 다음 작품을 찍을 수 있었다. 남편을 떠난 앨리스가 포와에서 낳은 아이가 아들이었음을 떠올리면 다소 비틀린 승리감이 든다. 조선의 구습이 여성에게 요구하는 첫째가 그것인데 조선 여성답지 못해 시댁의 노여움을 산 앨리스가, 결국은…… 그런 것이다. 물론 이따위 생각을 떠올리는 까닭은 나도 어쩔 수 없는 조선 남성이기 때문이겠지만.

한편 나에게도 비틀린 방식으로나마 승리와 영광이 있었다. 도망치듯 떠나오던 때에는 미처 알지 못했지만, 그런 것은 원래 처음부터 알 수 있는 바가 아니요, 시간이 지난 후에 차차 곱씹다 떠오르기 마련이다.

*

"감독님이 희생을 좀 하시오."

"그래요. 감독님이 아니면 누가 하겠습니까."

내가 훌쩍 부산을 떠난다면 그건 갈치 일색 눈칫밥 때문이 아니라 배우들의 터무니없는 강요 때문이리라. 떼로 몰려와 성화를 부리는 배우들을 원망스러운 눈길을 보며 내가 한 생각은 그러했다. 요는 어떻게 해서든 내가 그 여자와 엮여야 한다는 것이었다.

"말이 희생이지 그만한 기회가 어디에 있습니까."

"우리가 뭐 그 여자와 혼사라도 치르라고 하나요. 그 여자도 자유연애 판타지 정도나 원하는 것일 테니 적당히 상대해주란 말입니다."

돈이 많아 어지간히 박색이어도 참을 만한데 얼굴도 반반하거니와 직업상 그런 것인지 타고난 것인지 말솜씨도 제법인 여자라 실은 배우들도 눈독을 들이고 있었다. 문제는 그 여자가 꼭 나를 원하고 있다는 점이었다. 하필이면 둘도 없는 숙맥에다 예술밖에 모르는 나를. 여자는 하루가 멀다 여관에 놀러 와 배우들하고 시시덕거리고 있었지만, 대화의 내용은 온통 나에 대한 것이라 하였다. 그야 나는 천성이 숫기 없는 놈이어서 구석에서 혼자 소반을 펴고 책이나 뒤적거릴 뿐이었으며 그 여자가 은근히 와서 따로 말을 붙여도 두 마디 이상 대꾸한 경우가 거의 없었으니 배우들을 찔러서나 나에 대해 알아볼 수가 있었겠지. 하여간에 누가 누설한 것인지 곧 내 생일인 것을 그 여자가 알아버렸고 생일상을 거하게 차려줄 테니 꼭 놀러 오시라 일방적인 초청, 초청이라기보다 꼭 결투 도전 같은 말을 남기고 간 참이었다. 나는 그 여자가 내게 불시에 입 맞춘 건에 대하여 아무에게도 누설하지 않았지만 그 여자가 소문을 내고 다녔을 수도 있겠다는 불안감이 들었다.

투자까지는 바라지도 않았다. 생일에 갈치 밥상만 면하고 싶었다. 배우 세 명을 경호 조로 대동하여 그 여자의 집에 갔다. 이제 와 말이지만 감독 행세는 감독 행세, 껍질을 까보면 갓 스물 무렵의 애송이에 불과했던 내가 여자를 두려워함은 이상할 것 없는 일이었다. 당시까지도 조혼의 풍습이 있었고 강점기 후반으로 갈수록 오히려 조혼의 풍습이 강화된 경향도 있음을 감안하면 내 나이는 이미 한 집안의 가장이 됨 직한 나이였지만 나의 자기 인식은 그렇지 못했다. 직업적으로는 청년이지만 자아상으로는 소년이던 시절이었다.

아무려나 여자는 호언장담했던 대로 귀한 서양 포도주까지 마련해 한 상 걸게 차려두고 나를 기다리고 있었다. 좀더 나이 먹어 알게 되었지만 나는 술이 원체 약한 편이었다. 그러니 그때 취했던 것이 나이 어린 탓은 아니었다고 하겠으나…… 정신을 차리고 보니 방에는 아무도 없었다. 수라 같던 생일상도 나를 경호해달라고 데려왔던 배우들도 여자가 그들에게 짝 맞춰 앉혀주었던 기생들도 온데간데없고 묘한 향이 떠도는 방 한가운데 내가 누워 있었다. 술을 엎었는지 땀을 흘렸는지 찐득한 맨몸에 여자의 치마를 덮은 채로. 내가 깰 때 함께 깼는지 애초부터 잠들지 않고 나를 보고 있었는지, 문득 여자가 손을 뻗어 내 얼굴을 만졌다. 나도 모르게 숨을 들이쉬고 참는데 이윽고 여자는 양손으로 마음껏 내 얼굴을 주무르기 시작했다. 봉사가 잃었던 딸의 얼굴을 만지듯, 손으로 얼굴을 외겠다는 듯. 싫고 좋고를 떠나 그러는 심정이 궁금해 왼편에 누운 여자 쪽으로 얼굴을 돌렸다. 창호지를 뚫고 들어온 달빛이 어스름하게 고인 미끈한 얼굴은 환한 무대 위에서 어두운 객석을 내려다볼 때처럼 불완전해 보였다. 나는 아직도 그 여자의 얼굴을 그렇게 기억한다. 오뚝한 코와 분명한 턱. 빛과 그림자만으로 그린 얼굴. 표정은 읽을 수 없었다.

그걸로 그만인 줄 알았지만 하여간에 뻔뻔한 여자라 나랑 무슨 일이 있었는지를 배우들이 다 아는데도 아랑곳없이 여관을 찾아왔다. 찾아오다 못해 무슨 포상이라도 주듯 밀린 여관비를 청산해주고 우리의 숙소를 동래(앨리스의 남편이 살던)에 있는 어느 절로 옮겨주었다. 나는 참 요령이 없고 그 여자 역시 보통내기가 아니라서 나중에야 안 사실이지만 그건 무조건으로 베푼 것이 아니었고 대구 출신 쩐주에게 달아놓은 빚의 형식으로 된 일이었기에 쩐주는 또 집안 땅을 팔러 대구에 가야 했다. 쩐주는 대체 땅이 얼마나 있었던 것일까? 대구 전체가 원래 그 집안 땅이었던 것은 아닐까?

적적한 절간이 연극쟁이의 소굴이 되어 소란해지고 있었다. 여자의 지원(또한 나의 희생)으로 조금 숨을 돌린 우리 무연회는 부산 공연 두 번째 프로로 〈레미제라블〉 즉 〈잔발잔〉을 택했다. 〈잔발잔〉은 14년도에 벽초 홍명희 선생이 '너 참 불상타'라는 제목으로 번안하여 국내에 소개한 이래 꾸준한 인기몰이를 한 작품이었기에 흥행

수를 노린 선정이라 할 수 있었다. 예술학원 시절 회화과 선생이었던 이승만이 배경을 그리러 와주었고 주연배우 역시 경성에서 현대극의 기수라 평가받는 이를 데려온 참이었기에 이번에는 자신만만했다.

하지만 결과부터 말하면 이 시도 또한 참패까지는 아니지만 투자에 못 미치는 실패에 그쳤다. 패인이 무엇이었을까 돌이켜 보면 우선 신극이랍시고 번역극만 올려댄 것이 첫째의 병폐. 조선 민중에게는 조선 이야기가 필요한 법인데 우리는 그것을 미처 갖추지 못했다. 둘째로 우리 극단의 탓도 아니고 조선 민중의 탓도 아니지만 조선 민중이 가난하다는 것이 문제였다. 〈잔발잔〉은 극빈자의 이야기지만 돈이 없는 관객은 그것을 감상할 수 없었다. 작품은 조선 신극단이 조선 사람의 눈에 맞추어 만든 것인데 돈은 일본인과 극소수의 조선인에게만 있고 이건 뭐, 일본인의 구미에도 (맞출 생각도 없었다마는) 부유한 조선인의 구미에도 맞지 않았으니 어쩔 수 없었다. 겪어왔던 실패들이 다 그랬듯 지나고서야 처음부터 끝이 자명한 일이었음을 알았다.

그러나 배운 점이 아주 없지는 않아서 창작극을 올릴

궁리를 시작했다. 문제는 올릴 돈이 있는가였고 나를 희롱했던 여자는 저를 첩으로 들여앉힌, 말하자면 저의 정당한 애인에게 호되게 혼이 났는지 〈잔발잔〉 상연이 끝나기 전부터 자취를 감춘 채였다.

양산 출신의 돈 많은 청년 하나가 다행하게도 또한 딱하게도 우리에게 홀려 들어왔다. 청년은 우리에게 자동차 석 대를 빌려주고 유숙에 드는 비용이며 연극 제작비까지 다 대주겠다며 제가 사는 양산 일대에서 유랑 공연을 청했다. 거절할 이유가 없었다. 〈잔발잔〉의 패인을 분석하는 동안 했던 생각대로 창작극을 시험대에 올려보기에 적합한 무대이기도 했다. 극장 대신 마당에서 공연할 터, 객석과 무대에는 경계가 없고 관객들은 재미나 보이면 부담 없이 앉았다가 별 볼 일 없다 싶으면 자리를 뜰 것이기에 우리가 제대로 하고 있는지 어떤지를 잔인할 만큼이나 확실하게 알 수 있는 기회였다.

"써둔 것 있나?"

"아니요, 저번 프로 끝나자마자 잡힌 공연이라 그럴 틈이 영."

"그럼 우선 내 대본으로 할까."

이때 윤백남 그러니까 예술학원을 차린 현철, 유성기 사업가로 이름난 이기세와 함께 조선 연극계의 삼거두로 손꼽히던 저 윤백남이가 〈잔발잔〉을 본다고 부산에 온 김에 눌러앉아 우리 극단과 숙식을 함께하고 있었는데, 그가 재미있을 것 같다며 유랑 공연에 대본을 대기로 했다. 이 기회를 창작극 실험의 장으로 쓰고 싶다는 내 내심에도 잘 맞는 일이어서 응낙하였다. 대본을 숙지할 시간이 충분치 못한 것은 아쉬웠지만 무대 뒤에서 작은 소리로 대사를 불러주면 배우들이 큰 소리로 읊는 방식으로 어찌어찌 넘어가려 했다. 그런데 이 윤백남이는 양산군청 소재지 앞에다 이승만 화백이 그려준 배경을 펼치고 분장을 시작할 때까지도 대본을 주지 않았다. 지금 생각해도 왜 이때 따지고 들지 않았는지 불가사의하지만.

“그래서요 윤 선생, 대본은?”

“자, 자, 걱정하지 마시구려. 지금부터 잘 들어요.”

하고 윤백남은 태평하게 읊기 시작했다. 주인공은 신스케와 에이코, 형식은 즉흥극. 자기가 신스케를 할 테니 아무나 자원하여 에이코를 맡으라는 것이었다. 대본 같은 건 처음부터 없었나……. 윤백남은 일본식의, 일종의 일인극이라고 할 수 있는 강담講談에 심취해 있었고 나름대로 할 줄 아는 레퍼토리도 제법 있는 듯했다. 그런 그가 즉흥극의 남주인공을 맡겠다는 말은 (다른 뾰족한 수가 있는 상황도 아니었기에) 그런대로 납득할 만한 것이었다. 반면 아무리 우리 극단의 이름이 '연구회'라고 해도 스타니슬랍스키 식의 에쭈드Etude를 곧잘 해낼 만한 사람은 나 정도뿐이었기에 울며 겨자 먹기로 내가 에이코 역할을 맡기로 했다. 나는 줄곧 감독을 맡아와 출연 경험으로는 그것이 겨우 두 번째였는데도.

신스케는 가난하고 에이코는 아프다는 간편한 설정만으로 우리는 무대에 섰다. 등으로 낙동강 줄기 같은 굵은 소름이 지나다녔다. 신스케 윤백남은 시작하자마자 대뜸 "오, 에이코" 하고 외치더니 나를 껴안으려 들었다.

"이러지 말아요. 내가 이미 다른 사람의 아내인 걸 모르나요?"

왜 이런 대사가 내 입에서 튀어나왔을까? 어쩌면 나는 나도 모르게 그 기생을, 도무지 얼굴이 외워지지 않던 여자를 의식했는지도 모른다. 어쩌면 그 여자의 생령이 내게 빙의했는지도.

"그건 그저 형편에 따른 것, 실은 당신도 나를 사랑하고 있지 않소! 게다가 당신의 목숨은 꺼져가고 있어. 남은 시간을 낭비해서는 안 됩니다."

아니, 적어도 한 시간에 걸쳐 찬찬히 드러내야 할 기본 설정을 대사 한 번으로 다 친절하게 알려주다니……. 그렇지만 즉흥극에서는 '아니오'라고 말해서는 안 된다. 앞선 사람의 즉흥적 상황 부여에 유연하게 대처해야 했다. 내가 불륜 설정을 끌고 와 당황한 것은 윤백남도 마찬가지일 터였다. 우리는 누가 누구를 더 놀래킬지 경쟁하듯 서로 받아치며 무리한 설정을 덧붙여갔다. 말문이 막히면 나는 조금 돌아서서 우는 척했고 윤백남은 발을 구르며 분을 냈다. 관객들은 놀랍게도…… 몰입하고 있었다.

"오, 에이코!"

마지막 장면에 이르러 내가 쓰러져 피를 토하는 시늉을 하자 윤백남이 결국 내게 달려들었다. 첫 장면에서 얼싸안으려다 실패했던 것을 떠올리면 이야기상으로는 괜찮은 수미상관이었지만 짜증이 났다. 나는 몸을 일으키며 떨다 다시 쓰러져 눈을 감았다.

"에이코! 에이코! 정신 채리쇼……. 죽지 말어요!"

윤백남이 눈짓으로 신호하자 단원들이 무대 앞에 막을 펼쳤다. 여러모로 황당하고 짜증이 치밀어야 마땅할 상황이었지만 어느 극장에서도 들어본 적 없는 박수 소리를 들었다. 객석과 무대의 경계가 분명치 않아 사람 둘이 막을 펼쳐야 하는 야외 즉흥극에서.

“꽉 끌어안고 보니까 무척 예쁘더군, 이 감독.”

그렇게 말하며 윤백남은 쌩긋 웃었다. 그러는 그의 얼굴에 한 방 먹여줬어야 옳은 도리 같지만 당장의 성공이 벅차서 나도 맥없이 웃고 말았다.

그러나 차회 공연은 초회만큼 성공적이지 못했다. 단원 하나를 시켜 초회 공연의 대사와 지문을 대강 받아 적어달라고 하였고 그것을 토대로 올린 것이었다. 당연히 연습 시간이 부족해 적힌 대로 하지 못했고, 그래도 정해진 줄거리와 말 오가는 순서가 대략 있어 초회보다 한결 편했는데, 도리어 그것이 관객의 눈에는 거슬린 듯했다. 초회에서 나타난 일촉즉발의 (연출상의 의도는 아니었던) 긴장감은 사라졌는데 대사와 전개가 전날과 완전히 같지도 않으니, 누구를 탓하랴. 코앞의 얼마 안 되는 보수에 눈 어두운 나의 탓, 윤백남에게 대본이 있으리라 철석

같이 믿고 따른 나의 탓.

나에게는 석연치 않은 흥행 성적이었지만 양산 공연에 물자를 댄 양산 출신 청년은 쾌재를 불렀다. 내친김에 인근에 청산이라는 고을로도 공연을 가게 됐다. 단원 하나가 내게 말했다. 청산에 그 여자 별장이 있다고 하던데, 일본식으로 으리으리하게 지은 별장이. 어쩌란 말인가? 여자는 코빼기도 비치지 않은 지 여러 날이었고 나는 그 사실에 아무 감흥이 없었다. 어쩌면 지금쯤은 또 나처럼, 나만큼, 나보다 특이한 사내를 발견해 제 손아귀에 넣으려 애쓰고 있을는지도. 그렇게 생각하니 그 여자와 내가 스친 것이 아주 옛날 일처럼 느껴졌다.

우리는 양산 청년이 빌려준 자동차 석 대에 나눠 타고 청산으로 향했다. 깎아지른 듯한 절벽과 강인지 바다인지 헷갈리는 물가를 지날 때 누가 절벽 위를 손가락질했다. 저기가 그 여자 별장인 모양이오. 저기, 저 여자 보이십니까 이 감독? 양산을 떠나올 적부터 내게 그 여자와 별장에 대해 떠들던 그 배우였다. 나는 점잖게 대꾸했다. 기가 막히게 눈이 밝으시군요. 너무 멀어 나는 잘 안 보입니다.

청산에서 숙소를 잡은 다음 날 오전에 기어이 그 여자

가 찾아왔다. 여자는 내게 두꺼운 새 일제 노트를 한 권 주고서 글을 써달라고 했다. 뭐든 괜찮아요. 운문이어도 좋고 이야기라도 좋아요. 당신의 글씨가 갖고 싶어요. 당신의 일부를 주세요.

이걸로 나는 마지막이에요.

*

카메라를 들고 여관을 나와 연락선 선창에 섰다. 선창과 항구의 전경과 바다에 뜬 배들과 관關으로 떠나는 연락선을, 마침내 찍었다. 곧장 기차역으로 가 경성으로 가는 티켓을 샀다. 기차가 출발할 즈음에야 간신히 나는 생각하였다.

아직은 내게 이 도시가 아무렇지 않지가 아니하구나.

그런 줄로 알고 찾아온 도시에서, 아무도 쫓아내지 않았는데도 마치 쫓겨나는 모양으로 나는 가고 있었다. 마치 곰처럼. 사냥에 실패하고 진이 빠졌으나 곰이라서, 사람이 아닌 곰이라서 할 수 없이 네발로 기어야 하는 것처럼.

*

청산 공연을 이럭저럭 마치고 원래 묵던 부산의 절(그러고 보니 이 또한 여자가 알아봐준 것이었다)로 돌아가자 이주경이라는 사람이 나를 찾아왔다. 멀리부터 눈에 띄는 거구에 어디서 본 듯한 인상이 끼어 있어 누구더라, 했더니만 신문에도 사진이 실린 적 있는 유명한 야구선수였다. 양산 유지라던 얼마 전의 그 청년처럼 저희 동네에서 공연 한번 하자는 제안을 할 줄 알았는데, 예상보다도 훨씬 통이 큰 이야기를 하러 온 것이었다.

"영화 한번 해보입시더."

그는 야구선수면서 은행원이기도 했다. 그간 어디에서도 본 적 없는 훌륭한 육체미를 지닌 한편 지성미로도 누구에게 뒤지지 않을 만한 이였다. 부산 지역 일본인들과 이주경처럼 배우를 지망하는 조선인들이 '조선키네마주식회사'라는 것을 설립하였고 벌써 50만 원어치의 주식이 불입되었다고 했다. 50만 원……. 대학 졸업자의 월급이 50원, 경성의 서른 평짜리 집 한 채가 1천 원 정도 하던 때였다.

일본인 의사, 변호사 같은 오오테大手 즉 '큰손'들이 자금을 출원한 배경에는 관동대지진이 있었다. 일본 관동에 모여 있던 영화사들이 일시에 위기를 맞았으니 지진과 같은 재해로부터 비교적 안전한 조선에서 다이쇼 영화의 새 시대를 열어보자는 것이었다. 다이쇼大正……. 언제 들어도 농담 같은 소리였다. 무엇이 크게 바르단 말인가. 일본인들이 일제의 자본으로 세운 영화사의 이름이 '조선키네마'인 것이, 그것으로 '내지' 영화계를 공략한다는 작전이 어떻게 '크게 바른' 정신이 될 수 있는가.

하물며 조선키네마의 대표 다카사 간조高佐貫長가 우리 무연회를 좋게 보아 전원을 배우 및 직원으로 채용하고 싶다 하는 상황이었다. 감사한 한편 떨떠름하고 어처구니가 없었다. 우리의 〈곰〉을 외면하고 나의 〈잔발잔〉을 저버리더니 이제 와서? 우리의 무엇을 보아? 긴급한 회의를 거친 후에 우리는 만장일치로 조선키네마에 합류하기로 결정했다. 글쎄 얼마간은 될 대로 되어라 하는 심정도 있었거니와, 자본 걱정 없이 내가 쓴 대본으로 작품 활동을 할 수 있으리라는 희망이 일말의 꺼림칙함을 가려준 것이었다. 물론 일본 기업에 투항하는 듯한 기분에는 아무래도 환멸감이 섞여 있었지만, 그것만큼은 조선 고유의 영화 기술을 갖추기 전까지는 어쩔 수 없는 처사였다. 같은 논리로 이 시대의 수재들도 동경에서, 저 원수의 도시에서 꾹 참고 묵묵히 수학하고 있지 않은가?

부산 아라사[◆] 영사관을 영화사 겸 촬영소 삼아 준비한 첫 작품은 〈해海의 비곡〉이었다. 대표인 다카사가 직접 대본을 쓰고 연출도 맡았다. 다카사는 부산에서 제일 큰 절의 주지승이기도 했다. 일본에 납품할 영화를 만들 요량이지만 조선의 아름다움에 크게 감화받기도 하여 영화사의 이름을 '조선키네마'로 지었다더니, 그가 쓴 〈해의 비곡〉은 배경이 제주도 한라산이었다.

줄거리는 이러했다. 경성의 두 청년이 제주도 여행을 계획한다. 한라산 등반 도중 한 친구가 실족하여 죽게 되는데, 죽으면서 친구에게 자기의 목걸이를 맡긴다. 살아남은 친구는 제주의 어느 나무꾼에게 구조되어 나무꾼의 딸과 정을 맺더니 친구에게서 받은 목걸이를 주고 경

◆ 아라사(鵝羅斯): '러시아'의 음역어

성으로 떠난다. 돌아온 경성에서 중매로 결혼을 하니 그 상대는 죽은 친구의 옛 연인이었다. 그 여인의 배 속에는 죽은 친구의 아기가, 제주도 나무꾼 딸의 배 속에는 살아남은 친구의 아기가 있고, 훗날 그 두 아기가 자라 서로 사랑에 빠지지만, 목걸이를 매개로 하여 자기들이 혈연이라 생각한 나머지 제주 앞바다에 심중◆하고 만다.

즉 조선 옷을 입은 조선 배우들이 조선 로케로 찍은 영화지만 어디서부터 어디까지라고 하기도 어려울 만큼 왜색 정서가 뚜렷한 이야기였다. 조선 대중은 같이 죽는 것보다는 죽을힘으로 꿋꿋이 살아 이겨내는 이야기를 좋아한다고, 하물며 남녀 주인공이 이복남매처럼 보이는 상황을 달가워할 리 없다고 누차 일렀건만 다카사는 두꺼운 근시 안경 너머로 알 수 없는 눈빛을 던지며 웃기만 했다. 그래, 그래서 이 감독이 성공했습니까? そう、それで李さんは成功しましたか?

밉살스럽기는 해도 다카사는 뭐랄까, 교과서처럼 단

◆ 심중(心中): 에도시대 유행한 연인의 동반 자살을 뜻하는 말.

정하고 점잖은 사람이었다. 닷새는 영화사 일을 보고 하루는 절에서 경을 읊고 하루 쉬는 리듬의 평소 생활도 그러하거니와, 감독술이랄지 연출의 방법론에 있어서도 영화감독 입문서에 나오는 그대로였다. 좋게 말해 점잖고 나쁘게 말하면 고지식하고 재미가 없는 사람이었다. 하다못해 코밑의 챨리 차플린 수염마저도 수염이라기보다 얼굴에 붙어 있는 검정 도형으로 보일 만큼이나 꼼꼼하게 재단되어 있었다. 멋으로 혹은 보는 사람 재미라도 나라는 뜻에서, 또는 그 자신의 정형된 본색에서 벗어나 조금이라도 더 예술인처럼 보이고 싶어 (이편이 가장 그럴싸하다) 길렀을 희극적인 수염조차 그가 얼마나 반듯하고 요령 없는 사람인지를 보여주는 아이러니를 자아내는 것이었다.

처음에 우리 배우들은 왜인인 그의 이름을 우리식 한자어 그대로 음차하여 고좌高佐라고 불렀는데, 누가 그에게 그게 조선에서 쓰는 욕된 말과 발음이 비슷하다 일러준 모양이었다.

"이 감독, 고즈와는…… 후노不能라는 뜻이라지요?"

촬영 초반 그는 무엇 마려운 강아지처럼 끙끙대다 내

게만 넌지시 그렇게 묻고는 그 다음번에 '왕필렬'이라는 조선식 이름을 지어왔다. 영화 포스터에 조선인 감독인 것처럼 이름을 찍어내면 흥행에 도움이 될 것 같다는 핑계를 댔고 그건 영 근거 없는 말은 아니었으나, 우리끼리는 계속 그를 다카사라고 불렀고 고좌는 그가 없는 자리에서 그를 부르는 별명이 되었다.

아무튼 그 요령 없는 자는 제주의 풍광을 반드시 영화에 담아야 한다며 제주 풀 로케 촬영을 고집했다. 이에 부산에서 구한 주연 여배우의 부모가 어디 남의 생때같은 처녀를 데리고 바다를 건너려 하냐며 극구 반대했고, 영화사 모든 배우 및 직원이 너 나 할 것 없이 고좌를 설득하려 했지만 (부산에도 바다가 있고 부산도 산이다, 경성 장면은 굳이 로케 안 하고 부산에서 찍지 않았느냐, 부산에서 찍은 초중반 필름을 다 어쩔 셈이냐) 고좌는 요지부동이었다. 연락선을 찍겠다고 오래간만에 부산을 찾아온 나도 나지만, 조선키네마의 전 직원을 제주로 데려가 한 달이나 머물며 촬영을 강행한 고좌에는 댈 게 아니다. 모르긴 해도 조선키네마에 불입된 주식을 절반 가까이 쓰지 않았을까, 겨우 첫 영화의 촬영을 개시하고는. 무연회로 활동할 때에 비하여 숙식의 형편이 훨씬 나아졌지만, 그 때문에 오히려 전전긍긍이었다. 나는 물론이고 내가 데려온 배우들도 이보다 예산을 낮추어 생활해도 괜찮은 사람들인데, 어쩌자고 고좌는 이렇게 돈을 헤프게 쓰는지. 주식 50만 원이 다 제 돈인 줄 아는 듯이.

금전 감각도 금전 감각이려니와 일본 절에서는 승려가 결혼도 하고 아이도 낳는다더니 고좌는 여자를 좋아했다. 조선키네마의 풀 로케 촬영 소식을 어찌어찌 접한 제주도 도윤都尹이 우리를 찾아와 초호화 연회를 베풀었는데, 그 사치스러움이 어떠했는가 하면 고좌의 취향을 고려하여 게이샤까지 데려와 앉힌 것으로 대략 설명이 될 것이다. 도윤은 이 〈해의 비곡〉이라는 영화를 통해 제주의 아름다움이 전 세계에 (진심으로 하는 말인가?) 알려질 것이니 조선키네마는 제주의 은인이고 따라서 여러분을 극진히 대접하는 것이 제주의 관리인 저의 도리라 일장연설을 늘어놓았으나 고좌는 게이샤와 다다미방 놀이인지 뭔지를 하러 돌아다니느라 제대로 듣지도 않았고 배우들은 에라 모르겠다 차린 게 아까우니 먹고 보자 판이었으며 도윤의 말을 진지하게 들으며 앞일 걱정을 하는 사람은 도대체가…… 나밖에 없는 것 같았다. 첫 작품부터 무리한 로케 촬영으로 큰 예산을 들어먹은 우리 영화사도, 엄연한 정부 예산을 공연한 산자이散財 연회로 날려 먹은 제주 도윤도 한심하고 가련했다.

정말이지 오랜만에 형이 보고 싶었다.

나는 누대 의관 집안에서 태어났고 그건 내가 자라는 동안 그리 빈하지 않을 수 있었다는 뜻도 되었다. 실로 나는 배곯음이며 눈칫밥 같은 것은 모르던 사람이었다. 한데 언제부터 나는 이렇게 돈 돈 거리는 놈이 되었나? 의식이 이 지점에 닿고 보니 형 생각이 났고 곧 간절해졌다. 나이 터울이 제법 있고 그다지 다정하지도 않았지만, 동생이란 놈이 예술에 투신한답시고 극장이니 예술학원이니 기웃거릴 동안에, 차마 부모님께 손을 벌릴 엄두는 나지 않아 찾아가면 옛다 사탕값, 하며 돈 1, 2원씩을 턱턱 쥐여 주던 우리 형. 나를 얼마나 어린애로 생각해서 사탕이나 사 먹으라 했는지는 모르겠지만 나는 그 돈으로 해태를 사서 하루에도 몇 갑씩 피워가며 글을 썼다.

그 결과가 이것이란 말인가?

*

〈보 제스트Beau Geste〉라는 영화가 있다. 인기 모험소설 시리즈를 원작 삼은 것으로 열에서 스무 해 정도 간격을 두고 몇 차례 다시 만들어져 동명의 영화가 서너 편 있는 것으로 안다. 그중 39년에 만들어진 게리 쿠퍼 출연작이 대표격으로 여겨지는 듯한데, 하지만 내게는 역시나, 로널드 콜먼이 같은 배역을 연기했던 26년 판이 원조로 느껴진다. 26년 판이 먼저 나와서가 아니라 운규가 그것을 좋아했기 때문에. 게리 쿠퍼가 출연한 〈보 제스트〉를 운규가 봤다면 뭐라고 했을까? 게리 쿠퍼를 좋아하면서도 미워했던 (명연기를 해내는 배우지만 지나친 미남이기도 해서) 운규라면 게리 쿠퍼가 영화를 되살렸다고 생각할까, 아주 망쳤다고 생각할까.

운규와 만난 것은 〈해의 비곡〉 제주 로케를 끝내고 부산에서 후반 작업을 할 즈음이었다. 마침 고좌가 저의 절에 간 날이었고 감독실에는 나와 고좌 이외 다른 이들의 출입이 엄히 금지되어 있었는데, 감독실에서 나 혼자 필름을 정리하고 있을 때 운규가 불쑥 들어왔다. 마치 처음이 아닌 듯, 노상 드나들던 곳에 당연스레 왔다는 듯. 그렇지만 아무래도 전혀 어색하지 않은 것은 아니어서, 보안이 허술해 평소에 즐겨 털던 집에 왔다가 들킨 도둑 같았다. 들켰다고 해서 주눅 들거나 공격적으로 돌변하지 않고, 여기서 뭐 하시는 거냐 물으면 어깨를 으쓱하고는 태연하게 나갈 것처럼 보였다. 원래 검정색이었겠으나 낡아서 일어난 흰 보풀로 마치 불에 태운 시궁쥐처럼 보이는 헌팅캡과 무슨 멋으로 걸친 것인지 알 길 없는 검정 망토 때문에 더욱 도둑놈 같았다.

"라남에서 온 라운규올시다."

누구…… 하고 물으려던 참에 운규가 서양인처럼 과장된 동작으로 엄지손가락을 치켜 자기 가슴팍을 가리켰다. 억양이 약간은 특이했는데 알고 보면 그건 저 지독하다는 동북방언의 흔적을 노력으로 거의 지워내고 남은 것이었다.

그는 영화가 좋아서 왔다고 말했다. 1지망으로 배우를 하고 싶고, 기회를 준다면 감독도 해보고 싶다고 했다. 즉 운규는 등장부터 나의 라이벌이었던 셈이다. 나도 감독으로 조선키네마에 입사하였지만, 고좌가 나의 신상명세(나이)를 알고는 태도를 바꾸어 감독은 아직 이르다고 선을 긋는 바람에 조감독 신세였다. 부디 와달라 간청할 때는 언제고, 고작 나이를 가지고. 감독 노릇도 졸렬하고 유치하기 짝 없는 주제에. 나는 처음 보았을 때는 물론 이후로도 결코 운규에게 나이를 묻지 않았으나 그가 연상이고 내가 상대적으로 연소한 것은 그도 알고 나도 알았다. 감독 지망으로 들어오는 형이라면 나를 앞질러 감독이 될 가능성도 충분했다.

그런데도 나는 왠지 그가 마음에 들었다.

내가 머릿속으로 주판알을 튕겨 그를 라이벌로 결론지을 동안 그는 내가 묻지도 않은 자기의 인생 여정을 떠벌리고 있었다. 나는 의뭉스럽게 그와 나를 견주어보는데 그는 나를 전적으로 믿어 자기가 아라사 백계노군에 몸담았던 일이며 일명 도판부 사건으로 옥살이까지 했던 전력 등을 털어놓고 있는 것이었다, 이름은 '조선키네마'지만 엄연한 일본 자본 회사에 와서……. 후일 돌이켜 생각하기로 그날 감독실에 나 혼자 있었던 것은 나에게도 운규에게도 천만다행의 사건이었다. 고좌가 먼저 운규를 발견했다면 운규는 영락없이 쫓겨났을 것이고 그렇다면 그의 영화 경력은 상당히 늦춰지거나 아예 시작되지도 못했을 테니까. 물론 그의 근성에 비추어 조선키네마에서 한 번 거절을 맛본 것만으로 천하의 라운규가 영화와는 전혀 상관없는 삶을 살았으리라 상상하기는 어렵다. 운규가 조선키네마가 아닌 어디에서 자기의 영화를 시작했을지는 알 수 없지만 만에 하나 정말로 그랬다면 내 인생에서도 라운규라는 인물이 빠지게 되었겠지.

그러지 않아서 다행이라고 여긴다. 진심으로 그렇다.

운규는 제풀에 성을 내기도 하고 울먹이기도 하며 내 앞에서 저의 생을 다시 연기하는 것이었다. 보통학교를 마친 지 얼마 되지도 않아 3·1 가담으로 수배에 걸려 아라사로 도망하였다가 오로지 밥이라도 먹고 싶어 백계 노군에 가담한 후 소속 부대가 패망한 것을 계기로 탈영하고는 물 한 잔 얻어먹으려 아라사 어느 집의 문을 두드렸더니 물을 주기는 줬는데 돌려준 그릇을 그대로 쓰레기통에 버리는 꼴을 보고 누가 뭐래도 자신이 조선 사람인 것을 느껴서 본국으로 돌아와 연희전문학교에 잠시 다녔지만, 일전 수배의 영향으로 결국 투옥되어 꼬박 2년을 살고 고향으로 돌아가니 폐병으로 자리를 보전하던 아버지가 그의 귀환만을 기다렸다는 듯 곧 돌아가셔서 이제 나는 어떡하나 막막하던 차에 신문에 조선 최초의 영화 제작 회사가 부산에서 설립되었다는 기사가 난 것을 보고 부랴부랴 여비를 마련해…… 이렇게 나는 당신과 만났다. 이제부터 나는 당신 마음이다.

첫눈에 미남이랄 수는 없고 이목구비를 따로 조목조목 보아도 크게 잘난 구석이 없는데(하지만 코만큼은 빼어나다고 할 수 있었다) 기이하게도 사람의 눈을 끄는 매력이 있었다. 표정 때문일까? 따지고 보면 장황하고 얼마간은 제자랑 같기도 하며 무엇보다도 초면이라 듣기에 퍽 난처한 그의 인생사를 끝까지 들을 수 있었던 것은 믿기 어려울 만큼 파란만장한 이야기 곡절 자체의 덕도 있었지만 소년기로부터 이어온 긴 방랑을 어제나 방금 겪은 일처럼 묘사하는 박력적 구연의 덕이 컸다.

그의 긴 자기소개를 듣고 나는 뭐라고 했던가, 아마 한마디했던 것 같다.

“내일도 오세요.”

본래가 나는 그렇다. 생각은 내달리는 야생마 같은데 말은 생각의 꼬리를 잡으려고 헉헉대며 달리는 늙은 개처럼 비루하고 초라하다. 언제나 그랬듯 운규와의 첫 대면에서도 나는 그처럼 멋없게 굴고 말았다. 운규는 씩 웃으며 헌팅캡을 눌러 보이고 (나름대로 서양식 인사를 하려던 모양) 망토를 펄럭이며 나갔다. 운규가 떠난 감독실에서 혼자 생각하기를, 나는 나에게 해롭고 위험한 것에 끌리는가? 운규는 제스처가 크고 희로애락의 표현이 전부 활달해 매력적이기도 했지만 그만큼 무섭기도 했다. 안 그래도 유약한 이미지의 서울내기인 데다 실로 곱게 자란 (재차 언급하건대 비 오는 날에는 하인에게 업혀 학교에 갔다) 나에게는 너무나 거친 상대였다. 그게 무서웠고 그래서 끌렸다. 엄혹한 시대를 나란히 살아가지만 나는 그처럼 고생하고 아파본 적이 없어서 그가 더욱 특별한 사람으로 느껴졌다. 질투심 약간에 충만한 숭배의 감각과 호기심과 열패감, 더불어 나는 결코 그가 될 수 없음에 대한 실망감 (이때는 운규를 처음 보았기에 실망감에 대한 전망이라고 해도 좋겠다)이 뒤섞인…… 이처럼 종잡을 수 없는 감정의 칵테일이 총체적으로는 결국 고양감의 맛을 냈고, 그 이상한 감정에 나는 어린애처럼 속절없이 안겨 있는 것 같았다.

*

이와 같은 감정을 전에도 느낀 적이 있고 이후로도 다시 느끼게 되기에, 이 감정의 바탕에는 기시감이 깔려 있었다. 그 감정을 내게 처음 알려준 이도 그걸 마지막으로 느끼게 만든 이도 한 사람이다.

이름은 앨리스, 이미 말했다시피.

*

운규는 다음 날에도 회사를 찾아왔다. 그날은 원래 고좌가 쉬는 날이었지만 〈해의 비곡〉 마무리 단계여서 고좌도 출근을 했다. 운규는 전날 그랬듯 처음부터 이 회사에 다니던 사람처럼, 이미 이 회사의 전후 사정 따위 다 알고 있는 것처럼 태연하게 배우들이 대기하는 2층으로 올라갔는데, 그가 계단을 오르며 휘날린 검정 망토 자락이 고좌의 눈길을 사로잡은 모양이었다. 나도 나지만 고좌는 나보다 훨씬 더 소심하여 운규를 직접 붙잡을 생각도 못하고 나에게 달려왔다.

“이 감독, 이 감독, 저 사람 누굽니까. 뭡니까?”

“아, 네, 배우 지망으로 들어오고 싶답니다.”

일부러 그런 것은 아니지만 나는 운규가 감독 지망이기도 하다는 것을 쏙 빼고 말했다.

“배우요? 못생겼던데…….”

고좌의 반응이 엉뚱해 우습기도 했지만 운규의 묘한 마스크를 못생겼다 일축하니 다소 거부감도 들었다.

“제가 데려온 배우들은 다 니마이메 지망이 아닙니까. 영화에 오로지 니마이메만 나오면 무슨 재미요. 여러 역할 감당할 마스크도 있어야지요.”

“하긴 언뜻 봤습니다만 산마이메라면 적합한 산판이겠소.”

니마이메는 잘생긴 남자 주연, 산마이메는 극의 악인이나 감초 역할을 맡는 조연을 뜻하는 말로, 가부키 용어에서 유래했으나 비슷한 의미로 영화판에 전래된 것이었다. 고좌는 성격처럼 반듯하게 제 나라말을 하다 난데없이 조선말을 섞어 논평을 마무리했다. 산마이메라면 적합한 상판. 나는 운규를 데리러 배우실로 올라갔다. 마침 무려 1인 2역을 소화한 〈해의 비곡〉의 주연 안종화가 있어 그도 함께 데리고 감독실로 돌아갔다. 나와 안종화와 고좌 셋을 앞에 둔 채 운규의 표정 시연이 시작되었다. 그의 생애에서 처음이자 마지막일 오디션이었다.

"그래요, 일단 계속 봅시다."

고좌는 마지못한 듯한 기색으로 운규의 입사에 동의했다. 동작이 크고 야단스러운 운규는 뛸 듯이, 가 아니라 아예 뛰며 기쁨을 표현했기에 칙칙하게 옷을 입고 칙칙한 얼굴에 칙칙한 안경을 쓴 채 칙칙한 차플린 수염을 단 고좌와 더욱 뚜렷하게 대비되어 보였다. 운규와 안종화가 배우실로 돌아간 후 고좌는 내게만 넌지시, 자못 걱정스럽다는 듯 말했다.

"저 치는 나중에는 반드시 감독 자리를 달라고 할걸요."

고좌도 영 둔하지만은 않은 사람이라서였을까, 둔한 것은 맞지만 그런 그의 눈에마저 띌 만큼 운규의 재능과 야망이 빛났던 것일까. 아무려나 나는 그런가요, 하고 말았다. 고좌의 말이 맞든 틀리든 상관없는 척, 산마이메 상판의 운규가 전혀 신경 쓰이지 않는 척.

그러고 보면 나는 부산에 다 두고 온 게 아니었다. 그곳에서 운규를 얻었으니까. 부산에서 나도 모르게 잃었거나 두고 온 것들 모두와 합쳐도 견줄 수 없이 귀한 나의 배우, 나의 동료, 나의 라이벌.

이제 와 생각하면 운규에게 가장 미안하다.

*

남대문역에 도착했을 때는 저녁이었다. 곧장 집으로 가서 편히 쉬고 싶었지만 카메라를 돌려놓으려면 영화사에 들러야 했다. 역에서 영화사까지나, 영화사에서 하숙집까지나 다 걸어서 갈 만한 거리여서 천천히 산보하듯 갔다.

별 뜻도 기대도 없이, 그냥 누가 있는지나 볼 요량으로 배우실에 들렀더니 신인 하나가 반갑게 내게 인사했다. 내게는 나보다 어리거나 직위가 낮은 사람의 호의를 곧이곧대로 받아들이지 못하고 의심하거나 넘겨짚는 경향이 있었다. 떨떠름하게 인사를 받았는데 신인은 무안해하지도 기죽지도 않고 명랑하게 물었다.

"감독님, 부산은 어땠습니까? 별일 없으셨나요?"

잠시 말문이 막혀 뒷짐을 진 채 손가락들을 서로 꼬다

가 짧게 답하고 돌아섰다.

"아무 일 없었습니다."

거짓말은 나의 특기가 아니었으나.

3

ㅋㅏㅋ

부

ㅏ 듀

1789년 7월 14일, 바스티유 감옥이 함락되었다. 대혁명 초기 성난 민중의 의지에 의하여. 무너진 감옥에서 쏟아져 나온 것은 화약과 범죄자들이 아니라 자유와 평등이었다. 적어도 불란서 민중이 장차 영원히 누리게 될 가치의 실마리였다. 왕권과 함께 신분에 따른 존엄의 차등을 상징하던 요새를 무너뜨린 파리 시민들은 승리를 기념하며 바스티유를 수비하던 후작의 목을 베어 창끝에 꿴 채 시가를 행진했다고 한다.

이 소식은 곧장 베르사유에 전해졌고 왕은 전령에게 흐리멍덩하게 되물었다.

"폭동révolte인가?"

한 신하가 대답하기를,

"폐하, 이는 폭동이 아니라 혁명révolution입니다."

이것이 지어낸 이야기가 아니라 실제의 역사라니 이 아니 부러울손가. 하지만 우리에게도 3·1이 있다. 불란서 대혁명과 비교해도 3·1이 밑지거나 부끄러울 것은 없다. 저들은 이제 구라파의 손꼽히는 강대국이 되었고 비록 우리는 동방의 작은 나라에 머물러 있지만, 저들이 대혁명에 쏟은 피에 대어 우리가 일제에 저항하며 흘린 피가 결코 적다 할 수 없다.

하여간에…… 거리에 흐르는 혁명의 뜨거운 피와는 전혀 상관없다는 듯 영업 중인 주점이 1789년 파리 그곳에 있었다. 매일 저녁 악당들이 모여드는 기묘한 주점. 실은 이 주점의 주인이 과거 극장을 차렸다가 망한 전력이 있는데, 예전에 극단에 속했던 배우들을 모아 범죄자 연기를 하도록 주문한 것이었다.

주점 주인과 배우들은 매일 저녁의 범죄자 연기를 '공연'이라 불렀고, 이 공연은 뜻밖에도 상당한 인기가 있었다. 배우들은 그날그날 내키는 대로 방화광이 되거나 색한이 되거나 좀도둑이 되거나 살인마가 되었다. 말하자면 공연은, 범죄자 연기를 본바탕에 두고 전개해가는 '즉흥극'으로서, 공연이라고는 하나 딱히 무대와 객석의 구분이 뚜렷하지 않고, 주점의 종업원(배우)들이 손님인 체하며 진짜 손님들과 어울리고 뒤섞인 채로 자기가 무슨 죄를 지었는지 고백하여 산발적인 일인극을 벌이는…… 즉 거짓말의 전당이라고 할까. 그리하여 손님들은 그곳에서 이루어지는 범죄의 고백이 어차피 모두 거짓인 것을 아는 채로 방문했으며 그 자신들 또한 악한으로 의태擬態했다. 대체로 귀족으로서 무슨무슨 자작, 후작, 후작부인 따위 작위를 단 점잖은 손님들이 파리의 밑바닥 인생들을 관람하며 저 자신의 일면도 슬쩍슬쩍 내비치는 것이었다.

이렇게 되어서는 처음 온 손님은 이들 중 누가 진실로 선량한 손님이고 누가 파렴치한 불한당인지 구별할 수 없을 것이다. 예를 들어 종업원 중 한 여인은 사생활이 문란한 (그 자체는 범죄가 아니지만 그런 이가 질 나쁜 남성들과 어울릴 수는 있으니) 기생의 노릇을 하고 있지만 전 극장주이자 현 주점주인 그 고용주의 평가에 따르면 그 여인이야말로 파리에서 만나볼 수 있는 가장 참되고 성실한 인물. 그런데 그 여자를 비롯한 가짜 악당 패거리를 구경하러 온 후작부인은 실제의 성생활이 난잡한 사람으로서, 이 거짓의 전당에 방문한 것을 핑계로 자신의 진실을 내보이는데, 그를 동반하여 주점에 온 후작은 자신의 부인이 썩 훌륭하게 악한의 흉내를 내는 것으로만 착각하고 감탄한다.

한편 7월 14일에 이 주점을 찾은 사람 가운데에는 진짜 범죄자도 있었다. 2년간의 옥살이를 마친 전과자는 자기도 범죄자 연기를 하고 싶다고 고용주에게 통사정을 하고서는 제 버릇을 개 못 주고 손님들의 소매를 털기도 했다. 이 사람의 눈에 좀도둑 연기를 하는 종업원들은 우습고 의아할 뿐이다. 평소 "자네의 범죄자 연기는 대담하지 못하다"며 배우들을 다그치던 주점 주인은 진짜 범죄자의 등장으로 난처해지고 만다. 주점 주인이 총애하던 주역 배우는 자기가 바깥에서 사람을 죽이고 왔다고 고백하고, 그날 저녁의 소란한 분위기 속에서 그 고백은 사실인지 연기인지를 분별해내기 어렵게 된다. 이윽고 유혈 사태가 벌어지고, 주점에는 파리 시민들이 밀물처럼 몰려들어와 바스티유 함락의 승전보를 외친다…….
객석과 무대와 진실과 거짓이 어지럽고 위태롭게 공존하던 주점 안의 생태는 거대한 역사적 사실의 개입으로 또 한 번의 전복을 맞이한다.

이 주점의 이름은 초록 앵무새**Der grüne Kakadu**, 또한 지금까지의 이야기는 아르투어 슈니츨러가 쓴 동명의 단막 희곡 줄거리였다.

*

〈초록 앵무새〉가 처음 상연된 것은 (우연히도) 1899년 3월 1일. 이 작품을 준비할 동안에 슈니츨러는 친구에게 편지를 보냈다. 이 작품이 베를린에서의 상연을 금지당했고, 작가로서 나는 이 작품의 '피 냄새'를 제거해야만 한다……. 그것은 슈니츨러 개인의 의견이었을까, 상연을 금지한 자들의 강압이었을까? 아무려나 내가 읽은 〈초록 앵무새〉에서는 여전히 피가 흐르고 있었는데 (이미 한 차례 세탁을 거친 이후인지 그렇지 않은지는 모르지만) 내 생각에 이 작품에서 피를 빼면 아무것도 성립되지 않는다. 정말로 피가 빠졌다면 저 오스트리아 희곡이 조선인인 나에게까지 전래될 일도 없었으리라, 더는 훌륭한 희곡이 아니게 되었을 테니.

일컬어 이 작품을 '그로테스크극'이라고 한다. 그로테스크라고 하면 쇼와 초기를 주름잡은 에로, 그로, 난센스의 그로. 나중 어느 신문에서 일축한 바에 따르면, 한마디로 에로는 정사, 그로는 기괴. 그런데 이 작품의 기괴성은 어디에서 오는가. 에로인가 그로인가 난센스인가를 따지자면, 이 우습고 야시시한 극 중에는 아무래도 난센스의 성분이 가장 높고 그다음은 에로가 아닌가. 하지만 그로란 기괴나 괴기로 일축되는 것이 아니다. 내 생각에 그로의 요체는 납량이 아니라 폭력에 있다. 해명 불가한 압도적 힘과 그에 의하여 거침없이 파괴되는 대상의 낙차가 그로를 발생시킨다. 〈초록 앵무새〉의 그로함은 저항할 길 없이 거센 시대의 흐름과, 그럼에도 시대를 거스르려는 퇴폐의 문화와, 그 둘의 충돌에서 삼중으로 뻗어나온다.

임진왜란 때 한양에서는 〈등등곡登登曲〉이라는 가요가 유행하였다. 때에 따라 수십, 수백의 사람이 모여 저잣거리에서 울고, 곡하고, 사뭇 미친 척하는가 하면 웃기도 하고 춤추고 뒹굴며 괴이한 노래를 불렀다. 여기에 참여한 사람들은 주로 양반가의 자제들로 영의정의 아들 이경전, 우의정의 아들 정협 등에 더불어 허난설헌의 남편이자

〈홍길동전〉을 쓴 허균의 매형인 김성립도 있었다고 한다.

그리고 지금, 또다시 왜란. 또 다른 퇴폐.

이런 질문이 가능할 것이다. 시국이 가파를 때에 퇴폐가 만연하는 것은 필연인가?

이는 또한 다음의 자문으로 이어질 것이다. 내가 해왔고 앞으로 저지르게 될 모든 행위는 나의 시대 앞에 어떠한 소용이 있는가? 또는 소용이 있어야만 하는가?

혹자는 아르투어 슈니츨러가 작품을 통해 고발하려 한 것이 19세기 말 오스트리아 왕가의 부패함이었다고 하지만 내게는 그가 보다 근원적인 뭔가를 탐구하려 했다는 믿음이 있다. 가령 〈초록 앵무새〉에서의 혁명기 불란서 귀족 풍자가 슈니츨러의 조국 왕실 풍경과 겹쳐 보이는 것은 우연이고, 그런 것은 한낱 장치에 불과하다는 입장이다. 일면식도 없는 먼 타국의 작가지만 나는 어쩐지 그의 내면을 알 것 같은, 마치 그와 잠시 연결된 적이 있는 듯한 느낌이 든다. 그가 프로이트를 두고 자신의 정신적 도플갱어라 표현한 것처럼 나도 그를 정서적 친척 정도로 여기는 것이다. 순전한 우연에 불과하지만, 그의 아버지가 의학 교수였고 그 또한 의학을 전공하였으나 아버지 사후에야 극작가로 전업한 점에서도.

*

옛말에 초상난 절에 중은 많다고 하였던가. 그 말을 처음 한 사람은 후일 이 망국의 수도에 이렇게도 많은 예술가가 날 줄을 미리 내다보았을까. 수도라고 해도 기껏해야 인구 20만 안팎에다 토지 대부분이 날것으로 남아 있는 열악하고 초라한 도시. 그러한 경성에서 수많은 젊은이가 예술가연하고 있었다. 그들 전부는 아닐지라도 몇몇은 필연 거짓되이 예술가 시늉을 하는 것에 지나지 않으리란 의심을 해봄 직했다. 때로 내게는 경성 전체가, 나아가 조선 전체가 거짓의 전당처럼 느껴졌다. 가엾게도 스스로가 거짓이라는 것을 모르는 젊은 예술가들은 또 얼마나 많은가. 예술가가 아닌 자신을 예술가라 믿으며 살아가는 어릿광대의 노릇.

물론 나 자신 또한 어디까지나 그 무리 가운데 하나라는 것을 나는 결코 잊지 않았다.

*

참과 거짓을 떠나 조선의 예술인을 구분하는 또 한 가지의 기준은 정부에 친화적인가 그렇지 않은가, 라고 하겠다(이렇게 나누는 것이 참된 예술가와 거짓된 예술가를 구분하는 방법과 크게 다르지 않다는 사실은 차치하고). 나로 말하자면 나의 예술인 자아의 뿌리를 3·1 정신에 두고 있다고 믿는 한편 내 영혼의 조국은 영토로 구획되거나 민족으로 귀결되는 어떤 국가가 아닌 예술 그 자체라고 여겼지만 (보헤미안에게 국경이란 의미가 없는 것이다) 일제가 보기에는 그렇지 않았던 모양이다.

"오래간만이오, 이 선생."

정말이지 오랜만에 종로 경찰서의 베레모 형사가 영화사로 찾아왔다. 예술학원 시절부터 종종 별 용건도 없이 나를 끌고 가던 작자였다. 아이고 실로 오랜만입니다. 용케 아직 안 죽고 살아계셨군요. 나는 속으로 대꾸했다. 숫기가 없어 말로는 못 하지만 나중에 영화나 소설에 써먹을 만한 대사라고 생각하면서. 내가 대사 칠 타이밍을 놓치자 베레모는 히죽거리며 말했다.

"이렇게 만난 것도 반가운데 우리 집에나 한번 가지요."

처음에는 그가 정말로 자기 집에 나를 데려가려는 줄 알았지만 이 인간의 '우리 집'이란 그가 일하는 종로 서를 뜻했다. 나는 순순히 그를 따라나섰다. 바쁜 와중 끌려가는 것이 반갑지는 않지만 이번에는 또 무슨 핑곗거리로 나를 데려가는 것인지는 순수하게 궁금했다. 또 심문이 밥때를 넘기며 길어질 것 같으면 (거의 매번 그랬다, 평균 다섯 시간 내외) 반드시 시켜 주는 팥죽 맛이 묘하게 그립기도 했다. 그간 경성의 숱한 점포들을 드나들어보았지만 도무지 어느 집에서 배달하는 팥죽인지 알 수가 없었다.

"저번 작품은 잘 보았습니다."

"저번 작품이라면?"

"이수일 심순애 말이오."

〈장한몽〉이라면 벌써 개봉한 지 두 해가 넘지 않았나. 그러고 보니 꼭 그만큼이 베레모를 보지 못한 기간이었다. 회사를 두 번 옮겨 만든 〈장한몽〉은 일본 소설 〈금색야차〉를 번안한 것이고 민족색이 두드러지지 않아 이제는 일제도 나를 딱히 애국애족 예술가는 아닌 것으로 받아들였으려니 생각했다. 비슷한 시기 신문지상에서 연재한 소설은 정반대로 전형적인 애국 서사라는 평가를 받았지만.

"각설하고, 이번에는 무슨 일입니까?"

"뭐가 그리 급하시오? 이 선생 사는 얘기나 들어봅시다. 영화사는 잘되어갑니까?"

"염려해주시는 덕에."

베레모는 성냥을 그어 담배에 불을 붙였다. 아사히 담배. 누가 보면 진짜 일본인인 줄 알겠구나, 생각하며 속으로 쓰게 웃었다.

"빼지 말고 얘기해보시오. 다음 작품은 어떻게 됩니까? 번안극입니까, 고전입니까?"

언제부터 총독부가 조선 영화계에 이렇게 관심이 많았습니까? 그렇게 묻고 싶었지만 숨을 삼키고 얌전하게 답했다.

"〈춘희〉라고 아실는지. 불란서 소설 번안 작품입니다. 대본은 다 되었고, 배우를 찾고 있습니다."

말해놓고 나니 아차 싶었다. 베레모는 혹시, 일명 한건단韓建團 사건에 연루된 김일송이가 여자 주연으로 낙점된 것을 이미 알고 나를 추궁하는 것은 아닐까. 한건단은 조선의 부호들을 털어 군자금을 형성하여 무장독립운동을 벌이려는 단체였다. 조직원들 자신이 바로 부호의 자식들이었고 첫째의 목표가 저희들의 아버지였다. 사건 당시 조직된 지 얼마 되지 않은 단체인 듯했는데 실제 총기를 가지고 피해자를 협박하다 실수로 살해하였고 이 일로 이들의 이름이 널리 알려지게 되었다. 김일송, 아니 본명 김현정은 당시 김애희라는 가명으로 현장에 함께 있었으며 김현정의 아버지 또한 한건단으로부터 협박을 받았다는 사실이 나중에 밝혀졌다. 전북 금산 부호의 차녀로 숙명여고보에 다니는 미인이라는 자세한 신상이 신문지상에 보도된 적이 있었다.

"좋소, 좋아. 아무래도 번안이 온건하지."

한데 내 짐작이 한참 헛다리였는지 베레모는 그저 싱글벙글이었다. 고전보다는 번안이 온건하다는 것은 총독부의 비공식적 견해일 터였다. 나는 감독 데뷔작 〈운영전〉을 떠올렸다. 총독부는 조선 왕실을 배경으로 한 이야기가 민족정신을 고취할 수도 있다는 점을 경계했을 것이다. 내 의도가 그러했든 그렇지 않았든 간에. 어쨌거나 〈춘희〉 다음으로는 다시 고전소설을 원작 삼아 시나리오를 쓰려는 생각이 있었기에 베레모의 말이 달갑지는 않았다. 하기사 자리도 자리요 상대도 상대인지 라 베레모가 하는 말 가운데 내 성미에 맞는 말은 한마디도 없었으니.

“집안은 요새 좀 어떤가요?”

“형 말고는 딱히 왕래하는 사람이 없습니다.”

“가족 간에 왕래도 않고 살아요? 부산에서 올라온 지도 꽤 되지 않았소?”

“그게 글쎄 그렇게 되었습니다.”

갑자기 가족 이야기 같은 건 왜 묻는 거지? 우리 집안은 딱히 총독부 친화적이지는 않지만 독립운동과도 큰 관계가 없었다. 나름대로 신식 지식인으로 분류할 만한 형과 나를 빼고는 3·1에 대해 이야기하는 사람도 없었다. 그나마도 우리 둘 다 그다지 적극적이거나 실천적인 태도는 아니었다.

“그러지 말고 협조 좀 해주시지요. 최근에 새삼 만난 사람이 없었습니까?”

“형을 본 지도 몇 달은 넘었습니다.”

지난 몇 해간의 경험을 통해 나는 베레모에게 거짓말이 통하지 않는다는 것을 잘 알게 되었고 그래서 말을 꾸며낼 의욕도 전혀 느끼지 못했다. 꾸준히 나를 추궁해온 베레모 역시 그걸 잘 알고 있을 텐데, 이상했다. 나는 불쾌한 기시감을 느꼈다. 가령 2년 전, 그러니까 바로 지난번의 취조 때가 그랬다. 배우 지망으로 들어왔던 소년에게 내 봉급을 한몫 떼어준 적이 있었다. 진지하게 학업을 닦고 싶지만, 가정환경이 불우해 유학은커녕 경성에 있는 아무 학교에나 가는 것조차 엄두를 내지 못한다고 했다. 실로 어리고 드물게 똘똘한 녀석이었기에 속는 셈 치고 도와준 것이었다. 내가 준 돈은 유학 비용에는 턱없으나 연락선 푯값에 한두 달 숙식 정도는 해결할 만한 정도였다. 그런데 이 녀석이 회사를 떠난 지 얼마 지나지 않아 베레모가 찾아왔다. 이 선생, 감독질만 하는 게 아니더군요? 독립운동가 후원은 언제부터 했습니까? 듣자하니 동경으로 유학을 가고 싶다던 그 녀석이 연락선 대신 기차를 타고 하얼빈에 가서 독립운동 단체에 들어간 모양이었다. 어떻게 된 일인지 몰라서 모른다고 하는데도 베레모는 요지부동이었다. 자기가 앞뒤를 끼워 맞춘 시나리오대로 나를 추궁하고서는 내가 지쳐 그래요 그렇다고 칩시다, 라고 하기를 기다리는 것 같았다. 그러니까 취조실에서는 내가 아니라 베레모가 감독인 셈이었다. 나는 도통 그의 지시를 듣지 않아 끊임없이 NG를 내는 배우. 이번에도 마찬가지였다. 베레모가 내게서 듣고 싶은 말을 도무지 짐작할 수 없었다. 그의 의중을 파악할 수 있다고 치더라도 절대 그가 원하는 대로 말해주지는 않을 것이었지만, 알고도 모르는 척하는 연기와 정말 몰라서 모른다고 하는 고백은 결이 완전히 달랐다.

질문도 대답도 지루하기 짝이 없는 그런 대화를 몇 시간이나 되풀이하다가 겨우 풀려났다. 밝은 낮에 들어갔는데 나오고 보니 어김없이 별이 총총이었다. 하물며는 이번에는 팥죽 한 그릇 얻어먹지 못했다. 못 본 사이 베레모가 인색해졌다는 생각에 경찰서 앞에 침이라도 뱉을까 하다가 그냥 삼켰다. 아무런 작업도 하지 못하고 공친 하루가 아까웠고 몇 시간이고 반복했던 멍청한 대화에 부아가 났다. 아무 짓도 하지 않았는데 영락없이 불령선인 범죄자 취급받은 것이 억울했다. 남편과 비밀리에 연락하는 게 아니냐는 추궁을 받으며 발가벗겨진 채 매질을 당했다는 사촌 누이를 떠올렸다. 적어도 나는 고문 등의 난폭 행위 없이 대화만 나누고 나왔으니 불행 중 다행이라 여겼고, 한 군데도 다치지 않은 것까지는 좋았지만 누를 수 없이 의아한 마음도 들었다. 왜 베레모는 내게 손도 대지 않는 걸까? 부모에게도 맞은 적이 없는 나는 조금만 때려도 없는 죄를 지어내 털어놓을지도 모르는데. 어쩌면 그건 한건단 단원들이 중죄를 저지르고도 그리 무겁지 않은 형을 받은 것과 같은 까닭일 수도 있었다. 즉 중형을 내리기에는 그들의 아비가 너무나 권세 있는 이들이었기 때문. 비록 그들은 자기 아버지를 총으로 겨누고 심지어 쏴버리기까지 했지만.

앨리스가 나타난 것은 그로부터 이틀 뒤의 일이었다.

*

종로 서에 끌려갔다 돌아온 다음 날, 긴급히 회의를 소집해 주연 여배우의 교체를 주문했다. 경찰서에까지 간 이유가 한건단 사건 때문은 아닌 줄을 알았지만 한번 노파심이 드니 그 일로 영화사 말아먹을까 겁이 더럭 난 것이었다. 그런데 말을 꺼낸 즉시 배우 겸 감독 정기탁이 반기를 들고 나섰다.

"일송이만 한 여우가 어디 있다고 그러십니까?"

정기탁이 말하는 여우가 여자 배우인지 꼬리 달린 여우인지 모를 일이었지만(그렇다고 김일송이 천생 배우인 것도 아니고 〈춘희〉가 그의 데뷔 작품이 될 터였으니, 정작 그 말을 한 정기탁은 눈치채지 못했을지라도 실로 '여우 김일송'이란 후자의 의미에 가까울 것이다), 그가 배우 교체를 반대하는 이상은 나도 크게 손을 쓸 수 없었다. 그는 〈춘희〉의 남자 주연 수흥 역할을 맡을 예정이었고, 그뿐 아니라 사실상의 제작자로 〈춘희〉 제작 비용의 대부분을 출자하고 있었다.

평양에서 내로라하는 부호의 아들인 그는 무려 상해까지 가서 연극과 음악과 체육을 배우고 온 인재였으되, 언행이나 몸가짐이 가볍고 사치스러운 편이었다. 여자 버릇이 그리 좋지 못했고 회중시계나 자동차, 모터사이클 따위에 관심이 많았다. 애초 그를 알게 된 것도 모터사이클 때문이었다. 이광수 소설을 원작 삼은 〈개척자〉를 제작할 예정이라는 기사를 신문에 내니 그가 자기 모터사이클을 끌고 와 이것을 타는 장면을 영화에 넣어달라고 떼를 썼다. 정기탁은 상당한 미남이었고, 성격이 가벼운 만큼 겁도 별로 없었기에 문예 영화인 〈개척자〉에는 애매하지만 활극 영상에는 딱 맞을 듯했다. 결국 그가 채용되면서 줄거리와는 큰 상관도 없는 모터사이클 장면이 영화에 들어갔다. 오히려 자동차라면 모를까 모터사이클은 실물로도 본 적이 없는 관객이 대부분이어서 상영 현장에서 탄성이 만발했다. 이광수 씨에게는 미안하게도, 흥행 성적은 씁쓸할 만치 부진했지만 아무튼 구경거리 제공은 톡톡히 된 셈이었다.

그렇다고 그가 재력을 앞세워 허장성세만 부린 것은 아니었다. 〈장한몽〉과 같은 해 개봉한 〈아리랑〉을 통하여 일약 조선 최고의 감독이자 배우로 떠오른 운규가 그를 차기작 〈금붕어〉에 채용했는데, 연기력으로는 정기탁이 라운규보다 한 수 위라 평할 뿐 아니라 심지어는 일본의 차플린이라 불리는 토미타 에이조富田永三에까지 비하는 기사가 났다. 당연히 운규는 길길이 뛰며 이따위 영화평을 쓴 개자식을 갈가리 찢어놓고 말겠다고 야단을 피웠고, 경박한 성격답게 으스댈 줄로나 예상되었던 정기탁은 뜻밖에 초연하고 잠잠한 태도로 일관하였다. 만사 가벼워만 보이던 그였지만 뜻밖에도 영화에 대한 태도는 진지하고 중후하였던 것이다.

하여 나 역시 그를 참된 나의 동료로 신뢰하고 있었는데, 제 버릇을 개 못 준다더니 고작 여자 주연 문제로 이런 말썽을 피울 일인가. 정기탁과 김일송 사이에 분명 무언가가 있다고 나는 짐작하였고 과연 나의 짐작이 사실로 드러났으나 그것은 후일의 사건. 나는 우선 기탁을 살살 달래었다.

"자, 자, 〈춘희〉에 주인공 월선이 역할만 있는 것이 아니요 시비 소홍이 역할도 있고 일단 기방이 주된 배경이다 보니 여자는 많이 필요하지 않습니까? 일단 몇몇 뽑아보고, 그중 김일송보다 나은 이가 있거든 그 사람을 기용해도 되지 않겠습니까."

"몇 사람을 보아도 일송이보다 나은 사람은 없겠습니다만 그러시든지요."

기탁의 마지못한 듯한 응낙에 직원들을 다 내보냈다. 경성의 극장이란 극장은 다 찾아가 영화에 나오고 싶다는 사람이 있거든 다 데리고 오라고, 실제의 기생이면 오히려 더 좋다고 일러두었다.

다음 날 영화사 사무소 앞으로 여자들이 길게 줄을 섰다. 전통 옷을 입은 여자, 양장을 한 여자, 쪽찐머리 여자,

단발한 여자, 화장이 짙은 여자, 어린 여자, 나이 든 여자 할 것 없이 양산을 들고서 건물을 빙 둘러 진을 치고 있었다. 아무나 다 데리고 오라던 전날의 발언이 영 실언처럼 생각되었고 사무소에 출근하는 걸음이 즐겁지가 못했다.

한 명씩 감독실로 들여 간단하게 자기소개를 듣고 표정 시연을 시킨 다음 돌려보내는 식으로 배우 선발을 치렀다. 표정 시연을 마친 여자가 나가면 내가 고개를 젓거나 끄덕였고 그러면 조수가 명단에 붉은 점을 찍어 나중에 따로 연락할 여자를 표시했다. 감독실에 함께 앉아 여자 배우 지망생들을 구경하던 기탁은 보란 듯 희희낙락이었다. 암만해도 김일송만 한 절색도, 그 이상 기백이 좋은 사람도 드문지라 나도 반쯤 포기의 심정이었다. 영화사가 망한들 어떠랴, 날려봤자 기탁의 돈이지 그게 어디 내 돈인가. 제 돈 내고 영화 만드는 정기탁이가 좋다는데 내가 뭐하러 공연한 짓거리를 벌이고 있담.

한 사람당 5분에서 10분쯤을 소요하면서 오전 아홉 시부터 오후 두세 시까지 보았던가, 조수가 거의 막바지에 이르렀다 고하였을 즈음 얼굴은 열넷, 열다섯 살이나 되었을까 싶게 앳되지만 키는 어른처럼 쑥 큰 여자애 하나가 감독실로 들어왔다.

"이음전입니다. 취성좌에서 왔습니다."

취성좌라면 그즈음 단성사 공연을 올리고 있던 신파극단이었다. 앞서 낙점이 된 몇 사람처럼 연기를 조금 배운 아이인 듯싶었다. 하지만 극단에서 말단 초보 신입이라면 무대 경험이 아예 없을 가능성도 있었고, 제법 이름이 알려진 극단의 이름을 팔아 신용부터 얻어보고자 하는 수작일 수도 있었다. 너무 어려 보이는 외양 때문에 더욱 그랬다. 표정 시연을 시키자 여자애는 작은 소리로 (그런 뱃심 없는 발성으로 무대에 선다고?) 그러나 어쩐지 씩씩한 태도로 물었다.

"창곡 해도 됩니까?"

기탁이 얘 좀 보라는 듯 나에게 눈웃음을 던졌다. 못 본 척하고 손을 한 번 까딱, 위에서 아래로 저었다.

"그러세요."

여자애는 아까 물었던 소리와는 차원이 다른 목청으로 가락을 뽑았다.

카추샤 애처롭다 이별하기 서러워
그나마 맑은 눈 풀리기 전에
신명께 축원을 라라 드려볼까

"잠깐."

"예?"

"부활 창가군요, 마츠이 스마코松井須磨子. 맞죠?"

"맞아요."

"지금 취성좌 프로가?"

"〈부활〉이어요."

"무대에서 이 곡을 뽑습니까?"

"예, 제가 불러요."

창곡을 듣기 전까지만 해도 얘 좀 봐라, 하고 빙글빙글 웃던 기탁의 눈이 아니 이 물건 좀 보게, 하는 듯이 휘둥그레지고 있었다. 얼굴처럼 앳된 목소리인 한편 요요하고 묘묘하고 구성진 창곡 솜씨에 나도 무척 놀랐지만, 기탁의 아뿔싸 하는 눈치에 자못 의기양양해지기도 했다. 거보란 말이다. 재주 있고 인물 좋은 배우 감이 세상천지 얼마나 많은데 김일송이 하나만 끼고 도느냔 말이다. 나는 이미 마음을 정했지만 짐짓 고민하는 체하며 새로운 곡을 청했다.
"〈장한몽가〉를 압니까?"
"알지요."
여자애는 눈치 빠르게 〈장한몽가〉 곡조를 뽑았다.

> 대동강변 부벽루하 산보하는 이수일과 심순애 양인이로다 악수논정 하는 것도 오늘뿐이요 보보행진 산보함도 오늘뿐이라

여자애의 노래가 '보보행진'을 넘어갈 때 문이 달칵 열리고 뜻밖의 얼굴이 들어섰다. 앨리스였다. 나의 오촌 조카 앨리스. 작년에 포와로 건너갔던 앨리스. 사무소 앞에 죽 늘어서 있던 여인네들 가운데 저 애도 있었단 말인가. 놀랄 일이 오늘은 참 여럿이로군.
"아직 이음전 씨 순서가 안 끝났으니 나가주세요."
"아, 저는 오디션을 보러 온 게 아니에요."
조수가 제지하자 앨리스는 차분하게 대꾸했다. 조수가 미심쩍어하는 눈치라 나도 한마디 붙였다.
"내가 아는 사람이니 모셔두시오."

조수는 나를 한 번, 정기탁을 한 번, 이음전을 한 번, 앨리스를 한 번, 다시 나를 한 번 보고 (시선을 따라 조수의 머리가 굴러가는 방향을 훤히 짐작할 수 있었다) 소파에 앨리스를 앉혔다. 이음전은 와중에도 곡을 뽑고 있었다. 극장에서 관객이 어떤 돌발행동을 하더라도 꿋꿋이 연기하는 배우답게. 심순애야 심순애야 내-년에는…….

"거기까지 합시다."

표정 시연에 제 특기인 창곡을 하겠다는 기지와 배짱은 물론이거니와 곡조를 따라 사무치게도 앙증스럽게도 변화하는 표정 역시 제법이었다. 들고 있던 명단에 점을 찍을지 말지 내 눈치를 살피는 조수에게 아예 대본을 한 부 가져오도록 시켰다.

"내일 또 오세요."

이음전을 돌려보내고는 조수더러 남은 여자들을 해산시키라고 일러두었다. 애초 여러 배역을 살피겠다는 말은 핑계고 김일송 대신 주연을 맡을 사람이나 한 명 구하면 되는 노릇이었으니 더 볼 것도 없었다. 표정 시연도 그만하면 합격, 기생 역할에 창곡이 특기라면 장원. 아무리 변사가 대사를 대신해주는 무성영화라도 주제곡은 영화와 함께 나오게 마련이어서 악곡의 질에 흥행 성패가 좌우되기도 하므로, 이음전의 기용은 우리 영화를 더욱 빛내줄 것이 분명했다. 흠이라면 수흥 역할의 기탁에 비해 너무 어려보인다는 것인데, 어차피 흑백영화라 분장으로 어떻게든 할 수 있을 터였다.

"아저씨, 정말 감독 같네요."

이음전과 조수가 차례차례 감독실을 나가자 앉아서 한참 구경하던 앨리스가 신기하다는 듯이 말했다.

"감독이 그냥 감독이지, 감독 같은 게 뭐니."

나는 어쩐지 쑥스러워져서 다소 퉁명스레 대꾸했던 것 같다. 연락선 선창에서의 우연한 만남으로부터도 한참이었건만, 어제 보고 또 본다는 듯이 태연하고 친근하게 굴어오는 앨리스의 태도에 엉겁결에 어른스럽지 못한 반응을 보인 것이다. 기탁이 건달처럼 휙 휘파람을 불며 앨리스 곁으로 자리를 옮겼다.

"이 감독, 어디서 이런 참신한 얼굴을 모셔왔지. 참으로 배우 지원에 온 게 아닙니까? 이 감독하고는 어떻게 아는 사이지요?"

"질문은 하나씩 해주시면 좋겠는데."

"그럼 이 감독하고 어떤 사이인지부터."

"아, 다름이 아니라 저희 어머니가 아저씨……."

나는 덥석 두 사람 사이에 끼어들며 다급히 말했다.

"기탁 씨, 앨리스 양하고 나는 긴히 할 이야기가 있어서 자리를 좀 비켜주면 좋겠는데."

물론 긴히 할 얘기 같은 것은 따로 없었다. 오랜만이다 보니 무슨 얘기를 하든 긴하게야 느껴지겠지만 동시에 너무나 오랜만이다 보니 꼭 해야 할 이야기 같은 게 정해져 있지도 않았다. 일단 이 갑작스럽고 뜬금없는 방문의 사유가 궁금했지만, 그보다 더욱 급한 것은 기탁이 앨리스에게 던지는 추파를 막는 일이었다. 머리 굴릴 시간이 그리 없기는 했지만, 최우선으로 나와 앨리스가 오촌 사이라는, 즉 남녀 관계로 발전할 일이 전연 없는 사이라는 점을 기탁이 알지 못하도록 해야 한다는 생각이 들었다. 거의 본능에 가까운 발악이 찰나에 뻗어 나온 것이었다.

"알겠습니다, 이야기가 잘 되면 나하고도 자리를 좀 주선해 주."

"그래요, 다음에 뵈어요."

능청스레 인사하며 나가는 기탁에게 앨리스는 속 편히

웃어주었다. 문이 닫히자마자 나는 기탁이 엿들을 수도 있다고 생각해 목소리를 낮추어 앨리스에게 말했다.

"얘. 저런 남자에게 내 조카인 것을 밝히면 안 된다. 지금까지 내가 알기로만도 수많은 여자한테 수작질을 걸어온 양반이란다. 경성 바닥에 정기탁이 손 탄 여인이 방금 바깥에 줄 서 있던 수만큼은 될 거다."

"어때서요? 내가 관심이 없는데요. 생기면 만나고 말지요."

앨리스가 장난기 어린 표정으로 대꾸하기에 나는 한숨을 푹 내쉬었다. 말은 그렇게 했으나 앨리스는 내 충고를 받아들여 이후로도 나와 혈연관계가 있다는 것을 드러내지 않고 지냈다.

"그래서 어떻게 왔니? 경성엔 언제 들어왔지? 배우 하고 싶어서 찾아왔니?"

"질문은 한 번에 하나만."

"그래, 배우가 하고 싶으냐?"

"아뇨, 얼굴이 너무 알려지는 것은 아무래도."

나는 그것이 앨리스답지 않은 말이라 생각했다. 내가 여자로 태어나 앨리스 같은 마스크를 지녔더라면 나는 그것을 만고에 알리지 못해 안달이 났을 텐데. 또한 바로 앨리스가 그렇듯 신식 교육을 넘치도록 받은 신여성이라면, 저의 재능으로 부와 명예를 얻는 일에 꺼림이 없을 텐데. 더구나 (이것은 신여성다운 의식이라 할 수 없지만) 친척 아저씨의 연출로 힘들이지 않고 곧바로 주연이 될 수가 있는데.

"그럼 무슨 일로 왔지?"

"오랜만에 고국에 와서 친척 아저씨 좀 뵙겠다는 게 뭐 대단한 일인가요. 제가 반갑지 않으세요?"

"반갑고말고."

기탁과 함께 작업하기 시작한 지 햇수로 3년이었고 기탁은 틈만 나면 상해 타령이었다. 무릇 세계 시장으로 뻗어나갈 영화를 하려면 상해 영화계가 어쩌고저쩌고……. 상해라면 앨리스도 연고가 있다는 점을 나는 기억하고 있었다. 기탁도 기탁이지만 어쩌면 앨리스가 나의 상해 진출을 도와줄 수도 있지 않을까 내심 그려보기도 했는데, 어쨌거나 그것도 그저 막연한 망상이라고만 여겼건만 앨리스가 (언제나 그렇듯) 불현듯 내 앞에 나타난 것이었다. 오랜만에 만나는 조카라서도 그렇지만, 막연한 꿈을 이뤄줄 조력자로서 앨리스가 더욱 반갑고 기꺼웠다.

"그런데 저 때문에 친구분을 내보내서 어쩌지요."

"아니다, 오늘 볼일은 다 보았는걸."

"경성엔 아직도 카페 하나가 없군요, 카페라도 있으면 우리가 거기 가서 얘기하면 되는데."

"아주 없지는 않은데, 아마 거의가 외국인 전용으로들 하고 있을 거야."

바로 이때에 앨리스의 눈이 반짝 빛났다.

"그러니까요 아저씨, 우리가 카페 하나 차려보지 않을래요?"

*

카페란 무엇인가. 서구식 끽다점을 이른다. 끽다점이란 또 무엇인가. 말 그대로 차를 즐기는 점포를 뜻한다. 주로는 서구와 왜에서 전래된 홍차나 커피를 취급하고, 뜨거운 물로 우리거나 내리는 우리 고유의 엽차를 팔기도 하는 업소 말이다.

"너 별안간 그게 무슨 소리니?"

한참을 코빼기도 뵈지 않던 오촌 조카가 갑자기 와서 동업을, 그것도 끽다점을 차리자고 하니 정색하고 되물을 수밖에. 내가 묻자 앨리스는 뭘 그리 경황망조하느냐는 듯 가볍게, 얄미울 만치 조목조목 대꾸하였다.

"나도 이제 조국에 뿌리내릴 궁리를 해야지요. 장사라도 해야지 먹고 살지 않겠어요. 내가 기술이 있나요, 손맛이 좋나요. 물 끓여 파는 것만큼 쉽고 남는 장사가 또 있으려고요?"

그렇지, 어릴 적 포와 살이를 하다 와서 또 성년이 되기 전에 해외로 나간 앨리스가 요리점을 할 수는 없지. 앨리스의 모친 되시는 나의 사촌 누이부터가 생활력이 변변치 못했으니 요리든 뭐든 앨리스보다야 순 조선 여성들이 잘 만들 테지. 그래도 해외 생활 경력이 있어 물 건너온 고급 잡화를 취급하면 좋겠지만, 그쪽은 자본금이 많이 들지.

"아이는 어쩌고?"

물어놓고 나는 아차, 하였다. 나혜석의 〈모母된 감상기〉를 읽고서는 아이 있는 여자, 아이를 낳은 경험이 있을 법한 연령의 여자에게 함부로 어미 노릇을 운운하지 않기로 결심했었다. 하지만 내가 그것을 묻지 않고 버틸 도리가 있었을까. 앨리스는 나의 조카인 데다 마지막으로 보았을 때 개구리 울음보처럼 볼록 나온 배를 하고 있었으니. 앨리스는 또다시 가볍고 산뜻하게 답하였다.

"포와에 있지요."

앨리스는 노래하듯 답했다. 아이를 떠올리면 진정으로 기쁜 모양이었다.

"이름은 웰링턴, 나의 작은 윌리랍니다."

뜬금없는 동업 제안에 좋다 싫다 말은 못하고, 영화사 근처 청요리점에 앨리스를 데리고 가 밥을 사 먹였다. 앨리스는 자꾸만 생각해보세요, 하면서 끽다점 이야기를 꺼냈지만 나는 글쎄 그것 좋은 이야기지만 지금은 〈춘희〉 크랭크인 때문에 바쁘기도 하고, 하며 족족 얼버무렸다.

말마따나 끽다점 창업이 좋은 아이디어라는 감상이 없잖아 있었다. 문화생활을 즐기는 경성 시민들, 일단 나부터가 끽다 문화에 관심이 크지만, 우선 값이 비싸 제대로 맛보기가 힘들었다. 남대문역 역사에 부설된 식당부와 끽다부가 있다고는 하나 한 끼 식대가 호텔 투숙비에 맞먹어 조선 사람 형편에는 맞지 않았다. 역 바깥이라고 끽다점이 전연 없는 것도 아니고 이쪽은 남대문역 시설들보다 저렴하기는 하지만, 하릴없이 일본인이 하는 끽다점에 들어갔다가는 외국인 손님들의 눈총을 받는 일이 흔했고 하다못해 종업원들로부터도 비웃음을 살 수가 있었다. 그렇다면 조선 사람이 하는 끽다점에 가야 되겠는데, 그런 곳은 저 소광교 부근의 백림관뿐. 조선의 대중에게 끽다 문화를 전파하기에는 턱없이 적은 수의 점포만이 운영되고 있었다.

창업의 관점에서는 경쟁자가 거의 없는 시장이라 할 수 있었다. 그런데 공급의 경쟁자가 적은 만큼 수요자도 충분할는지? 신문이나 잡지마다 경성 바닥의 끽다 문화 취재가 이어지는 것을 보면 고무적이지만, 겨우 물 끓여 팔면서 5전, 10전씩을 내놓으라는 가게가 과연 조선 사람 입맛에 맞을는지? 끽다점 겸업을 하는 요리점들의 경우 외국어로는 끽다점이라 광고하면서, 한글로는 요리점이라 광고하는 경우가 종종 있었다. 물을 돈 주고 사 먹기는 아까워도 요리를 돈 주고 사 먹는 것은 아쉽지 않은 조선인들의 심리를 꿰뚫어 본 전략이 아닌가.

좌우간에 실제로 가게를 차려보기 전까지는 알 수 없는 일이었다. 당대 조선의 극장 예술이 그러했듯, 작품을 만들어 내놓고 나서야 흥행이 성공일는지 참패일는지를 확인할 수 있을 터였다.

물론 이런 실질적인 문제들에 더하여, 혹은 그보다 앞서 앨리스가 믿을 만한 동업자인지 헷갈리기도 했다. 매형을 보아 한때는 퍽 가깝게 지내기도 했지만 근 몇 년간에는 소식 주고받은 바도 없고, 몇 번 지나치듯 안부를 나눴을 따름인데 갑자기 나타나서는……. 아무리 조카라지만, 피가 섞였다지만, 그런 사이에도 얼마든 속이고 속아 넘어갈 수가 있지 않은가? 가볍게 떠보듯 말을 꺼내고서는 끈질기게 졸라오는 것도 어떤 꿍꿍이속이 있는 듯한 태도여서 석연치 않았다.

식사가 끝나갈 무렵 마지막으로 앨리스는 영화 작업 끝나고 어쩔는지 꼭 말씀해주시기예요, 단단히 일렀고 나도 고개를 끄덕이고 말았다. 나는 기회를 보아 앨리스에게 나를 상해로 데려다달라고 청할 작정이었는데, 앨리스는 거꾸로 내 도움으로 조선에 정착할 생각을 하고 있었다는 사실이 아이러니하게 느껴지기도 했다.

앨리스를 여인숙까지 바래다주고 영화사로 가보니 기탁도 어느새 돌아와 있었다.

"오, 이 감독. 데이트하고 옵니까?"

"데이트라니 이 사람 또 실없는 소리."

"저 애가 그러던데, 이 감독님 아까 그 숙녀분하고 나가셨다고."

기탁은 그때껏 퇴근하지 않고 기다리던 조수를 턱짓으로 가리키며 말했다.

"어릴 때 같은 교회 다니던 자매님인데 회포 풀 겸 식사하고 왔습니다."

물론 그 교회는 우리 매형이 시무하던 곳이었고 앨리스는 그 장녀로 나와 피가 이어져 있지만 아무려나 거짓말하지 않고 잘 둘러댄 셈이어서 속으로 한숨 돌렸다. 기탁은 흥미를 잃었는지 소파에 털썩 앉으며 말했다.

"아까 마지막에 본, 이름이 뭐라더라, 창곡 잘 뽑던."

"이음전 양 말이오?"

"그래요, 음전 양. 소홍이 역할로 어떻습니까?"

"월선이가 아니고요?"

"월선이를 시키기에는 아무래도 어리지 않습니까? 잘

다듬으면 명배우가 될 자질은 보이는데, 우리 〈춘희〉를 몇 년 기다렸다 찍을 것도 아니고요."

어차피 이렇게 될 것, 그 긴 배우 선발 행사는 왜 치렀을까. 속으로 혀를 차면서 답했다.

"그럽시다."

"그건 그렇고 이음전이라니 이름이 너무 낡지 않았습니까. 예명을 지어줍시다. 세계 시장을 생각해서 서구식으로다가 앨리스, 음차해서 애리수. 이애리수 어떻습니까?"

낮에 언뜻 들은 앨리스라는 이름이 의식 속에 남아 있었는지 기탁은 자신만만하게 제안해왔다.

"그것도…… 그렇게 합시다."

그게 내 조카 이름이라며 펄펄 뛰느니 기탁의 뜻대로 해주는 것이 편할 성싶어 끄덕였다. 여러모로 곤한 하루여서 대꾸할 기운도 더는 나지 않았다.

*

모두 지난 일이고 보니 때와 곳을 내 마음대로 옮겨 장

차의 일부터 말하는 것도 무리는 아니리라.

본명 이음전, 예명 이애리수는 가수로 대성하였다. 그는 〈춘희〉에 출연하기 전, 원체 취성좌의 으뜸되는 명가수이자 배우로 인기가 있었지만 〈춘희〉 이후 레코드 취입 계약을 맺었고, 데뷔 판 《황성의 적》 레코드가 무려 5만 장의 판매고를 올렸다. 당시에 유성기를 보유한 집과 점포를 전부 합쳐도 5만 대가 넘을지 말지 알 수 없는데도 5만 장. 당장 집에 유성기가 없어도, 창곡 〈황성의 적〉 가사를 못 알아듣는 외국인이라도 레코드판을 샀다고 볼 일이다.

애리수가 세계 시장으로 뻗어갈 것을 알아보고 외국 이름을 제안한 기탁은…… 〈춘희〉가 개봉하기 직전, 월선 역을 기어이 맡은 김일송과 함께 상해로 도망했다. 공교롭게도 에이프릴 풀스데이, 4월 1일이었다.

조용히나 도망갔으면 모를까 이 도망 건이 신문 지면까지 장식한 것을 생각하면 매번 새삼스레 속이 시끄러워진다. 한건단 사건 주동자의 연인이었고 당시 '히로인'이라는 별명으로까지 불리던 김현정이 김일송이라는 예명을 지어 카메라 앞에 섰으며 이제 촬영은 끝났지만, 본인에게 예술적 소양이 부족하다고 느껴 3년 기약으로 상해의 예술학원에 유학을 떠났다고…… 하나 평소 진중한 성격으로 그가 예술에 종사하리라 내다본 동문은 아무도 없었으며, 배우 릴리언 기시를 존경하는 것으로 알려졌다고…… 하는 대목에서는 사람이 신문을 보면서도 웃다가 울다가 실성할 수가 있군, 생각했다. 상해 예술학원이라는 헛바람을 누가 불어넣었겠는가? 그 학교에 다니던 사람이 아니겠는가?

조금이나마 참작할 만한 부분이 없지는 않았다. 4월 1일로 조선을 떠난 남녀의 행적에 대해 이토록 자세히 알고 있는 것을 보면, 김일송이 영화에 나올 예정이라는 사실쯤은 신문사든 총독부든 이미 파악하고 있었던 것으로 보였다. 기탁은 보도를 막고 사회적 파장을 피할 도리가 없음을 알고 김일송을 상해로 피신시킬 계획을 세우되 신문사에는 유학을 핑계 삼으며 그것까지 보도해 달라 청한 것이 아닐까. 어디까지나 나의 짐작이다. 이렇게라도 생각하지 않고는 두 사람에 대한 분노를 누를 도리가 없었으니까.

영화사에서는 도리어 주연 둘의 도피행이며 김일송의 과거 행적이 선전에 도움을 줄는지도 모른다고 낙관하였다. 사람들이 두 주연을 욕하고 싶어도(지금 생각하니 나 같은 관계자들이나 화가 날 일이지, 세상 사람들이 그들을 욕할 이유는 딱히 없는데도) 영화를 보고 욕하지 않겠는가, 안 본다면 모를까 일단 보기만 하면 우리 영화에 반하지 않겠는가……. 찍어놓은 필름을 버릴 수도 없고……. 내가 낙심할까 봐 좋게 말해준 것이었겠지만 나는 그런 낙관에 속을 만큼 순진하지는 못했다. 하지만 다른 뾰족한 수가 있는 것도 아니었다. 그래, 주연들이 경성에 있든 동경에 있든 상해에 있든 영화는 이미 다 찍었으니까. 개봉만 하면 되니까…….

결론부터 말하면 〈춘희〉는 보기 좋게 망했다.

주연이기도 하였지만 영화사의 가장 중요한 제작 투자자이기도 했던 정기탁의 증발로 영화사 역시 순식간에 곤경에 처했다.

흥행 실패가 자명해지자 수개월 전 앨리스가 했던 창업 제안이 떠올랐다. 실은 〈춘희〉 촬영 중도에도, 편집 과정에서도 종종 생각했었다. 입지는 어디가 좋을까, 테이블을 몇 점 두어야 맞을까, 공간은 둘째치고 커피와 차 만들 집기는 얼마를 들여 얼마나 마련해야 옳을까…….

〈춘희〉가 잘되면 이런 궁리는 하지 않아도 된다는 생각과 〈춘희〉가 잘되어야 자본금을 마련할 수 있을 터라는 생각이 서로 다투듯 들곤 했다. 얼마나 간사한가, 인간의 마음은. 인간 일반까지 갈 것 없이, 나의 마음은.

손쓸 데가 없고서야 겨우 찾아가 예전의 제안이 유효한지 묻는 나의 처신은.

"아저씨가 나를 도와주는 거라 생각하세요."

뜻밖에도 자본금은 앨리스에게 이미 있었다.

"내가 아저씨를 돕는 게 아니라 아저씨가 나를 돕는 거예요. 알겠지요?"

내 영화의 완성을 기다릴 동안 동업자를 얼마든지 구할 수 있었을 앨리스의 그 말이 너무도 너그러워 나는 하마터면 조카애 앞에서 눈물을 보일 뻔했다.

*

차후에도 이성용이라는 사람을 이야기할 일이 있겠으나 일찍이 이이에 대해 소개해두는 것이 좋으리라.

동서 막론하고 부父가 가정의 우두머리가 되는 문화에

서는 무릇 사람을 소개할 때에 가장 먼저 그 아버지와 출신 지역을 밝히는 법이니 (성서에서도 구주를 다윗의 자손 요셉의 장자 나사렛 예수라 일컫지 않는가) 이 전통적인 방식에 따라 이성용의 내력을 읊자면, 그는 내 또래 종로 태생으로 부친의 함자는 이재영, 왕실 의전 실장을 지낸 어른이었으며, 그 자신도 왕족에 속하였다. 능원대군 10세손, 조부가 철종의 오촌 조카. 백림◆에서 유학하여 형제가 나란히 의사가 되었는데(형은 교토의대 출신이다), 유학 시절 만난 첵코스랍팍캬◆◆ 출신 여성과 혼인하여 집안에서 자금을 끊는 바람에 왕족임에도 불구하고 고학생 처지로 학업을 마친 것으로 알려졌다.

왕실의 혈통에 진하게 친연되어 있는 것은 아니어도 어쨌건 왕족이고, 잘생긴 얼굴에, 다소 불우한 (그러나 결국 혼인과 집안의 인정이라는 해피엔딩을 쟁취한) 로맨스의 주인공이었으니, 더 말해 무엇하랴. 영화 한 편 나온 적 없고 레코드 한 장 취입하지 않았어도 사는 그대로 슈퍼 스타.

◆ 백림(伯林): '베를린'의 음역어.

◆◆ 체코슬로바키아.

그것이 이성용이었다. 그러나 무엇보다도 우선 나에게는, 다름 아니라 우리 가게가 세들 건물의 주인이었다.

의사 이성용이 경성에 남긴 흔적으로는 크게 두 가지가 있으니 첫째 소광교 부근에 끽다점 백림관을 연 것. 백림관은 제가 수학한 도시 이름을 따서 드러낸 바와 같이 독일식 커피하우스를 지향하는 카페였고, 비슷한 시기에 서사 소려세◆에서 철학을 전공한 친척 형 이관용과 공동으로 출자하되 첵코스랍팍캬 출신인 그의 부인 마리 하우프트만을 중심으로 경영하였다. 내가 알기로 끽연의 역사는 왜와 조선이 큰 차이 없고 오히려 조선이 앞서지만 커피를 대중화하여 즐긴 세월로는 (저희들 말로) 내선의 격차가 꽤 커서 끽다를 하려 해도 왜인들의 비웃음(조센징들이 커피는 무슨 커피, 가마솥에다 누룽지나 끓여 먹을 일)을 의식하지 않을 수 없었는데, 무려 구라파에서 수학한 순 조선인의 커피하우스 백림관이 등장하여 왜인들의 야코를 팍 죽여놓았으니 이 또한 저항의 하나로

◆ 서사 소려세(瑞士 苏黎世): '스위스 취리히'의 음역어.

꼽기에 부족하지 않을 것이다.

이성용의 업적 그 둘째, 둘째라고는 하지만 내 보기에는 최고의 업적이랄 수 있는 것이 관훈동, 바로 저 관훈동에 처음으로 빨간 벽돌 양옥집을 지은 것.

관훈동이란 어떤 동네인가. 서울 팔대가 중에서도 으리으리하기로 으뜸으로 손꼽히던 민씨 가옥이 있는 곳이다. 500년에 이르는 조선 왕조 내내 도읍이었으나 개화와 국치와 강점을 거치며 길지 않은 세월 사이 극적으로 변하고 만 경성이지만 대대로 세도가 집안이 자리해온 청계천 이북은 그리 쉽게 제 모양을 바꾸려 하지 않았다. 그중 으뜸이 관훈동이었다. 관훈동은 경성의 모양을 두른 도시의 안쪽으로 여전히 한양이라고, 여기만이 세월과 시대의 흐름에 내어주지 않을 진짜 도읍이라고 말하는 듯했다. 그런데 왕족 이성용은 바로 그 관훈동에 보란 듯 3층 양옥을 지어 2층을 병원으로, 3층을 저의 가정집으로 꾸몄다. 병원의 이름은 퍽 알기 쉽게도 '이성용 의원'. 요즘에야 의사 이름을 딴 병원을 어렵잖게 볼 수 있다지만 이성용 의원이야말로 조선 최초로 의사 이름을 내건 병원이 아니었을까 한다(참고로 세브란스는 의사가 아니라 그 병원을 짓도록 후원한 기업가 이름이다).

때로 걷고 때로 전차를 타고, 며칠을 앨리스와 사대문 안팎을 쏘다니며 개업할 자리를 물색한 끝에 찾아낸 자리가 관훈동 이성용 의원 1층이라는 점에 나는 기연을 느꼈다. 나는 원체가 콤플렉스 덩어리라 (콤플렉스라는 단어에 '복잡하다'라는 뜻도 있는 것을 생각하면 정말이지 복잡한 심경이 된다) 누구와도 나를 비하여 그 사람과 나의 연관, 그 사람이 나보다 나은 점에 대하여 오래도록 생각할 수 있는 타입의 인간이지마는, 이성용 씨는 특히나 연이 깊게 여겨졌다. 나는 본래 의원이 될 팔자였고 전도사 노릇으로 몇 번인가 예배당 강대상에 오른 적도 있는 신학생이었는데, 이성용도 한때는 왕손의 지위를 내려놓고 목사가 된 큰아버지의 영향으로 신학을 저의 미션이라 믿었다고 한다. 사촌 매형을 본받아 목사가 되려던 나처럼 말이다! 왕족으로 모자람 없이 지낼 수 있으면서 왜 피 흘리고 썩어 문드러진 (의학박사 이성용은 세균학 전문이었다) 사람들을 돌보는 의원 일에 도전하였는지 묻는 인터뷰 질문에 그는 이렇게 말한 적 있었다.

"예수님이야말로 병든 자를 고치는 의원이셨으니까요."

말하자면 그는 내가 일부러 가지 않은 인생의 경로를 찬찬히 밟았을 때에 될 수도 있었을 최종의 모델처럼 느껴졌다. 앨리스의 표현을 빌려 내가 예술 대신 예수를 계속 섬겼더라면 결국은 보았을 이상적인 장래……. 집안의 뜻이야 어떻든 자기의 마음을 따라 국제적으로 사랑하고 결국 혼인한 기질 또한 나와 닮은 데가 있는 듯이 여겨졌다. 그의 집안이 그가 사랑하는 여인을 모욕하였듯 우리 집안 어른들도 나의 예술혼을 인정해주지 않았으니까.

그래서 나는 그가 조금 미웠다.

나와 똑같은데 나보다 반듯해서 미웠고, 조선 대중들이 그의 일거수일투족에 보이는 반응에 질투가 났다. 사람들이 왜 그를 사랑하는지 이해할 수 있었고 나 또한 그에게 조금은 반해 있었지만 동시에 그를 그토록 추앙하는 대중이 저질스럽고 우습게만 보였다. 내가 그렇듯 그 또한 신문이나 잡지에 여러 글을 싣고 있었는데 그는 아마도 간곡히 청탁받았을 주제로 그의 커피하우스나 알기 쉬운 의학 정보에 대해 쓰는 반면 나는, 내 식대로 말하면 '촙수이 문사'로서 지면에 빵꾸가 났다 하면 동요든 민요든 그날그날 써서 넘기는 처지인 것이 한심하고 영

개운치 못했다.

이성용 씨에 대한 나의 심정도 그러하려니와 일찍이 끽다점을 차린 선배의 건물 아래에다 다른 끽다점을 차려야 함은 또 무슨 얄궂은 장난이란 말인가?

하지만 나는 그 자리를 마음에 들어 하는 앨리스에게 차마 여기는 좀 그렇지 않니, 말하지 못했다. 일단 순 조선인이 순 조선 자금으로 창업한 끽다점으로서 경쟁 구도에 있는 이성용의 백림관은 남대문통 소광교에 위치해 서로 아무 방해가 되지 않았고, 부담 없이 드나들 수 있도록 1층이 아니면 단층 건물을 빌리고자 하였지만 관훈동 이성용 건물이 아닌 다른 곳에는 그러한 매물이 거의 없었으며, 무엇보다도 자본금을 대는 쪽이 앨리스였기 때문이다.

"간판 대신 바가지를 세 개 달아요."

널찍한 1층을 두 점포로 나누어 둔 관훈동 매물을 보고 온 날에 앨리스는 신나 하며 그렇게 말했다.

"바가지? 박으로 만든 그 바가지?"

"네, 빨갛게 칠해서 달아요."

그 무슨 괴이한 소리인가 생각하면서도 나는 맞장구를 쳤다.

“박이 세 개면 삼박, 삼박자로구나.”

“바로 그거예요.”

앨리스는 방긋 웃고 고개를 끄덕였다.

“아예 가게 이름을 그렇게 지을까요?”

삼박자…… 일본 전통 예능 가운데 능악能樂, 노가쿠라 하여 대고, 소고, 피리 소리에 맞추어 상연하는 가면극이 있다. 이때 두 북과 피리의 세 가지 소리가 잘 맞아떨어져야 극이 보기 좋다고 하여 삼박자라는 말이 생겼다고 한다. 왜에서 전래하였으나 대부분 유래도 모르고 쓰는 말인 한편 원체 한중일 동북아 문화권에서는 숫자 3에 완벽 또는 완성의 의미를 두는지라 말이 생긴 곡절은 그리 중요치 않기도 하고, 우연의 산물이겠지만 마침 호남말 ‘쌈박하다’와 닮은 어감이 마침맞아 나도 좋아하는 말이지만…….

“그래도 가게 이름이 삼박자는 좀 그렇지 않니?”

“그럼 좀더 생각해보죠, 뭐.”

앨리스를 바래다주고 하숙으로 돌아와 보니 방 안에 운규가 앉아 있었다. 아직 초저녁인데 별일이로군, 오래간만에 자고 가려나 보다, 대수롭지 않게 생각하며 들어가 이부자리를 펴놓고 마당으로 다시 나와 이를 닦았다. 돌아가 자리에 누우려 하자 그새 등 돌리고 누워 있던 운규가 부아가 잔뜩 난 조로 말했다.

"영화를 하기로 했으면 죽도록 영화를 할 일이지, 커피가 다 뭐야?"

베개를 운규가 차지했기에 나는 양팔로 머리를 받치고 똑바로 누워 있었다. 운규가 씨근씨근 입으로 숨 쉬는 소리를 들으며 가만히 말을 골랐다.

"끽다점이 어때서 그러오. 생업 따로 예술 따로인 사람이 얼마나 많은데. 현철 선생은 화장품 장사, 이기세 선생은 유성기 장사……."

"그래, 변변한 물건도 아니라 더운물 장사 아냐? 썬룸인지 쌍롬인지처럼 거들먹거리기나 하려고."

〈아리랑〉의 성공으로 돈이 좀 모였을 적 운규는 조선호텔 불란서 식당 팜코트의 부설 카페 썬룸에서 쫓겨난 적이 있었다. 행색 때문이 아니라 행실 때문이었다. 늘상 뒤집어쓰고 다니는 검정색 헌팅캡과 망토는 아무 문제가 되지 않았지만 여급을 기생처럼 제 곁에 앉히려다 혼이 났다. 술도 아니고 겨우 끓인 물에다 눈이 튀어나올 가격을 붙여

놓았으니 그쯤은 해야 셈이 맞는다고 여긴 게 틀림없었다.

"내가 차리려는 끽다점은 그런 데와는 다르지. 나도 이게 물 끓여 파는 장사라는 것쯤 알고 있으니 폭리는 금물, 작업할 책상 없어 헤매는 작가들 불러다 커피 한 잔 두고 천천히 앉았다 가라고 할 테요."

씨근거리는 숨소리가 잠시 멎었다가 다시 이어졌다. 운규가 뭐라 대꾸하려다 마는 모양이었다.

"번듯한 가게 하나 차려두면 나도 작업실 삼아 구석에 내 테이블 하나 차지하고서 시나리오든 신문 원고든 쓰면 좋지 않어요. 중고로 유성기 하나 사다가 멋들어진 음악도 틀고, 어느 날에는 해 떨어지면 문 닫아두고 문우들하고 낭독회도 열고."

차근차근 짚어간 것은 무엇엔지 화가 잔뜩 난 운규를 달래려던 심산이었는데 어쩐지 나 자신이야말로 조금씩 설득되고 있는 듯했다. 그래, 그것이 내가 차리고 싶은 가게로구나. 나는 여태 몰랐지만 나에게는 이 기회가 필요했던 게로구나. 내 구상이 그럴싸했는지 운규의 숨소리도 (여전히 입으로 쉬는 소리이기는 했지만) 잦아들고 있었다.

"하여간에 나는 싫어."

이미 돌아누워 있어 더 돌아누울 도리가 없어서인지 괜스레 이불을 잡아당기며 운규가 말했다.

"집에나 좀 들어가구려."

나의 핀잔에 운규는 못 들은 척 코 고는 소리를 냈다. 그것이 연기인 것쯤 모를 내가 아니었다. 아무려나 이윽고 짐짓으로 내던 운규의 코골이가 진짜로 바뀌어갈 동안도 나는 좀체 잠들지 못했다. 한참 만에 어렵사리 이룬 잠을 깨보니 운규는 가고 없었다.

가면 가고 오면 온다고 기별이나 주면 좀 좋은가. 야속한 사람.

*

운규가 내 하숙방에서 묵어가는 일은 그리 드물지 않았다. 주로 내가 이미 잠든 새벽에 와서 내가 사무실 나갈 때까지 깨지 않았다. 늦은 밤까지 기생을 끼고 놀다가 적어도 거기서 밤을 꼴딱 샌 건 아니라는 합리화를 하려고 가까운 우리 집으로 피신하는 듯했다. 〈아리랑〉의 성공으로 멀쩡한 집을 얻었지만 거기에는 고향에서 데리고 온 처자식이 있었다. 아무렴 술 냄새 분 냄새 풍기며 집으로 돌아가기는 민망했을까.

하여간에 그래서 나는 운규가 여자를 좋아하는 줄로 착각했지만 운규는 기생을 좋아하는 것이지 여자를 좋아하는 것이 아니었다. 기생들은 예藝에 밝고 천하니까. 어떻게 들릴지 조심스럽지만 운규는 기생들이 천해서 좋아했다. 자기처럼 천하고 자기만큼 천해서.

그래서 운규는 앨리스를 좋아하지 않았다.

"저 계집이 이 감독을 망쳐놓고 말아."

내게 줄 것이 있어 가게에 들렀다가 그런 말을 하기도 했다. 딱히 목소리를 낮추지도 않았다. 운규에게만 슬쩍 그 애가 다름 아니라 내 오촌 당질녀라고 털어놓았지만, 진실을 말했음에도 믿지 않고 도리어 내가 앨리스를 감싸려고 거짓말하는 거라 생각했다. 운규가 앨리스를 괄시하는 일은 그 후에도 종종 있었는데 그때마다 소름이 쭉쭉 끼쳤다. 나를 윤백남과 떼어놓으려 할 때와 똑같은 기색이 느껴졌기 때문이다. 운규는 부산 시절부터 윤백남을 유독 싫어해 윤백남 들으라는 듯 "저따위 감독은 죽여버리는 게 낫지!" 소리치곤 했다. 그때 운규는 조연 배우고 윤백남은 말마따나 감독이었는데도 그랬다. 중간에 낀 나는 오싹 끼치는 소름을 모르는 체하기 어려웠다. 백계노군에 몸담은 적도 있는 운규가 사람을 죽인 적이 없을까? 윤백남이 조선키네마에서 독립하지 않았다면 언젠가 운규는 정말로 그를 죽였을지도 모른다. 오로지 영화를 잘 못 만든다는 이유만으로. 그 열렬한 증오가 이제는 앨리스를 향하게 되었다면, 정말로 그렇다면 나는 어떻게 해야 하나.

한편 당시에 어울리던 '습작시대' 동인들과 이른바 '해외문학파'로 불리던 유학생 출신 도련님들은 앨리스를 몹시 좋아했다. 이들의 지지와 애정이 운규의 악감정과 상쇄되지는 않겠지만 굳이 무게를 달자면 양측이 비등비등했다고 할 수 있다.

무더위가 막판 기승을 부리던 8월에 친하게 지내던 작가들이 샤쓰 소매를 걷어붙이고 가게에 집기를 들여주었다. 나로서는 앉은 채로 거저 가게를 차린 듯한 착각이 들 만큼이나 다들 적극적이었다. 예를 들어 이선근이 탁자와 의자를 마련해주기로 했는데, 나는 가구 마련할 돈을 주겠다는 얘기인 줄로 알았지만 어디서 어떻게 샀는지 도통 짐작도 안 가게 근사한 양식으로 직접 구해왔고, 정인섭도 어느 장인이 깎았다는 각시탈이며 붉은색이 도는 조명기구를 준비해 와 손수 가게에 걸어주었다. 사슴의 것처럼 멋지게 휘어진 다리 네 개가 달린 큼직한 테이블도, 가게를 비추어 다른 차원에 있는 듯이 만들어주는 조명도 좋았지만 가장 마음에 든 것은 김진섭의 선물이었다.

"이 작가님이 여기를 어떻게 채우려나 시름이 깊었는데 꾸며놓고 보니 그로하고 난센스한 것이 어쩌면 아르투어 슈니츨러 작품에 나오는 그 가게 같군요."

독문학을 전공한 김진섭이 아니었다면 가게 이름으로 삼박자를 면하기 어려웠을 것이다. 나로서는 물론 내 가게의 이름을 내가 지었다고 말하고 싶은 편이지만, 김진섭이 없고서야 그 이름이 되지는 못했으리라는 사실을 부정하기 어렵다.

나라고 전연 가만히만 있었던 것은 아니다. 이를테면 공간 대부분을 차지한 이선근의 가구류는 문외한이 보아도 고급품인 것을 알 수 있었지만, 그게 내 마음에도 든다는 의미가 되지는 않았다. 그곳을 나의 가게로 느끼기 위해서는 나만의 센스를 불어넣는 과정도 필요했다.

나는 저렴하고 효과적인 방법을 택했다. 공간에 색을 칠해 넣기로 한 것이다.

구상을 대강 마치고는 아침 일찍 영화 의상과 소품 만들 때 찾는 포목점에 가서 인도산 모포를 여러 장 끊어왔다. 테마는 분명했다. 검정색과 붉은색 그리고 흰색. 의미는 어떻게든 만들 수 있었다. 붉은색은 에로하고 검정색은 그로하며 흰색은 난센스다. 흰색은 어째서 난센스인가, 다른 뚜렷한 (붉거나 검은) 색이 곁에 오기 전까지는 흰색이 특별하다는 것을 알 수 없고 심지어 존재한다는 것마저 잊을 때가 많으므로 난센스. 또한 붉은색과 검정색의 데카당한 어울림에 별안간의 순수를 끼얹으니 그 또한 난센스. 흰색은 우리의 민족을(2년 전에 쓴 장편소설의 제목이 '백의인'이었다), 검정색은 우리에게 닥친 시련을, 붉은색은 우리가 흘린 피를 의미한다고도 할 수 있었다. 붉은색은 열정을, 검정색은 품위를, 흰색은 선善을 의미한다고도. 실은 아무런 의미도 없다고 말해도 좋았다. 흰색은 앨리스가 좋아해서, 붉은색은 문밖 바가지 간판의 통일성을 생각해서, 검정색은 앨리스의 성씨 현玄을 뜻해 그 모두가 앨리스에게 수렴하는 색이라고 해도 무방했다. 그냥, 모두 그냥 그런 것이라고 해두어도 나는 좋았다.

흰 모포를 벽에 걸고 정인섭이 선물한 각시탈을 그 위에 붙인 다음 붉은 조명을 비추니 뭐라 표현할 길 없는 야릇한 분위기가 연출되었다. 테이블에는 검정색 모포를 바탕에 깔고 길고 가늘게 붉은색 천을 더하거나 붉은색 받침에 검은색을 올려보았다. 검정색과 붉은색이, 또한 붉은색과 검정색이 교차하도록 모든 테이블을 덮고 나니 내 손으로 꾸몄지만 제법 멋스럽게 느껴졌다. 김진섭의 표현을 빌자면 데카당한 분위기가 한층 더 살아나는 듯했다.

혼자 이러쿵저러쿵 한참 소란을 피우고 보니 정오 무렵이었다. 슬슬 출출하다 싶을 때에 마침맞게 앨리스가 가게에 들어왔다. 앨리스는 오른손으로 (왼손에는 보자기 보따리를 들고 있었는데, 짐이 없었다면 양손을 다 썼을 것이다) 입을 가리며 짧은 탄성을 내질렀다. 나는 의기양양해진 채로 앨리스의 논평을 기다렸다. 자, 어떠냐? 이래 뵈어도 조선의 보헤미안이라 불리는 이 몸의 센스가.

“가게가 마치…….”

앨리스는 감탄하는 어조로 말했지만 이어진 내용은

그렇지 못했다.

"화투패 같네요."

생각지도 못한 지적에 자신감이 뚝 떨어졌다. 정말이지 자신감이라는 것이 오장육부 가운데 하나처럼 느껴졌고, 별안간 그게 쑥 빠진 것처럼 허탈했다. 내가 별주부전의 토끼도 아닌데 말이다(하물며 토끼가 간을 넣었다 뺐다 한다는 것도 거짓말이 아니었는가?).

"그렇게 별로니?"

"아뇨, 칭찬이에요. 노름에 써서 그렇지, 화투패도 아르누보와 인상파를 섞은 것처럼 멋진 디자인이잖아요?"

솔직한 감상을 털어놓고는 내가 상처받는 듯하니 수습하느라 꾸며 말해주는 기색이 역력했지만 좋게 생각하기로 했다.

커피 만드는 도구 일습은 앨리스가 마련해오는 것으로 얘기해둔 터였다. 앨리스는 들고 있던 보따리를 카운터 테이블 위에 풀어놓았다. 얼마나 대단한 물건이 나오려는지 조금 기대하고 있었는데, 작은 절구와 공이, 저마다 크기가 다른 쇠숟가락 네 개, 큼직한 종이봉투 하나가 전부였다.

"이게 설마……."

"네, 이걸로 커피를 만들어요."

앨리스는 카운터 테이블 뒤로 넘어가 물건을 정리하기 시작했다. 곤로를 켰는지 석유 냄새가 잠깐 났다. 물을 끓이나 보군. 나는 모포를 걸고 깔고 하느라 옮겨두었던 의자들을 제자리에 바르게 둔 후에 카운터 테이블로 걸어가 몸을 기댄 채로 앨리스가 커피를 만드는 모습을 찬찬히 관찰했다. 혹시나 앨리스가 부재중일 때에는 내가 커피를 만들어야 할 텐데, 부끄럽게도 나는 커피를 마셔본 적보다는 커피에 대한 글을 읽은 적이 훨씬 많았다.

잔을 놓는다. 면포로 잔을 덮고 차숟가락으로 살짝 눌러 잔 안쪽으로 오목하게 들어가도록 만든다. 찧어서 가루로 만든 원두를 떠 면포의 오목한 부분에 둔다. 세 숟가락. 끓는 물을 원두 가루 위에 붓는다. 이때 면포가 물의 무게를 못 이겨 잔에 완전히 담기지 않도록, 특히 원두 가루가 잔에 흘러들지 않도록 주의한다. 잔 속에 차오른 물과 면포가 닿아 면포 위의 커피 가루가 진흙처럼 질척해졌다면 물이 충분하다는 의미다. 충분히 뜸을 들인 후에 면포와 거기 담긴 원두를 걷어낸다. 이때 우러난 커피 물의 색을 보아 필요하다면 면포를 꾹 짜도 좋다.

앨리스는 크게 어려워하거나 헤매지 않고 한 잔의 커피를 만들어냈다.

“드셔보세요.”

커피를 카운터 테이블에 올려두고 아마도 제 몫일 다른 잔에 면포를 씌우며 앨리스가 말했다. 어, 응, 그래. 나는 허둥대며 잔을 들었다. 뜨겁다! 솔직한 감상을 말하자면 그랬다. 8월 말이었으나 무더위가 아직 가시지 않은 참이었고 물은 펄펄 끓었다. 온도를 제외해도 맛 자체에서 뜨거운 기운이 느껴졌다. 애초 타도록 볶은 콩을 우린 물, 또한 그 콩을 절구에 빻을 때도 마찰과 압력으로 열이 발생했을 터. 열도 맛이라고 할 수 있나? 그 외에 무슨 맛이라 해야 좋을지 판단이 서지 않았다. 느낀 그대로 열의 맛이라 하면 될까, 그게 칭찬처럼 들릴까?

말없이 뜨거운 커피를 홀짝거리는 사이 앨리스는 자기 몫의 커피를 완성했다. 나는 앨리스의 눈치를 살폈다. 적어도 앨리스는, 해외 생활을 오래 해서 나보다 훨씬 이 맛에 익숙할 테니까. 앨리스는 뜨거운 잔을 쥔 채 골똘해질 뿐이었다. 무슨 생각을 하는 것일까. 앨리스가 먼저

이 커피는 잘 되었다, 그렇지 않다, 어떤 말이든 해주면 맞장구를 치련만.

"영업 시작하십니까?"

나와 앨리스가 각자의 이유로 지키던 (앨리스의 이유는 아무래도 짐작이 가지 않는다) 공동의 침묵을 깨뜨리며 가게에 들어선 사람은 우리 가게 자리 주인 이성용 씨였다.

"아뇨, 내달 첫날…… 그러니까 내일모레군요. 내일모레 개업합니다."

"그렇군요, 마침 점심 하고 온 참이어서 한 잔 마시고 싶었는데 아쉽습니다."

묵례하고 문을 나서려는 그를 앨리스가 불러세웠다.

"맛이나 한번 보고 가세요. 영업은 아직이지만 집주인이시고 하니까 시음 한 잔쯤 좋지 않아요?"

그렇게 말하며 앨리스가 나를 보기에 나도 엉겁결에 고개를 끄덕였다. 앨리스가 아무 말이나 하면 맞장구를 쳐야겠다던 내 결심은 어쨌든 이뤄진 셈이었다.

이성용 씨는 나와 함께 앨리스가 커피 만드는 과정을 유심히 지켜보았다. 정확히 말해 이성용 씨는 앨리스의 손을, 나는 이성용 씨의 눈을 보고 있었다. 커피에 대해 내가 잘 모르기는 하지만 커피를 만들 때에는 모래시계 처럼 생긴 전용 주전자를 쓴다고 들었는데, 선사시대 사람 마냥 절구로 가루를 빻아 커피를 만드는 꼴을 보여주다니……. 이래도 좋은 걸까? 독일 유학파인 이성용 씨의 눈에는 소꿉장난 같은 영업의 허점이 다 들키는 것이 아닐까? 그런 조마조마한 심정이었다. 이미 더운물이어서 물이 끓는 데에 얼마 걸리지 않았고 물 끓는 사이 면포와 가루가 준비되어 있었기에 새로 한 잔 내는 것도 금방이었는데, 그 짧은 시간 동안 하도 속을 끓여 내 마음이야말로 커피인 셈치고 팔아도 될 것 같았다. 앨리스가 카운터 테이블에 올려놓은 커피를 이성용 씨가 입가로 가져가는 동안은 또 얼마나 길게 여겨졌던가. 나는 도통 입 맞춰주지 않는 연인의 입술이라도 바라보듯 애타는 심정으로 이성용 씨를 (하필이랄지 마침이랄지 입술을 집중적으로) 보고 있었다.

"커피 맛이 좋습니다."

이성용 씨는 사람 좋게 웃으며 말했다. 후유, 하고 안도의 한숨이 나올 뻔했지만 가까스로 참았다. 나중에 발견한 것이지만 앨리스가 싸온 보따리에서 나온 종이봉

투에는 백림관 도장이 찍혀 있었다. 만든 방법은 차치하고, 이성용 씨가 차린 카페에서 사온 원두를 썼으니 이성용 씨 입맛에 크게 벗어나지 않는 것은 당연한 일이었다. 아무튼 경성에서 커피 장사를 하려는 사람으로서는 선배 격인 이성용 씨가 합격점을 주었으니 나도 안심이었다. 요령 좋게 그런 심정을 털어놓았더라면 이성용 씨와도 진작 더 친해질 수 있었겠지만, 커피 실력도 실력이려니와 접객 솜씨도 앨리스가 나보다 나았다.

"감사합니다."

이성용 씨는 덥지도 뜨겁지도 않은지 금세 그 커피를 다 마시고 잔을 내려놓았다. 그는 첫 손님이 되고 싶다며 커피값을 치르려 했지만 본격 개업 전이고 자리 주인이니 특별히 드린 거라고 나도 앨리스도 한사코 마다하였다. 가게 문을 나서던 그는 깜빡한 것이 있다는 듯 멈추더니 우리에게 돌아서서 물었다.

"그런데 가게 이름이 뭐지요?"

"카카듀."

앨리스가 나를 보았고 내가 다급히 대답했다.

"우리 가게 이름은 카카듀입니다."

가게 이름을 입 밖으로 소리 내 발음한 것은 그게 처음이었다. 앨리스와 상의한 것도 아니었고 나로서도 막연히 생각만 하던 것이었다.

"과연."

내가 그랬듯 이성용 씨도 대답을 되풀이했다. 고개를 살짝 끄덕거리면서.

"과연 그렇군요."

이성용 씨는 내가 이 가게 이름을 어디에서 따왔는지 단박에 알아차린 모양이었다. 나는 조금 놀랐고, 조금 부끄러워졌다. 〈초록 앵무새〉에서 이름을 빌려온 우리 가게에는 초록은커녕 푸른색의 기미조차 한 점 없었으니까. 하지만 그렇기에, 바로 그 때문에 나와 앨리스의 가게가 고유하게도 느껴졌다. 우리의 카카듀는 검고, 붉고, 희다. 자리를 빌리고 이름을 빌렸지만, 그 이상 무엇도 흉내 내지 않고 우리의 것을 만들어갈 참이다. 개업을 앞둔 가게에서, 이름도 없이 붉은 바가지 세 점으로 간판을 대신한 가게에서 나는 나의 각오와 다짐을 곱씹었다. 지금껏 그 존재를 몰랐으나 새로 이식받아 알게 된 장기처럼, 새삼스럽고도 몸에 꼭 맞게 느껴지는 이상한 자신감이 차올랐다. 나는 깨끗이 씻은 간을 몸에 넣은 토끼였고, 제우스와 화해하여 더는 닳지 않는 새로운 간을 얻은 프로메테우스였다.

존재하지 않는 것에 대해 말하는 일은 얼마나 즐겁고 쓸쓸한가.

*

삼국지를 어지간히 좋아하는 사람이 아니고는 공명의 북벌이 어떻게 진행되었는지 잘 모르기 마련이다. 연의의 주인공 격인 유관장 삼형제가 차례차례 이야기의 무대를 떠나고부터 대개는 흥미를 잃고 마니까. 그래도 공명이 남긴 출사표 얘기가 나오면 다들 크으 하고 장음을 내뱉는 것이 또 보편의 반응. 생각건대 본디 출사하는 마음의 성질이 그런 듯하다. 그 후로 무슨 일이 벌어지든지 간에, 일에 나서며 품는 뜻 그 자체를 중히 여겨보는 것이다…….

나로 말하면 그 예외는커녕 나보다 그런 경향이 심한 사람을 본 바가 거의 없다. 예술학원에 들어갈 때 그랬고, 무연회를 시작할 때 그랬으며, 영화판으로 일터를 옮길 때 그랬다. 나는 아름답고 비장한 출사의 변을 속으로 뇌며 나서고는 얼마 못 가 철저하게 망해버린다. 그러고는 전전긍긍 다음 기회가 오기를 기다린다. 용의 머리는 어떻게 뱀의 꼬리로 끝나는가. 크고 화려한 머리 뒤로 점점 옹색해져가는 몸통이 가운데를 잇기 때문이 아닌가. 머리만을 기억하고, 몸통은 아주 잊어버리고, 꼬리는 부끄러워하며 살기. 그래도 언제까지고 어디까지고 용의 머리를 바란다. 언젠가는 대가리에 걸맞는 몸을 가지기를 염원하면서.

카카듀를 차릴 때에도 나는 얼마간 그런 불안을 느꼈다. 개업의 마음만 번드레하게 차리고서 색다를 것 없는 실패를 재차 맛보고는, 이 도전을 잊어버리려 또다시 애쓰게 되지는 않을까……. 설령 망하더라도 이번에는 그러지 말아야지, 모든 것을 낱낱이 기억하고……. 기억해서 어쩔 것인가는 모르겠으나, 다만 기억하고…….

아니, 이제 더는 망하지 말아야지.

앨리스를 보아서도 망해서는 아니 되지.

*

“인제 나는 빈털터리예요.”

앨리스는 양손을 서로 맞부딪쳐 탁탁 턴 후에 내게 들어 보였다. 빈손. 보증금으로 석 달 치 월세, 첫 달 월세, 합쳐서 넉 달 치 월세, 찻잔과 주전자 등 집기 마련에 든 돈을 앨리스가 다 냈으니 무리도 아니었다. 면목이 없었다.

당시에 나는 영화 한 편에 130에서 150원씩을 받았다. 대졸 사무원 월급의 두세 배에 달하는 돈이었다. 앨리스네 식구들이 상해에 갈 적에 신문사를 통해 모은 동정금이 정확히 113원이었으니, 근 10년 사이 요동친 물가를 감안해도 결코 적다고는 할 수 없는 돈이었다. 작업을 빠르게 마치자면 영화 한 편이 보름 만에도 된다는 것을 감안하면, 나는 진작에 집 몇 채 우습게 사고 차 몇 대 취미로 굴리는 부자가 되었어야 마땅했다.

그런데 내가 한 해에 영화를 열 편 스무 편 찍는 것도 아니고 연간 두 편 찍어야 올해는 그래도 분연히 일했구나 생각할 정도인데, 그 많지도 못한 작품 거개가 익보다는 손이 컸다. 그럭저럭 괜찮게 흥행을 해도 내 수중에 더 돌아올 몫이 크게 늘지 않는 판에 〈장한몽〉을 빼고는 대체로…… 말을 말아야지. 흥행이 잘 안 되면 꼼짝없이 내 몫의 급여를 배우들과 직원들에게 나눠 주어야 하고 영화 망하는 일이야 노상 치르는 행사와 같았으니 축재는 고사하고 하숙방 월세나 감당하면 감사한 노릇으로 지내던 내가 창업에 도대체 무엇을 보탤 수 있었으랴.

그런데도 앨리스는 그 애가 나를 돕는 게 아니라 내가 그 애를 돕는 거라 일렀다. 제 주머니를 뒤집어 털어 차린 가게를 우리 공동의 재산이라 불렀다. 한때 진지하게 신학을 배우던 몸으로서는 부끄럽게도 나는 그것이 구원에 다름 아니라 생각했다. 어째서인지는 도통 모르겠지만 여하간에 앨리스가 나를 구하러 와주었다고, 그 애는 천사라고 믿지 않을 도리가 없었다.

대망의 9월 첫날, 전날까지의 무더위가 거짓말 같을 만큼 가을다운 날씨였다. 뺨에 닿는 공기는 청량하고 하늘은 사뭇 높고 푸르렀다. 우리는 오전 여덟 시에 가게를 열었다. 앨리스가 귀띔하기를, 커피는 잠을 쫓고 힘을 내는 효능이 있어 근로자들이 일하기 전 한 잔씩 마시는 습관을 들이게 된다 했다. 하여 관훈동에서 본정 방향으로 걸어 출근하는 관리들을 꾈 속셈으로 오전부터 영업을 개시한 거였다. 딴에는 든든한 계산속이었지만 관훈동 내기들은 버젓한 정장을 차려입고 바쁜 걸음으로 우리 가게를 지나갈 뿐이었다.

가게 안이 어두워 개업한 줄을 모르나? 나는 바깥 눈치를 살피며 머뭇대다 가게 문을 말 그대로 활짝 열어두었다. 가게를 열자마자 커피 한 잔을 빠르게 해치우고 위층으로 올라간 이성용 씨를 제외하면 손님이라 할 만한 이가 영 없었다. 그나마 눈치 빠른 이 몇몇이 문전을 서성대기도, 또 개중 용감한 이 두엇이 주문까지 하기도 했지만, 앨리스가 커피 빻기를 기다리며 안절부절못하다 커피가 나오기도 전에 자리를 떴다. 기껏 끓였으나 주인을 잃은 커피는 버리기도 아깝고 해서 나와 앨리스가 번갈아가며 마셨다.

이쪽도 결국에는 망할 길인가?

영업이 기대에 못 미쳐서인지 커피를 많이 마셔서인지 가슴이 지나치게 뛰고 이따금 바르르 떨렸다. 출근길 장사를 공치다시피 한 것은 물론 오전 내내가 그 모양이었다. 정오 지날 무렵에야 해외문학파 문우들이 하나둘 찾아와 자리를 잡았다.

“개업 축하합니다. 장사는 좀 됩니까?”

“보시다시피.”

그걸 물어본 이하윤 씨는 다른 동인들과 달리 개업하기 전까지 가게에 와본 적이 없었다. 이하윤 씨는 일행도 없으면서, 그렇다기보다 모두 일행이나 마찬가지면서 각자 테이블 하나씩을 차지하고 앉은 해외문학파 동인들을 둘러 보고 짧게 대꾸했다. 아. 내 말이 그 말이었다. 아. 그러니까, 가게 안에 내가 모르는 사람이 한 명도 없구나, 라는 뜻이었다.

일요일인 다음 날도 상황은 비슷했다. 관훈동에서 출발해 본정 쪽 예배당에 가려는 사람들을 의식해 일찌감치 가게를 열었으나……. 그건 그렇고 오후에는 모처럼 인천에서부터 습작시대 동인들이 와주어 반갑고 고마웠지만 그게 다였다. 많지도 않은 손님 앞에서 앨리스는 (미안하지만) 굼떴고 해외문학파 작가든 습작시대 작가든 커피 기다리느라 한세월, 저희들끼리 안부 주고받고 수다를 떠느라 한세월, 일단 앉았다 하면 일어날 줄을 몰라 새 손님을 받을 길도 없었다. 저녁 즈음에는 종로경찰서의 베레모 형사가 찾아오기도 했는데 웬일인지는 몰라도 (나름대로 요주의 인물인 내가 엉뚱한 새 사업을 벌였다니 구경을 온 게 분명했다) 그 순간만큼은 반갑고 고마워 눈물이 다 날 뻔했다.

영업 3일 차, 마침내 나는 모욕감을 느꼈다. 어디서 듣고 온 것인지 몰라도 영화평론가 겸 변사로서 〈장한몽〉과 그 감독인 나를 공개적으로 웃음거리 삼으려 한 적 있는 W가 (이 자에 대한 나의 감정은 베레모에 대한 것보다 훨씬 거칠기에 부득이 실명을 기피한다) 가게 앞을 기웃대다 푹 웃는 게 아닌가. 아니, 적어도 베레모는 없는 의리로나마 커피 한 잔 팔아주는 예의 정도는 차렸는데, 저 본데 없는 자식은 돈 한 푼 안 쓰고 감히……. 그보다 도대체 무슨 억하심정으로 굳이 가게로까지 찾아와 나를 비웃은 걸까. 내가 저의 어떤 콤플렉스라도 건드린 것일까? 감독인 나나 변사인 저치나 극장 드나들 일이 적잖다 보니 내키지는 않아도 스칠 기회가 많았는데, 볼 때마다 낡은 연미복의 단벌 신사였다는 점을 생각하면 커피 한 잔 팔아줄 여유도 없는 것쯤 이해 못 할 바는 아니었지만, 그럼 그냥 집에나 얌전히 있지 왜 남의 가게 앞에 기어 나와 점주의 성미를 긁느냐는 말이다. 월요일인데 직장도 없나? 한가한 나머지 미쳐버렸나?

“왜 문간에 서서 인상을 쓰고 계세요?”

“저 자식.”

나는 차마 W를 손가락질하지도 못하고 턱으로 살포시 가리키며 말했다.

“왜, 〈장한몽〉은 자막 영화였는데 말이다. 영화에 자막을 달았다고 나더러 감독 노릇도 엉터리인 가짜라고 비난하던 놈이란다.”

“제깟 녀석이 그렇게 잘 알면 영화도 직접 찍으라지요.”

아, 내 말이 그 말이다. 앨리스는 시원하게 말하고는 이어 나를 타일렀다.

“저이야 그렇다 치고, 문전에서 그러고 계시면 오려던 손님도 발을 돌리지 않을까요. 들어와서 커피나 한잔하세요.”

하지만 저 자식이 아직 저기에 있는데……. 나는 어린애 같은 생각을 지우지 못하고 돌아섰다. 눈으로는 끝의 끝까지 W를 흘겨보아야 했기에 머리가 몸보다 반 박자 늦게 돌았다.

"개점 피로연을 열지요."

내가 자리에 앉자 앨리스는 카페를 열자고 할 때처럼 단호하고 자신 있는 태도로 말했다. 손으로는 원두를 콩콩 빻으면서.

"피로연이라."

"인제 돈도 없으니 떡 한 판 쪄 돌리기도 뭣하고……. 피로연이 아니면 피로회라도 하죠."

"피로연이든 피로회든 돈 들기는 매한가지 아니니?"

"잔치 말고 전람회를 여는 거예요. 제가 모으던 포스터도 좀 있고, 아저씨 동무들 보니까 다들 예술 포스터 한두 점씩은 수집해봤겠던데요."

전람회라, 그거 나쁘지 않은 생각이구나 싶었다. 가게에 먹을 거라곤 뜨거운 물과 원두뿐이고 그나마도 공짜로는 베풀 수 없는 우리지만, 포스터 구경쯤은 아무리 많은 사람에게든 실컷 시켜주어도 손해날 것이 없으니까.

"일단 사람을 모아서 우리가 가게를 열었노라 홍보부터 해야 한다는 말이지?"

"바로 그거예요."

"이 좋은 생각을 왜 개점 전에는 못했을까?"

"좋은 생각이란 막다른 곳에서 나는 게 보통이지요."

우리는 저녁에 찾아온 이하윤 씨에게 (그는 유학을 마치자마자 동아일보에 기자로 입사했다) 개점 피로 전람회 기사를 내달라 졸랐다. 순 조선 사람이 하는 끽다점 얘기를 왜 기사로 안 내주냐, 다른 요리점 끽다점 광고는 잘만 내주지 않았느냐 따지자 그는 아 글쎄 그건 광고고 내가 쓰는 건 기사가 아니냐, 다른 요리점 끽다점들은 다 돈을 주고 광고했는데 여기만 기자 친구 둔 덕으로 광고해주면 누가 우리 신문을 신뢰하겠느냐 하는 논리로 맞섰다. 하지만 나에게도 논리는 있었다. 여기가 보통 요리점 끽다점과 같으냐, 여기는 순 조선인 영화감독이 하는 관훈동 최초 서양식 끽다점이다, 여기가 바로 문화의 첨단이고 전위의 장소인데 여기서 하는 전람회 기사가 안 나면 신문에는 도대체 뭐가 실린단 말이냐…….

결국에 기사가 실린 것은 이틀 뒤, 영업 닷새째 되는 날이었다. '시내 관훈동에 새로 난 끽다점 〈카카듀〉에서는 개점 피로 예술 포스터 전람회를 오는 이십칠일부터 이틀 동안 열고 무료로 관람케 한다더라.' 《동아일보》 3면 5단. 비록 단신이지만 알려야 할 것이 틀림없고 빠짐없이 담긴, 훌륭한 광고였다.

*

“아까까지 저기 앉아 있다 나간 이가 김명순이 아니오?”

웬 손님이 앨리스에게 묻고 있었다. 구석 테이블에 앉아 잡지 원고를 쓰던 나는 고개를 돌려 창 밖을 내다보는 척하며 귀를 기울였다.

“네, 영화배우 김명순 씨가 맞아요.”

“시 쓰고 소설 쓰고 포우 영시를 국어로 옮기는 김명순이가 맞냐 말입니다.”

“엄연히 다른 분이에요. 신문에 그렇게 잘못 나가서 두 분이 동일 인물인 줄 아는 경우가 있는데, 한자까지 똑같은 동명이인이랍니다.”

앨리스는 생글생글 웃으며 답하고는 내 쪽을 가리키며 덧붙였다.

“주인장이 영화감독이고 문예 인사이기도 하셔서 예술계 손님이 많이 오신답니다. 배우 김명순 씨도 오시고 문사 김명순 씨도 오시고."

짐짓 딴청 부리는 척하던 나는 내 쪽을 등지고 앉아 있던 손님이 나를 돌아보기에 화들짝 놀랐다. 애초 손님은 나에게는 큰 흥미가 없었는지 (나도 남자고 그도 남자라서일까?) 다시 앨리스 쪽으로 고개를 돌렸다. 괜스레 원고 뭉치를 모아 정리하던 시늉이 민망해졌다.

"또 누가 옵니까?"

"얼마 전에는 이광수 씨도 다녀가셨고. 옳지, 신일선 씨도 개업 축하차 오셨더랬지요."

그래그래, 여자 유명인 얘기를 듣고 싶어 하는 사람에게라면 신일선 얘기를 해야지. 일선은 〈아리랑〉에 출연해 '조선의 애인'이라는 별명을 얻은 최고의 스타였다. 전해 가을 돌연히 자취를 감춘 이후로 결혼설이 나돌아 (앨리스의 표현으로) '예술계'에서도 망연한 심정으로 기다리던 이였는데, 뜬금없이 그다지 번창하지도 못한 카카듀에 찾아온 것이었다.

"아주 잠깐 나온 것이어서 곧 가야 해요. 혹시 기탁 씨에게 연락할 방도를 얻을 수 있을까요?"

말마따나 일선에게는 커피 한 잔은 고사하고 자리에

잠깐 앉았다 갈 말미도 없었다. 나는 말문이 막혔지만 곧 정신을 차리고 그가 상해로 갔다는 건조한 사실만을 전달했다. 둔해빠진 나는 일선이 불량한 제 오라비에 의해 팔리듯 강제로 결혼했음에도 기탁을 만나고 싶다며 나를 찾아온 후에야 일선과 기탁이 어떤 사이였는지를 알아차린 것이었다. 일선과 기탁을 데리고 〈봉황의 면류관〉을 찍을 때부터 이미 직원들이 여러 차례 두 사람의 거동이 수상하다고 일렀건만 그때는 서로 연인 연기에 심취한 줄만 알았고, 기탁이 아무리 여자 버릇이 나빴다 해도 일선까지 꾀어냈을 줄은 몰랐다. 〈아리랑〉으로 스크린 데뷔할 적에 불과 열네댓 살이었고 여태도 스무 살이 넘지 않은 소녀는 변함없이 기탁을 사랑하고 있었다. 그런 일선에게 차마 기탁이 여자와 함께 도피했다고 곧이곧대로 전할 수는 없었다.

일선이 돌아간 후에야 나는 기탁도 그 소녀를 깊이 사랑했을지 모른다는 생각을 했다. 한건단의 히로인 김현정에게 김일송이라는 이름을 지어준 것은 다름 아닌 기탁이었다. 홍진에 물들지 말라고 일선一仙이라 지은 예명을 따라 다른 여자에게 한 그루 소나무一松라는 이름을 지어주고는, 그 여자를 대신 삼아 사랑한 것은 아니었을까. 그토록의 사랑이라면 기탁도 여전히 일선을 그리워하고 있지 않을까. 사랑이 다 무엇이건대 이런 비극들은 일어나는가…….

아무려나 신일선이든 김명순이든 앞쪽 테이블에 자리 잡은 손님과 같은 호사가형의 인물에게는 좋은 선전 거리가 되는 모양이었다. 그렇지만, 그렇다고, 세간에 이름난 나의 지인들을 나 먹고살기에 이용해도 괜찮은가. 내가 이런 고민을 하거나 말거나 앨리스는 아직도 그와 말을 섞고 있었다.

"혹시 댁도 영화에 나옵니까?"

"저요?"

앨리스는 소리 내어 웃었다.

"제 신세에 배우가 가당키나 할까요."

"왜요, 댁이 신일선이보다 못할 게 뭡니까. 이름이나 알아둡시다. 나중에라도 영화 나오면 이름 좀 팔게."

앨리스는 여전히 웃음을 머금고 있는 얼굴로 내 쪽을 빤히 건너다보았다. 그러더니 이름요 이름, 하고 손님이 재차 채근하고서야 대답했다.

"영화 하고는 연이 영 없을 예정이고요, 부를 때는 그냥 미스 현이라고 하세요."

*

피로회 광고, 아니 기사가 나가고부터는 영업 형편이 조금 폈다. 피로회는 보름도 더 뒤에 있을 예정이었지만, 끽다점이 하나 새로 열렸다는 정보 자체도 광고가 든든히 되었기 때문이다. 27일에 있을 행사면은 적당히 한 20일 즈음해서 내는 게 좋지 않았을까, 훨씬 앞선 월초부터 야단 피울 일이었을까 아리송하기도 했지만, 결과적으로는 미리 기사를 낸 게 이득이 된 셈이었다.

개업하고 열흘, 보름가량 나는 동안에 하루 영업 계획에도 얼마간 수가 생겼다. 아침 일찍부터 카페를 열고 손님 하나 들고 날 때마다 전전긍긍하느니보다, 오전 영업은 앨리스에게 전부 맡기고 영화사 사무실에 나가 내 일을 보는 편이 나았다. 원체가 나는 살짝 찌푸린 인상이라 낯부터가 그로하다는 농을 듣는 처지다 보니 대인 영업에는 잘 맞지 않았다. 앨리스도 아저씨는 구석 테이블에서 무게나 잡고 계시라고 할 정도였다. 커피 끓이랴 서빙하랴 바쁜 앨리스를 (그간 바쁠 만큼 손님이 많은 날은 딱히 없었지만서도) 가만히 보고만 있을 수는 없어서 접객을 앨리스에게 시키고 나는 커피를 끓이려고도 해보았지만, 분명 앨리스가 하는 대로 똑같이 했는데도 이상하게 내가 끓인 커피는 맛이 없다고들 했다.

나는 나대로 바쁠 일이 따로 있었다. 〈춘희〉까지는 '평양키네마', 즉 기탁의 회사에 몸담고 있었지만 다음 작품부터는 내 회사에서 내가 하고 싶은 작업만 할 요량이었다. 찍기 싫었다는 것까지는 아니지만, 본격 문예 영화고 뭐고, 〈춘희〉를 하게 된 이유부터가 실은 내 의지보다는 기탁의 강력한 권고에 있었기에……. 사생활을 뒤로 하면 기탁과는 죽이 꽤 맞는 편이었지만 독립을 생각지 않을 만큼은 아니었다. 죽이 잘 맞아 사업도 같이할 노릇이라면 운규와 할 일이지, 굳이 기탁과 계속? 안 그래도 운규가 속한 조선키네마(부산 조선키네마와는 동명의 다른 회사다)에서 합작할 계획도 있었다. 공교롭게도 이때야말로 배우 김명순과 동명인 탄실(구별을 위하여 호를 쓰기로 한다) 선생을 출연진 일원으로 맞이하는 원대한 계획이 있었는데, 어디서 심사가 뒤틀렸는지 모르게 운규가 조선키네마 탈퇴를 선언하면서 이도 없는 일이 되었다. 이를 계기로 나는 운규와 우애는 쌓아도 동업은 두 번 세 번 다시 생각할 것을 다짐하였다. 운규가 아무리 영화의 귀재라고 하더라도 그 괴팍하고 예민한 심성을 다 맞추어주다가는 내가 내 명에 못 살 테니까. 결국 기탁과 내가 사업상의 결별을 맞이하는 것은 예정된 수순이었으되, 중도에 기탁이 증발하고 우리가 함께 찍은 〈춘희〉가 망하면서 일이 내가 원한 바와는 전연 다른 방향으로 진행된 것이었다. 새 프로덕션 설립 기사를 내고서도 한동안은 평양키네마의 뒤처리를 하느라, 끽다점 사업을 구상하느라 바빴다. 하물며는 이른바 길거리 캐스팅으로 발탁해두었던 남자 주연도 내가 〈춘희〉의 후작업을 하는 사이 도망을 놓은 참이었다. 그를 발견했을 때 나는 여기서 꿔다 저기다 갚고, 또 거기서 꿔다 여기다 갚고 하며 평양키네마 재정난을 수습하느라 반쯤 미쳐 있었는데, 새 주연배우를 구했다는 생각에 너무 기쁜 나머지 신문사에 그를 데려가 "태양을 삼킬 얼굴"이라 떠들기도 했다. 세상 부끄럽게도 그는 태양 대신 내 약조금만 삼키고 자취를 감추었고, 여러 악조건 가운데에도 새 프로덕션, 새 배우, 새 작품을 마음에 새기며 닦아세웠던 내 의욕도 그와 함께 사라지고 말았던 것이다.

김명순의 방문은 카페 영업을 앨리스가 단단히 잡고 있으니 그래도 이제는 내 작업에 열중해도 좋겠다 생각할 계기가 되었다. 김명순은 신일선처럼 귀엽고 가냘픈 타입도, 김일송처럼 성숙하고 요염한 타입도 아니었지만, 신일선이 나온 〈봉황의 면류관〉에도 김일송이 나온 〈춘희〉에도 그가 있었다. 그는 나의 믿을 만한 배우였고 만년의 조연이었다. 배가 고파 연기를 시작했다는 그에게는 예술가연하는 자들 특유의 신경질이 없었고 다소 과하다 싶을 만치의 명랑함이 있었다. 아무튼 그는 내가 신용하고 아끼는 배우 가운데 하나였고, 신작에서는 주연급으로 그를 기용할 생각이라 말해둔 지가 수수월 지난 참이었다. 김명순은 내가 당장에 착수하지 않으면 안종화 감독의 영화를 찍으러 갈 생각이라 통보했다. 정신이 번쩍 드는 이야기였다. 빌려놓고 놀려만 둔 수은동 프로덕션 사무실이 떠올랐고, 운규의 따끔한 꾸지람도 떠올랐다.

영화를 하기로 했으면 죽도록 할 일이지 커피가 다 뭐야?

당연한 말이지만 개업 보름도 못 되어 끽다점 영업 따위 질려버렸다는 것은 아니다. 공들여 쌓던 탑을 보란 듯이 무너뜨리곤 하는 나의 습성은, 말하자면 졸업 직전의 자퇴 충동이라 할 수 있었다. 사업에는 입학도 졸업도 없는데 무엇에 느낀단 말인가, 권태감이든 회의감이든 새로운 자극에의 열망이든. 스스로 시작했으니 스스로 끝내지 않으면 졸업 전에 자퇴할 도리도 없는 것이다. 어디까지나 내 스스로 끝내는 일이라면, 졸업과 자퇴의 구분이 따로 없기도 하다.

한편으로는 직접 끝을 맺을 수 있는 일에서는 언제든 졸업(또는 자퇴)할 수 있다고도 말할 수 있으리라. 과연 그것이 진실로 내가 원하는 바인가는 둘째 치고 일이 결딴나기 직전 도망쳐 연명해온 나의 이력은 정말로 온전히 나 자신의 습성만으로 이루어져 왔을까? 내게도 변명할 말은 있었다. 배후로 지목할 사건과 인물들이 있었다.

카카듀에서도 나는 끝내 졸업 직전 자퇴하는 학생의 꼴이 될까?

개점 피로회가 이 일의 성패를 가려줄 거라 기대해볼 뿐이었다. 반쯤은 자포자기, 또 반쯤은 자조의 심정으로.

*

뜬금없지만 첫사랑 얘기를 꺼내야겠다. 중학교에 다니던 시절 소위 학교에서 불량학생으로 불리던 친구가 있었다. 이제는 이름도 생각나지 않는 이 친구는 2학년 때 결국 퇴학을 맞았고, 학교를 떠난 뒤로는 어른들처럼 쓰리피스 정장을 갖추어 입고 다녔다. 신사복 정장값이 어마어마하던 시절이기는 했지만 중학교에 다닐 정도면 그 정도 감당 못 할 집안은 아니었을 터(소학교 졸업 후에 조선인들은 고보에나 갈 수 있으면 다행이었고 중학교는 주로 일본인 자녀들이나 진학할 수 있었다), 어째서인지 이 친구가 나를 마음에 들어 해서 (나의 친구 사귀기는 대체로 이런 방식이다) 제 나들이에 동행을 시키곤 했는데, 주된 행선지가 다름 아닌 극장이었다. 즉 이 소년은 극예술에 대한 나의 사랑에 지대한 영향을 미친 인물이라 평할 수 있을 듯하다. 비록 학교에서는 단순히 불량이라고만 낙인찍었지만 내게는 뭐랄까, 은원의 양가를 지게 된 것이다.

내 첫사랑이 그 소년이라는 것은 아니고, 그렇다고 시시하게 연극이야말로 나의 첫사랑이었소, 라는 자기 고백을 하려는 것도 아니다.

굳이 따지자면 나는 지금 곽향정기약 이야기를 하고 있다.

불량한 그 친구(이름이 생각나지 않으니 이것 참)는 주로 광무대 극장을 찾았다. 이따금 연극이 올라오기는 했지만, 당시 광무대의 주된 프로는 창과 춤이 어우러진 가무무대였다. 프리마돈나로 어여쁜 명옥과, 좋게 말해 동양적 미인이고 담백하게 말해 그냥 수수한 영희가 나왔다. 단박에 나는 명옥에게 반했다. 사실 가무는 영희가 나았지만 그때는 생김새를 더 중하게 보았던 것 같다. 처음 광무대에 다녀온 날에 그 친구가 물었다. 너, 명옥이가 좋지? 나는 쑥스러워하며 끄덕였을 것이다. 그러자 그 친구는 내 어깨 너머 벽을 짚으며 고개를 절레절레 저었다. 실은 명옥이랑 영희 둘다 내 조카인데 (마침 내게도 명옥이라는 이름의 당질녀가 있었다!) 명옥이는 깍쟁이고 성격으로는 영희가 진국이니 앞으로 영희한테 마음을 붙이도록 해봐, 내가 다리를 잘 놔줄 테니까. 무슨 조화인지 그 말을 들으니 별안간 명옥이는 미워졌고 영희가 좋아졌다. 고작 중학생의 마음이어서였을까, 나이와는 상관없이 타고난 성정이 약하고 어리석은 탓이었을까, 아니면 사실은 명옥과 영희 둘 중 누구도 진정으로 좋아한 것은 아니어서였을까…….

명옥과 영희가 제 집안사람이라는 친구의 말은 반쯤 허풍이라 여겼지만 영희와 만나게끔 다리를 놓아준다던 것은 참이었다. 나는 영희와 광무대 밖에서 한 번 만나 사진관에 갔고 (그때는 남녀가 사진 한 방을 같이 찍으면 혼인 약속이라 생각했다) 또 한 번 만나서는 영화를 보러 극장에 갔다. 그 뒤에 친구가 광무대 건물 뒤에서 명옥을 끌어안고 입맞추는 것을 보았다.

친구가 나를 명옥과 떼놓으려고 한 말 중 어디서부터가 거짓말이었는지는 알 수 없지만 (거짓말은 하나도 없을 수도 있었고, 그렇다면 더욱 문제가 된다) 그 순간에 알았다. 나의 한 시절이 끝났다는 사실을. 나는 친구와도 영희와도, 당연히 명옥과도 더는 만나지 않기로 마음먹었고 실제로 그렇게 했다. 돌아보니 아무 일도 아닌 것 같았다. 영희와 손길 한 번 스친 적이 없었고, 물론 만나면 좋기야 했지만 갈급한 끌림 같은 것은 아무래도 느끼지 못했다. 명옥하고라면 그렇게 되었을 수도 있겠지만 어설픈 애정이 웃자라기도 전에 싹을 잘라냈으니, 그때껏 문학 작품으로만 접했던 열애의 감정을 학습할 기회는 영희하고든 명옥하고든 전연 없었다. 발길을 끊은 동안에 광무대 프리마돈나는 바뀐 모양이었고 명옥과 친구는 어떻게 되었는지도 모른다. 다만 나의 기억에 남은 것은 명옥과 영희가 서로 마주 보고 춤추며 부르던 노래의 한 소절이었다.

"그대로 인하여 얻은 병에 무슨 약을 쓰리오, 곽향정기탕을 달여 오리이까?"

가사의 탓인지 가락의 덕인지 그 구절에 나는 걷잡을 수 없이 사로잡혔다. 아, 사랑의 열병에도 듣는 약. 곽향정기탕!

그 기억이 얼마나 강렬했는지 나는 골치가 지끈댈 때도 곽향정기탕, 배앓이로 고생할 때도 곽향정기탕, 몸이 곤할 때도 곽향정기탕, 마음이 답답하고 아플 때도 곽향정기탕을 찾게 되었다. 의원 집안 아들놈치고는 무식한 처방이지만 곽향정기탕은 정말 내 몸에 잘 맞았다. 훗날의, 정말이지 그로부터는 먼 훗날의 일이지만 이질을 얻었을 때 곽향정기환을 먹었다가 더 큰 탈이 난 적이 있기는 하다. 곽향정기약은 본래 여름철 배앓이에 잘 쓰는 처방이라 이질에도 들어야 이치에 맞는데, 워낙 평소에 남용하여서인지 약효는 떨어지고 부작용만 얻은 모양새가 된 것이다.

곽향정기탕 얘기를 이렇듯 길게 늘어놓은 것은 피로회를 목전에 둔 채 〈숙영낭자전〉 촬영에 돌입한 까닭이다. 앨리스에게 허락을 구하고 오후까지는 촬영을 하다가 저녁에만 가게에 나가기로 했는데, 감독 노릇하랴 주연으로 연기까지 하랴 종일 온 신경을 곤두세우다 관훈동으로 넘어가려니 나중 가서는 영업 마치기 직전 잠깐 얼굴 비치러 가기조차 피곤하게 느껴졌다. 신문 잡지 원고 마감까지 겹치는 날도 있어 잠을 통 못 자고 나오는 날도 많았다. 그래서 스스로 내린 처방이 곽향정기탕. 나는 곽향정기탕을 물처럼 마시며 수은동과 관훈동을 오갔는데, 한번은 가게에서 내가 마시려고 둔 탕약이 손님에게 나가는 해프닝도 있었다. 다행인지 불행인지 손님은 커피를 처음 마셔본(마셔보려던) 참이어서 갸웃갸웃하며 커피가 쓰다 쓰다 말만 들었지 약처럼 쓴 줄은 몰랐는데, 이런 것을 다들 즐겨 마신단 말이오? 하고 어리둥절해하기도 했다.

아무려나…… 당장 촬영하지 않으면 여배우가 다른 영화 찍으러 간다는 참, 그런데 남자 주연은 도주한 상황에서 내가 어쩌면 좋았을까. 후일 잡지에 실린 W의 혹평처럼 "제 주제에 자기가 라운규인 줄 아는" 놈이라 손가락질당할 것을 뻔히 내다보면서도 나는 감독 겸 주연으로 카메라 앞에 서기로 했다. 〈숙영낭자전〉은 내가 오랫동안 손봐온 대본이었고 나만큼 이야기를 파악하고 따라와줄 배우를 단기간에 구할 수는 없었다. 더군다나 마스크도 문제였다. 이야기 자체는 대폭 각색하여 현대화하기는 했지만 역시나 고전이어서 전통 복식이 잘 어울리는 구극의 얼굴이어야 했고 그럼에도 현대적인 인상이 빠져서는 안 되었다. 남대문역 대합실에서 붙잡았던 그 남자, 내가 태양을 삼킬 얼굴이라 떠들어댔던 그 남자가 자취를 감추지만 않았어도…….

감독, 배우, 카페 주인, 촙수이 문사의 일인사역을 소화하는 동안에 나는 점차로 초췌해져갔고, 그건 되레 좋은 일이라고 할 수 있었다. 분장을 가볍게 하고도 부인을 잃은 선비의 얼굴을 자연스럽게 연출해내게 되었으니까.

하지만 나도 사람인지라 휴식은 간절히 필요했다. 여자 주연 김명순의 최후통첩 이래 열흘, 열하루 만에 촬영 분량 절반 이상을 소화한 참이었다. 피로회 일자로 결정된 27, 28일만큼은 가게에만 있기로 앨리스와 약조한 터여서 그전까지는 영화 작업에 박차를 가했고 잠자코 앉아 쉴 수 있을 피로회 날만을 기다렸다.

그날까지는 누가 뭐래도 곽향정기탕만이 나의 희망이었다.

*

내가 잘못 계산한 부분이 있다면, 개점 피로회가 흥행을 노린 행사라는 점을 간과한 데에 있을 것이다.

카카듀에 가면 앉아서 쉴 수 있다는 믿음은 어디에서 왔는가? 개점하고 20일이 넘도록 한산했던 그간의 실적을 바탕으로 한 판단이다. 그래서 어쩌기로 했던가? 개점 피로회를 열어 고객을 모아보고자 했다. 그럼 피로회가 잘되면 어떻겠는가? 손님이 많아서 나도 바빠지게 되어 있다.

27일 오전에 관훈동으로 넘어가니 이성용 씨의 3층 양옥에 닿기도 전부터 인파가 버글버글했다. 1층 우리 가게 문전에서는 내가 이곳 주인이니 영업 시작하게 좀 비켜달라고 여러 차례 언성을 높여야 할 만큼 사람이 많았다. 가게 문을 열자마자 예닐곱 명이 한 번에 쏟아져 들어왔고 (비유가 아니라, 문에 무게를 실어 기대고 있던 인원이 그 정도 되었다) 뒤따라 들어온 사람까지 해서 스물 남짓한 구경꾼들을 가게 밖으로 몰아내느라 진땀을 뺐다. 가게 안을 간단히 정비하는 동안에 앨리스가 왔다. 가게 안에 들어선 앨리스는 기다랗고 굵은 대롱 모양 종이 상자를 품에 안은 채 한 손으로 이마의 땀을 훔쳤다.

"신문 기사 효과가 좋군요."

"그건 뭐니?"

"이것도 포스터예요."

가게 안에는 이미 해외문학파 문우들과 이성용 씨로부터 빌려온 포스터와 앨리스의 소장품 그림들이 빼곡히 붙어 있었다. 전날 밤 영업을 마치고 나와 앨리스가 붙여둔 것이었다. 내가 빈 벽을 찾아 눈을 굴리는 것을 알아챘는지 앨리스가 상자를 카운터 뒤에 내려놓으며 말했다.

"오늘 관람객 반응을 봐서 바꿔 붙이든 그냥 돌려보내든 하죠. 영업 시작할까요?"

그래, 그러자, 응, 뭐…… 잠깐 의자에 엉덩이를 붙였던 나는 얼른 일어나 가게 문을 활짝 열었다. 내가 출근할 때 딸려 들어왔던 예닐곱 명이 잽싸게 들어와 자리를 잡았다.

"아저씨는 주문을 받으세요. 사람이 많아서 저는 커피만 만들어야겠네요."

어어, 그래, 그것도 그러자, 응. 나는 멍청하게 대꾸하고 테이블과 테이블 사이를 뛰어다니며 주문을 받았다. 메뉴라고 해봐야 그냥 커피, 분유 탄 밀크커피, 여기에 꿀 추가 설탕 추가 정도밖에 없는데도 헷갈리고 정신이 없었다. 손님들은 와구와구 밀려 들어오고 있었고 테이블이나 카운터에 자리를 잡지 못한 사람들은 서서라도 커피를 마시며 가게 안을 돌아다녔다(그러라고 포스터를 붙여둔 것이기도 했으니까). 나는 손님들과 테이블 사이를 비집으며 주문을 전달하고 자꾸만 엉뚱한 커피를 엉뚱한 손님에게 배달했다. 나는 그냥 커피를 시켰는데요? 내가 밀크커피요, 나는 설탕이 빠졌소, 아이고 죄송합니다. 그냥 먹읍시다, 분윳값 몇 전 더 내고 말지, 나는 쓴 커피도 좋아해요, 아이고 감사합니다. 자기가 먼저 들어왔는데 저쪽이 커피를 먼저 받았다고 성을 내는 손님도 있었다. 커피를 다 마시고는 또 주문하는 손님도 적지 않았다. 가게 모퉁이에서는 앨리스가 서 있을 카운터가 전혀 보이지 않을 만큼 사람이 많았고, 정신이 없는 것은 당연했으며, 피곤해 죽겠는데도 어째서인지 자꾸 입이 벌어졌다.

장사가 된다. 장사가 돼.

점심 때쯤에야 손님이 조금 빠져 테이블과 테이블 사이 왔다 갔다 할 틈이 좀 생겼지만 그조차도 피로회 이전의 성업 때보다 훨씬 손님이 많은 것이었다. 이때쯤에 약속이라도 한 듯 포스터를 빌려준 사람들이 줄줄이 찾아왔다. 바로 위층에서 영업하는 이성용 씨가 먼저였다.

"잘되니까 보기 좋습니다."

"감사합니다."

그야 당신은 집주인이니 우리가 월세 안 밀리고 줄 노릇이 보이면 덩달아 기쁘겠지…… 하고 나는 조금 꼬인 생각을 하고 말았다. 하지만 이성용 씨는 진심으로 축하

하는 표정이었다.

"빌려주신 포스터는 잘 쓰고 돌려드리겠습니다."

"별말씀을요. 시간이 좀더 있었다면 백림 친구에게 연락해 〈초록 앵무새〉 포스터도 구해볼 것을 그랬습니다."

"그랬으면 참으로 기념이 되었겠습니다."

나는 이성용 씨가 대여해준 독일과 첵코스랍팍캬 연극 포스터들을 돌아보며 말했다.

"전부터 물어보고 싶었는데, 이 데카당스한 색들에는 무슨 의미가 있습니까?"

"검정색은 정장, 흰색은 셔츠, 붉은색은 나비넥타이죠."

어느 틈엔가 가게에 들어온 이하윤 씨와 앨리스가 그런 문답을 나누고 있었다. 퍽 근사한 답변이군 싶어 나도 누가 물어보면 저렇게 말해야겠다, 결심했지만 내게는 그런 것을 물어보는 사람이 없었다. 피로회의 날 나는 '뽀이'였다. 주문받고 물건 나르고 원두나 우유, 설탕 심부름을 다니는 뽀이. 내가 아는 사람 말고는 아무도 나를 이 감독, 이 선생이라고 부르지 않았다. 그리고 가게에는 내가 아는 사람보다 모르는 사람이 훨씬 많이 다녀갔다. 나는 그게 무척 기뻤다.

*

섞일 잡에 부술 쇄, 촙수이雜碎라는 음식은 당시 청요릿집에서 파는 요리 가운데서도 가장 만만한 한 그릇이었다. 흰밥에 반쯤 익힌 채소를 한입 크기로 썰어 올리고, 전분기가 자작하고 들치근한 국물에 잘게 찢은 닭고기나 덩어리라기보다 알갱이처럼 다진 돼지 내장 따위를 섞어 밥과 채소 위에 부어, 모양새는 말마따나 잡스럽지만 맛으로나 영양면에서는 가격에 비하여 훌륭하다 할 수 있었다. 처음에는 이것 한 그릇을 시키면 곁들이로 김치 한 보시기를 내 주었는데 (청요릿집이라도 조선에서 영업을 하니 말이다) 나중 가서는 고춧가루를 버무린 다꽝이 그 자리를 대신하게 되었다.

넣어도 되고 넣으면 안 되는 재료의 구분이 별히 없는 듯한 편리한 요리였다. 매번 같은 집에 가서 주야장천 시켜도 어느 날은 양파가 많고 어느 날은 없던 감자가 들어가고 또 언젠가는 고추가 양파를 대신하는 등. 내가 촙수이 문사를 자칭하는 이유도 그와 같았다. 언제 어디에 가서든 부담 없이 시키고 든든하게 먹을 수 있는 요리로되,

재료로는 무엇이나 쓸 수 있는 편리함. 신문에든 잡지에든 라디오에든, 시든 소설이든 민요든 논설이든 나는 그저 주문만 주면 무엇이든 써내는 작가로 소문이 나 있었다. 그건 나를 우선으로 찾는 지면은 없다는 뜻이기도 했다. 가장 빠르게 되는 요리, 저렴하지만 그럭저럭 먹을 만한 요리, 시간이 넉넉하고 주머니가 두둑한 사람은 굳이 찾지 않는 촙수이.

그런 나라도 촙수이라는 요리를 늘 감사하며 먹었고(김치의 자리를 다꽝이 대신한 바에 대해서는 여러 지면을 통해 불평했지만 말이다) 내가 아무리 촙수이 문사라도 내 글을 좋아하는 사람들은 없잖아 있었다. 해외문학파 문우들, 습작시대 동인들, 동무이자 라이벌인 운규, 심훈 선생, 이광수 선생, 토월회 극장주 박승희 선생 등…….

이상은 양일에 걸친 카카듀의 피로 전람회를 다녀간 예술인의 명단이기도 하다. 끽다점 개업 축하 인사를 제대로 주고받은 사람들만 헤아려 이 정도고, 다녀갔으나 내가 알아보지 못한 인사들도 적잖이 있으리라 짐작한다.

나의 배우 김명순과 동명인 문사 탄실 선생이 다녀간 것도 이때였다. 나는 신문 따위 대중 매체로 알려지는 소식이 얼마나 신통치 못한지에 대해 선생에게 넋두리를 늘어놓으며 망중한을 누렸다. 앞서 말했듯 선생은 나와 운규가 합작으로 기획한 조선키네마 영화 〈광랑〉에 출연하여 영화인으로 변신할 계획이었다. 그 영화가 엎어지면서 선생의 영화계 진출도 유야무야되었지만, 제작을 논의할 당시에는 나와 선생이 각각 내놓은 야심 찬 출사의 변이 신문에 나란히 실렸으니 피차 민망한 마음이 들 만도 했다. 여성 문사로서 영화계에 출사하는 각오와 그런 선생을 맞이하는 영화인으로서의 심정 고백……. 운규의 조선키네마 탈퇴로 영화 제작이 불발된 이후에도 굳이 정정 보도 같은 것은 내지 않았다. 선생은 나와 운규 각각의 신작 소식을 신문기사로 확인했을 것이었다. 그러고서 아주 오랜만에 선생을 만나는 것이어서 멋쩍은 마음에 나는 과장되고 흥분된 어조로 넌더리를 냈다. 사람들은 참으로 자극적이고 일회적인 것에 잘 휩쓸리지 않는가 하고. 탄실 선생은 정색하고 말했다.

"사람들은 자기가 무슨 말을 하고 있는지 몰라요."

나는 머금고 있던 웃음을 거두었다. 김명순 선생을 똑바로 마주 보기도 그 눈을 피하기도 어려웠다. 선생이 이어 말했다.

“악의 없는 헛소문이라도 큰 피해를 낼 수 있지요. 그런데 누군가를 무너뜨리려고 거짓을 꾸며내는 인간도 어딘가에는 존재한다는 것을 기억해야 해요. 인간은 입체적이지만 표정은 앞면에만 있어요.”

알쏭달쏭한 말을 하며 선생이 손으로 가리킨 것은 내가 가게 벽에 걸어둔 각시탈이었다. 너는 이게 무슨 뜻인지 알겠니, 하는 마음에 카운터에 서 있을 앨리스를 바라보았다. 앨리스는 전날 가게에 가져온 대롱 모양 종이통을 중절모 쓴 신사에게 건네고 있었다. 아무리 이제는 가을이라지만 벌써 모직 중절모에 코트 차림이라니 별나기도 하다, 생각하며 바로 앞으로 시선을 옮기니 김명순 선생은 자리에 없었다. 나는 동시에 문을 나서는 중절모 신사와 김명순 선생을 멀거니 바라보다가 돌아섰다. 와서 주문을 받으라는 성화가 바삐 이어지고 있었다.

*

유성기 값은 크기와 성능에 따라 천차만별이다. 탄실

선생에 이어 김동인 선생 이야기를 꺼내려니 민망하지만 (두 사람은 경성 바닥에 모르는 사람이 없는 앙숙이었는데, 따지고 보면 김명순 선생이 일방적으로 피해를 당하고 있었다), 금동 김동인 선생의 유성기는 무려 200원이 넘는 고급품이라고 하였다. 과연 호에 들어가는 금 자가 거문고琴가 아니라 황금이라 할 만한 재력이 아닌가. 웬만한 집 한 채 값에 비기는 그 기계에서는 대체 무슨 소리가 날까 궁금할 적도 있었지만, 가게에 두고 쓸 만한 모델로는 신품 가격을 따져도 대략 30원에서 40원 정도면 충분했다.

피로회 첫날 영업을 마치고 이문을 따져보니 중간중간 커피 재료와 곤로에 불 넣을 기름 사오며 쓴 돈을 빼고 무려 17원가량이 모여 있었다. 아무것도 넣지 않은 커피 8전, 분유나 설탕 등 첨가 커피 10전. 100전이 1원……. 그럼 하루 사이 100잔 넘는, 어쩌면 200잔 가까운 커피를 팔았단 말인가. 고생했다 고생했어, 내가 오늘 커피 다 빻아 놓고 갈 테니 앨리스 너는 물만 끓여라 했지만 앨리스는 고개를 저었다.

"미리 빻아놓은 가루는 커피 맛이 덜해요. 적어도 아침에 빻는 편이 나아요."

나는 또 세고 다시 세어 봐도 17원이 넘는 돈을 양손 가득 쥔 채로 유성기의 꿈에 부풀어 있었다. 그럼 내가 새벽에 와서 미리 빻아놓으마, 그럼 되겠지! 물론 앨리스의 고생을 덜어주고 싶은 마음에서 한 말이었지만, 미리 준비해둔 원두 가루를 쓰면 주문을 더 빨리 받아 더 많은 커피를 팔 수 있겠거니 하는 계산속도 있었다. 하루 영업으로 벌써 중고 유성기라도 짱짱한 것을 살 만한 돈을 벌었으니, 다음 날 수익까지 합치면 상당한 양품을 구할 수 있을 터였다.

유성기 욕심은 개인적인 것이라 할 수 없었다. 여관에서 하숙 살이 하는 내가 유성기를 방에 두어 무엇하겠는가. 나는 유성기를 가게에 둘 작정이었고, 그러면 더 많은 손님을 유혹할 수 있을 거라고 믿었다. 즉 유성기 구입은 투자가 될 것이었고, 투자라면 욕심을 아무리 내도 부족할 것이 없는데, 30원에서 40원 사이 물건이면 된다고 여기는 나는 얼마나 제 분수를 잘 아는 놈인가. 그러고 전람회 첫날의 대성공으로 나의 바람은 꿈에서 현실로 슬쩍궁 자리를 옮긴 것이었다.

나는 앨리스가 말리는데도 약속한 대로 새벽부터 관

훈동으로 넘어와 커피콩을 가루로 만들었다. 가게에 있는 커피를 모조리 빻을 때쯤 앨리스가 왔다. 팔이 떨어져 나갈 것 같은데도 (전날 앨리스도 그랬으리라 생각하니 눈물이 핑 돌기도 했지만) 웃음이 나왔다.

피로회 이틀 차에는 전날보다도 손님이 많았고 기대한 대로 커피 나오는 속도도 빨랐다. 커피가 빨리 나오니 손님들이 오래 기다릴 필요가 없어 붐비기는 전날보다 덜해서 쾌적했다. 김명순 선생이 다녀갔고, 운규가 다녀갔다. 서구식 끽다점 같은 것 난 체해서 싫다던 운규는 쭈뼛거리며 들어와 아무것도 타지 않은 커피를 시키고는 (처음 먹어보는 것이 분명했다) 나에게 양초 한 다스를 주고 갔다.

“별것 아닌데 생각이 나서 샀수다.”

깔끔한 색동 상자 안에 일제 연필처럼 가지런하게 놓인 양초는 척 봐도 고급품이었다. 운규는 커피를 마시고 이루 말할 길 없이 찌푸린 표정을 지었다. 그의 어떤 영화에서도 본 적 없는 얼굴이었고 당장에라도 카메라에 담고 싶을 만큼 걸작이기도 했다.

앨리스가 영업 종료를 선언하고 카페 문을 닫을 즈음 가게 안에는 김진섭, 이하윤 등 해외문학파 문인들만 남아 있었다. 해 넘어가고 가게 닫으면 친우들끼리 우리만의 진짜 피로회를 하자며 나를 꼬드기더니 기어이 눌러앉은 것이었다. 그러고 보면 다들 전람용 포스터를 한 장씩은 내놓은 사람들이어서 (이성용 씨가 빠지기는 했지만) 마음대로 내쫓기도 무심한 일이었다. 나는 나대로 오늘 수익까지 해서 유성기 살 돈이 될는지 말는지 세어보고 싶었지만 이렇게 많은 사람 앞에서야 괜히 탈이 날까 겁났다.

"그러면 우리 파란◆ 친구를 만나볼까요."

앨리스가 카운터 밑에서 뭔가 불쑥 꺼내자 다들 환호성을 지르고 난리였다. 즈불로브카◆◆였다. 우리는 운규가 주고 간 양초에 불을 붙이고 술을 돌렸다. 흰 양초 불빛은 검거나 붉은 모직 테이블보 위에 데카한 분위기를 한층 더해주었다. 나는 술보다도 (술이 약하기도 하지만) 이 순간에 젖어들며 취할 것만 같았다. 이렇게 평생을 보내도 좋겠구나. 문학이, 예술이, 친구가 있는 나의 작은 가

◆ 파란(波蘭): '폴란드'의 음역어.

◆◆ 즈불로브카: 폴란드산 보드카.

게에서 앨리스와 여생을 보내도 좋겠어.

그런데 안주가 없으니 어쩌냐는 말에 누군가 촙수이를 사왔고 우리는 그를 얌체라 놀렸다. 해외문학파로 꼽히는 사람들은 경성에서는 알아주는 도련님들인데 청요릿집까지 가서 겨우 사온다는 것이 촙수이. 제일 빨리 되는 게 이거라는데 그럼 어쩝니까, 하고 그는 뒷목을 긁적였다. 당시에 야간 통금은 없었지만 혼자나 두엇이 돌아다니다 일경에게 붙잡히면 어떤 핑계로든 끌려갈 수가 있었기에 밤중 바깥에 오래 있는 것은 좋지 않았다. 그래서 우리는 가게에서 밤을 새기로 했다. 누군가 노래를 불렀다. 우리 모두 아는 노래여서 따라 불렀다. 누군가 졸라서 앨리스도 한 곡조 뽑았던 것 같다. 나도, 나도 노래했던가. 취해서 불렀을 수도 있는데, 역시 취해서 기억은 나지 않았다.

날이 밝아 (그 자리의 유일한 여자였던 앨리스를 포함하여) 몇 명은 돌아가고 몇 명은 뻗어 테이블 위에서 코를 골 동안에 나는 살그머니 카운터 뒤로 돌아갔다. 아직 가게에 사람이 남아 있었지만, 대체 돈이 얼마나 모였을는지 얼른 확인하고 싶어 마음이 조급했다. 그런데 열어보니 돈통은 온통 휑했다. 대개 10전짜리로 17원이나 되었던 전날보다도 비어서, 굳이 세어보지 않아도 돈이 한참 줄었음을 알 수 있었다. 앨리스가 그랬을까? 급하게 쓸 곳이 있어 가져갔을까? 앨리스여야 할 텐데, 내가 취해 정신을 놓은 사이 돈통을 털어간 놈이 앨리스 말고 달리 있다면 그거야말로 큰일인데.

남아 있는 돈은 5원 남짓이었다. 사뭇 다가왔던 유성기가 또다시 성큼 멀어지는 환상이 눈앞에 아른거렸다. 그 돈을 어쩌려고 어떤 새끼가 들고 간 것일까? 멀어진 유성기의 꿈이야 그렇다 쳐도, 내 팔뼈까지 갈아버릴 기세로 커피를 갈아 번 돈이 사라진 억울함은 쉽게 떨칠 수 없었다.

그런데 어디에 이 억울함을 고할 것인가?

혹시나 하는 마음에 가게 문 아래 삐죽 들어와 있는 신문을 들어 펼쳤다. 1면을 건너뛰고 2면부터 펼쳤다. 평소에도 으레 범죄 발생이나 죄인 소탕 소식이 실리는 사회면을 애독하곤 했지만 그날 아침처럼 열중한 적은 드물었다. 범죄의 규모가 크면 상단에, 좀도둑질 정도라면 하단에 기사가 배치되게 마련. 우리 가게의 피해액은 최소한

20여 원이었고, 당연히 내게 그것은 심각한 중범죄였기에, 만약 범인이 잡혔다면 1단에 그 소식이 났으리라 생각했다. 그러나 없었다. 1단은커녕 11단에도 (그야 11단은 보통 광고단이고 하니) 없었다. 웬일인지 하루에 한 꼭지씩은 나던 절도 기사가 그날따라 하나 없었다. 신문마저 나를 놀리는 것처럼만 생각되었다. 나는 불과 몇 분 전까지 코를 골며 엎드려 있던 내 자리에 도로 털썩 앉았다.

침착하게 다시 생각해보자.

신고하지 않은 범죄가 기사로 나올 리 없다. 만일 도둑이 든 게 새벽 일이라면, 우리가 테이블에 엎드려 잠을 청한 사이 앨리스가 단속을 깜빡한 문으로 들어와 거액의 현금을 털어가다 검문차 일경에 붙들렸다면……. 밤사이 일어난 사건이 똑같은 밤에 찍힌 신문에 보도될 틈이 있었으랴, 아무렴. 그런데 그렇다면, 그렇다고 일경에 그런 범죄자가 접수되었는지 확인할 수 있을까? 불현듯 베레모가 떠올랐다. 호시탐탐 나를 잡아넣을 틈만 노리는 베레모 형사가, 그가 속한 일경이 과연 내 피해를 진지하게 수사해줄까? 애초에 도둑이 붙잡혔을지도 모른다 생각한 건 내 좋을 대로의 망상일 뿐 아닌가.

안절부절못하는 사이 간밤을 함께 보낸 손님들은 속속 깨어나 저희끼리 해장을 하러 나갔다. 일동은 나에게도 동행을 제안했지만 나는 가게를 지켜야 한다며 사양했다. 혼자 남은 내가 가게에서 무엇을 했는가 하면, 혹시 내부자의 소행이 아닌지를 곰곰 의심했다. 내가 깨어나기 전 돈통을 털어놓고 짐짓 자는 척하다 해장하러 가는 일행에 섞여 유유히 빠져나간 흉인이 방금 그들 중에 끼어 있지 않았을지를……. 그런 생각을 하다 보니 돈 20몇 원이 아쉬워서가 아니라 세상살이 온통 막막해져서 눈물이 핑 돌았다. 문우라고, 친우라고 믿었던 이들 중 누군가 내게 이런 짓을 하다니. 한참을 원망에 골몰하다 보니 부끄러워졌다. 아니 나야말로 저질이다, 문우이고 친우인 그들에 대한 신용을 이렇게 쉽게 포기해버리다니. 그렇게 생각하고 보니 원망은 싹 가시고 진한 자조가 몰려왔다. 믿자, 믿어야지. 설령 그들 중 누군가 돈을 훔쳐 간 게 사실이라도, 그들이 내게 해준 (가게를 채운 대소도구 일습만 보아도) 것을 당할 만한 피해는 아니지 않은가…….

그런데 앨리스에게는 뭐라고 하지?

정오에 조금 못 미친 시각에 앨리스가 가게로 왔다. 한참을 고민하며 핑계와 변명을 고민하던 나는 결국 솔직히 털어놓기로 마음먹은 참이었다. 앨리스는 파란 독주가 남겼을 후유증이 한 점도 남지 않은 말끔한 얼굴이었다. 우물쭈물하며 내가 돈통 이야기를 꺼내자 앨리스는 제 얼굴처럼 상쾌하고 상냥한 말씨로 답했다.

"돈이요? 어머, 보셨군요. 제가 가져갔어요."

앨리스의 가벼운 대답에 뒷목과 머리통을 잇는 굵은 힘줄도 가볍게 툭 끊어지는 듯한 느낌이 들었다.

"벌써 내일이 30일이잖아요. 3층 가서 월세 몇 달 치 선금으로 넣고 왔어요. 피로회 특수로 돈 좀 만졌지만 내주 내달까지 쭉 이렇게 호황이란 법이 없지 않겠어요. 안심하고 장사하려면 이렇게 해둬야지요."

듣고 보니 틀린 말도 아니어서 화를 낼 수가 없었다. 아니, 애초에 화를 내야 마땅한 마당인지 확신이 서지 않았다. 보증금도 이달 치 월세도 앨리스가 내지 않았는가. 이 가게는 내 가게라 떠들고나 다녔지, 실속 있게 투자한 바는 전혀 없다 해도 과언이 아닌 내가 앨리스에게 가게 수익을 어떻게 쓰는지를 왈가왈부할 입장이 아니었다.

그렇지만, 그러면 오전 내내 끙끙 앓고 끓인 내 억울함은 무엇이 되는가.

"보세요, 어제까지는 개점 전부터 문전성시였는데 오늘은 느즈막이 여는데도 아직 찾아오는 사람이 없지 않아요?"

앨리스는 도대체 옳은 말밖에는 할 줄 모르는 사람 같았다. 뒤늦은 가게 청소를 시작하면서 나는 생각했다. 그래, 아주 도둑맞은 줄만 알았던 그 돈이 가게 운영을 위해 착실하게 쓰였다면 큰 다행이 아니냐. 유성기를 사려던 궁리도 가게를 위해 투자하려던 마음이었으니 이러거나 저러거나 가게를 위한 길이었던 것이다. 그렇게 생각해서인지 테이블보 털고 바닥 쓰는 단순노동을 반복한 덕인지 차츰 마음이 가라앉았다. 또 얼마나 다행이냐, 문우들을 더는 의심하지 않아도 된다는 것은. 또한 일경에게, 베레모에게 도둑놈 잡아달라 아쉬운 소리를 하지 않아도 된다는 것은. 나는 앨리스가 돈을 가져다 쓴 것이 얼마나 좋은 일인지를 곱씹고 또 곱씹었다. 거의 내 것처럼 느껴졌던 내 마음속 유성기에게 또다시 안녕을 고하면서.

*

말하기도 입이 곤하게시리 앨리스가 현명했다. 10월 영업은 피로회 날처럼 흥하지는 않았으니까. 내게는 그럭저럭 좋은 일이었다. 카페 영업을 전면적으로 앨리스에게 맡겨두고 〈숙영낭자전〉 촬영에 집중할 시간을 벌었기 때문이다.

몇 번이고 강조해왔지만 〈숙영낭자전〉은 내가 오랫동안 마음에 품고 있던 이야기였다. 얼마나 오래인가 하면 무연회를 할 적 올리려고도 해보았고 감독 데뷔 때에도 이것을 데뷔작으로 할지 고민했을 정도. 선인선녀의 환생이 지상에서 다시 사랑을 이룬다는 내용의 전통 내세관과 권선징악의 요소 때문에 다소간 평가절하를 당하는 경우도 종종 보지만 내 생각에 〈숙영낭자전〉이야말로…… 조선의 〈햄릿〉이었다.

〈햄릿〉은 예술학원 시절 현철 선생이 가르친(가르치려 했던) 몇 안 되는 작품 중 하나였다. 일본 극단에서 연극을 배워온 현철 선생은 일어로 된 셰익스피어 4대 비극을 조선말로 중역하여 우리에게 가르치려는 원대한 계획을 품고 있었다. 화장품 사업으로 동분서주하느라 바빴던 선생을 대신하여 원생들과 함께 〈햄릿〉을 윤독하고 해석하는 역할이 내게 주어졌었고, 〈햄릿〉을 가르치며 배우는 내내 내 뇌리에는 〈숙영낭자전〉이 서성대고 있었다.

이를테면 이런 것이다. 왕자 햄릿의 원수가 숙부이자 선왕의 살해자이며 현왕으로서 날마다 햄릿 어머니의 침소에 드나들듯, 〈숙영낭자전〉의 매월은 백선군의 시비이자 시첩으로서 백선군의 정당한 배필을 살해하고도 뻔뻔하게 백선군의 애정을 요구한다. 선군은 얼핏 선남인 것처럼 묘사되지만 실상 이상적인 남성상에 전혀 부합하지 않는다. 사랑과 욕망에 패배하여 연인에게 고초를 선사하고 그로 인한 괴로움에 몸부림치는 나약한 인물이다. 밤과 꿈의 세계에서 망자가 진실을 드러내고, 낮과 깸의 세계에서 죄가 피를 흘린다……. 모든 것이 백일하에 낱낱이 드러나는 절정. 〈숙영낭자전〉은 〈햄릿〉과 달리 비극으로 끝나지 않지만 그러한 결말이 도교적 내세관에 빚지고 있음을 생각하면 정직한 현실은 역시나 비극이라는 바가 더욱 자명해지지 않는가.

이렇듯, 제목은 〈숙영낭자전〉이지만 사실상의 주인공은 선군과 매월이라고 나는 보았다. 바로 그 선군을 내가, 매월을 김명순이 연기하기로 한 것이었다. 굳이 정의하자면 숙영은 신이라는 것이 나의 의견이었다. 인간인 선군에게 해야 할 것과 해서는 안 될 것을 지정해 알려주고는, 나약하고 부족한 선군을 친히 사랑하고 몸소 죽어 벌을 주는 뒤틀린 초월자. 숙영은 망령(아버지 햄릿왕)과 오필리어를 한데 뭉쳐놓은 인물상이다. 서사를 추동하는 존재로서는 주인공보다도 주요하다고 할 수 있지만, 이 인물의 내면은 극의 관심사가 될 수 없다.

이러한 특징에 주목하며 환상적인 분위기를 살리기 위한 회심의 무기로서 조선 탈과 무용을 적극 활용하는 것이 나의 전략이었다. 선계와 인간계 사이의 옥련동에서 선군과 숙영이 조우할 때, 선군이 숙영을 만나러 백 리를 내달리는 마술적 연출에, 숙영이 스스로 가슴에 칼을 품어 억울함을 씻고자 하는 장면 등에서 탈 쓴 무용수들이 활약할 예정이었다. 때에 따라서는 주인공들도 탈을 쓰거나 춤을 추도록 할 생각이었는데, 그건 감독 겸 남자 주연인 나 역시 안무와 무용 연습에 참여해야 한다는 뜻이기도 했다.

무용수가 필요 없는 대부분의 장면은 피로회 이전에 소화해두었지만 장면별 안무 구상과 연습이 채 끝나지 않은 때라 (대본은 한참 전부터 마련되어 있었지만 촬영 자체는 급하게 시작했으니까) 시간이 많이 들었고, 나의 피로회 복제인 곽향정기탕 역시 이전보다 훨씬 많이 쓰이게 되었다. 이럴 때에 가게가 앨리스 혼자의 손만으로도 충분히 운영되는 것은 천만다행이라고 할 만했다. 그러고 보면 끽다점 영업은 낚시와도 같았다. 낚시꾼의 솜씨도 솜씨려니와, 많은 고기를 낚으려면 때와 곳을 잘 만나는 것이 더욱 중요하다는 점에서(상선학교 시절 동무들의 낚시에 몇 번 따라가 보았을 뿐인 얼치기의 견해에 불과하지만). 피로회 때는 떡밥을 흠씬 뿌려 인위적으로 물고기를 모았던 거라고 한다면 10월은 그럭저럭 아쉽지 않은 물때로 칠 만했다. 그사이 초보 낚시꾼에게는 요령이 좀더 생겼고, 호황이라기엔 다소 섭섭하지만 불황으로 치기에는 황송한 그즈음을 앨리스는 잘 가누고 있는 듯했다.

내가 없는 날에도 나의 동무들이 커피를 마시러, 앨리스를 보러 카카듀에 들르기 시작한 것이 그 신호였다.

“이 선생이 카카듀를 문예 카페로 만들어놓은 장본인인 줄 알았는데 이제 보니 미스 현의 교양이 더욱 뛰어나군.”

어쩌다 짬이 나서 (정확히는 안무 연습에서 도망치고 싶어서) 가게에 가보면 앨리스와 시시덕거리던 문우들이 그런 식으로 나를 놀려댔다. 운규가 앨리스를 미워하는 것이 자못 신경 쓰이던 터라, 다른 친구들이 앨리스를 그토록 마음에 들어 하는 것은 흐뭇하기도 했다. 그렇지만 한편으로는 경솔한 태도로 앨리스에게 추파를 던지는 남자가 없을지에 마음이 쓰였다. 이런 걱정을 넌지시 내비치니 앨리스는 웃기만 하고, 일전 기탁을 조심하라 충고했을 때처럼 “추파야 얼마든지 던지라지요, 나도 지금은 독신인걸요” 따위 아슬아슬하게만 들리는 말을 할 뿐이라 김진섭, 이하윤 씨 등을 슬쩍 떠보니, “이 선생이 미스 현을 보는 눈빛이 그토록 뜨거운데 우리가 어떻게 미스 현에게 손을 대겠습니까?”라는 어처구니없는 답변이 돌아오는 것이었다.

*

혹자는 나와 앨리스의 카카듀가 조선 최초의 서구식 끽다점이라고 평하기도 했지만 그것은 기억의 오류 또는 조사 범위의 부족에서 나온 편향된 결론이다. 당시 경성에는 일인이 차린 킷사텐喫茶店이 따로 있고 조선인이 차린 끽다점(똑같이 喫茶店)이 또 따로 있었다, 예를 들어 이성용 씨의 백림관 같은. 카카듀는 북촌 일대에 처음 들어선 서구식 끽다점이랄 수는 있어도 조선 최초나 경성 최초의 카페는 결코 아니었다. 이 이야기를 굳이 재차 하는 까닭은 그래도 카카듀가 (의도했건 아니건) 처음으로 선보인 영업 비결이 하나쯤은 있어서다.

두말할 것도 없이 그것은 바로 앨리스.

비결은 바로 앨리스의 미모에 있었다.

당시에는 서비스업에 종사하는 사람을 남녀 큰 구별 없이 (아마도 호텔 벨보이로부터 따왔을) 뽀이라고 불렀다. 나름대로 식견이 있는 사람들은 여전히 여자를 여급이라, 남자를 뽀이라고 부르기도 했지만, 언제인가부터 뽀이라는 말의 뜻이 아예 종업원이라는 의미로 쓰이게 된 것이었다.

이 뽀이와는 또 구분되는, 좀더 높은 직급으로서 마스터나 마담이 있었다. 마스터는 영단어 뜻 그대로 주인이라는 말이었고 이에 대응하는 여성용의 호칭으로 마담이 쓰였다. 마담과 무슈 또는 호스트와 호스티스 대신에 마담과 마스터라는, 어딘가 미심쩍은 용어가 자리 잡게 된 것은 일본식의 마구잡이 외국어 사용을 그대로 차용한 탓이 아닌가 한다. 그런 것은 아무래도 좋으니 그렇다 치고, 적어도 그때까지의 내 식견으로 마담이나 마스터가 미인이어야 한다는 법은 따로 없었다. 커피집 주인이 커피만 잘 끓이면 그만이지 미인일 것까지야. 그런데 카카듀가 등장하고부터, 앨리스가 나타나고부터 시내 킷사텐들이 너도나도 묘령의 미인을 채용하여 마담으로 세우기 시작했다(고 들었다). 차 나르던 뽀이 중에서 대표될 만한 미인을 카운터에 데려다놓고 마담으로 승진시키는 경우도 없지 않은 듯했다. 어느 카페에서 어떤 미인이 일하는가에 대하여 사람들이 입방아를 찧어대기 시작했고, 이런 이들의 이목을 끌고자 배우나 가수를 마담으로 채용하느라 무리한 몸값을 지불하는 경우도 빈발했다.

말하자면 마담이 끽다점의 페르소나가 되고, 얼굴로서 끽다점을 대표하는 시대가 열렸다고 할 수 있었다. 앨리스는 저도 모르게 '끽다점의 마담 = 묘령의 미인'이라는 공식을 만들어버린것이었다.

그 정도로 아름다운 여인이었으니, 내 친구들은 당연히 내가 그에게 흑심을 품었으리라 단정 지은 것이다.

*

"미스 현에게 마음을 고백하긴 한 거지요?"

그 말을 듣고서야, 정말이지 오랜만에 나는 앨리스가 여인이라는 점을 의식하였다.

원래부터 여자인 줄을 알던 상대가 여자라는 것을 새삼 생각한다는 것은 이상한 일이다. 사람의 얼굴을 보면서 매번 그의 옷 아래 맨몸과 사타구니 사이를 떠올리지 않듯 나는 앨리스의 여성 됨을 편히 잊고 지냈다. 아무 노력도 없이 자연스럽게 그럴 수 있었다. 앨리스는 나의 조카이고 여동생 같은 존재이자 (실제로는 앨리스가 연상이지만), 나보다 훨씬 유능한 동업자였다. 나는 그 애가 아이를 둘이나 낳은 어머니인 점을 생각할 때에나 그 애가 다 큰 여자인 것을 의식하였고, 굳이 그럴 계기가 많지도 않았다.

더 늦기 전에 앨리스와 내가 혈육 관계인 것을 밝혀야 할까?

나는 앨리스와의 관계를 숨기기로 마음먹었던 최초의 순간을 돌이켜보았다. 이제는 경성에서 상해로 자리를 옮긴 세계적인 바람둥이 기탁에게서 앨리스를 보호하기 위한 순간적인 기지였을 뿐, 생각해보면 앨리스와 나의 관계가 사람들의 오해를 일으키게 된 것은 나의 자진으로 인한 자연한 결과였다. 나는 기탁이, 카카듀에 드나드는 나의 친구들이 앨리스를 나의 여자로 착각하도록 유도했다. 하지만 매번 '앨리스와 나의 관계를 비밀에 부친다'까지만 생각하고, 그 이유에 대한 생각은 의식적으로 차단해왔다. 그야…… 역겨우니까. 불륜도 아니고 패륜, 난륜이니까.

혹시 나는 의식하지 못하였으나 내 마음에는 이미 앨리스에 대한 강렬한 정념이 자리하고 있고 그것이 넘쳐 눈으로 흘러나오는 것을 친구들이 먼저 눈치챈 것은 아닐까?

나는 세차게 고개를 저었다. 내 자신이 떠올린 생각에 이토록 욕지기가 올라오다니 그 또한 별난 경험이었다. 내게 질문한 친구들은 내가 조금 전 질문에 대하여 도리질 치는 줄 알고 혀를 찼다. 나는 그들이 원망스러웠다. 그들로 인하여 촉발된 이 생각들 때문에 앨리스를 더 찝찝하게 의식하게 된 것 같았다. 오염되고 말았다. 마음이 지저분해지고 말았어.

생각은 영업을 마치고 문단속을 하던 한밤중까지 끈질기게 이어졌다. 내가 앨리스를 정말 전혀 여자로 보지 않았는지를 깊이 반추해볼 기회였다.

나는 앨리스가 신파의 얼굴을 지녔다고 생각했다. 항구에서 우연히 마주친 순간 그가 나의 조카인 것을 알아보기 전에는, 살면서 그날까지 본 여인들 가운데 가장 아름답다고 생각했다. 매형을 동경해 가깝게 지내던 시절 못난 모습으로만 기억하고 있던 아이가 그렇게 환골탈태한 것이 놀랍기만 했다. 그러나 그것은 앨리스의 자태에 대한 공평하고 정당한 평가일 뿐이었다. 아름다운 것을 보고 아름답다고 생각한 것 자체는 아무 잘못도 되지 않는다……. 아닌가? 앨리스가 아름답다는 것은 객관적으로 참된 명제가 아닌 걸까? 그렇다면 내 가게에 드나드는 놈들이 앨리스를 탐내는 이유는 무엇이란 말인가? 아아, 나는 방금 그놈들하고 똑같은 눈으로 앨리스를 보고 있음을 인정한 것인가?

나로서는 스스로에게 떳떳해질 방법을 더는 떠올릴 수 없었다. 앨리스와 나의 사이를 밝히는 것, 오직 한 가지뿐이었다. 그렇다고 해서 앨리스에게 추파를 던지고 싶지만 나에 대한 의리로 참고 있다는 놈들에게 앨리스를 던져주어도 괜찮을까? 바로 그것을 예방하기 위해 굳이 혈연관계를 숨기지 않았는가?

나는 탄실 선생을 떠올렸다. 자유연애 시대가 되었다고 하지만 그것은 남성에게나 해당되는 것이지, 실제로 재색을 겸비한 여성이 자유로이 남성과 사귀었을 때 어떤 일이 일어나는가를. 방종하다는 평가와 손가락질은 예사요, 함부로 대해도 되는 여인이라는 낙인이 찍혀 범죄의 표적이 되는 일도 허다하지 않은가. 더구나 앨리스에게는 이혼 경력이 있다.

앨리스가 일을 그만두도록 하면 어떨까……. 결국 문

제는, 놈들이 앨리스를 보고 견물생심 욕심을 냈기 때문이 아닌가? 여자를 보자기로 둘둘 싸서 눈만 간신히 내놓게 만들고 아예 집 안에 꽁꽁 숨겨놓는다는 먼 나라 사람들과 크게 다를 것 없는 생각이었다. 내게 무슨 권리가 있어 앨리스의 일할 자유를 제한한단 말인가.

하지만 나는 이미 앨리스의 연애할 자유를 침해하고 있지 않은가.

나는 앨리스에게 기생 노릇을 시킨 적 없고 손님들 대부분이 앨리스 앞에서 신사답게 처신하였지만, 그들이 결국은 앨리스의 얼굴을 구경하러 왔다는 점을 떠올리면 앨리스를 상품으로 만들었다는 죄의식을 완전히 면하기가 어렵다. 나는 그들로부터 앨리스를 보호할 방법을 달리 찾지 못해서, 그 애에 대하여는 바로 내가 우선된 소유권을 가지고 있는 듯이 행세한 것이었다. 그때는 미처 몰랐다고 말하고 싶지만 사실 나는 전부 알고 있었다. 다만 인정하기가 싫었을 뿐이다.

나는 앨리스의 용서를 기대하지 않는다. 다만 앨리스도 내게 잘못이 있다고 말하고 싶다. 또한 앨리스도 이 연극의 낱낱을 알고 있었으리라 짐작한다.

한편 당시의 손님들은 내 속도 모르고 나와 앨리스의 관계가 어떻게 풀려가는지를 관망하고 싶어 했다. 어느 틈엔가 앨리스는 포와에서 온 미스터리의 마담 미스 현이, 나는 미스 현을 향한 상사병에 마음이 커피처럼 뜨거워지고 만 뽀이가 되어 있었다. 손님들의 눈에 나와 앨리스는 실제의 세계를 무대로 펼치는 연극의 두 주연으로 보였던 것이다. 그리하여 우리의 카카듀는 우리가 이름을 빌어온 곳과 같이, 진정 거짓의 전당으로 탈바꿈하고 있었다.

*

10월 중순에 결국 나는 크게 앓았다. 〈숙영낭자전〉에서 가장 공을 들인 극중극의 탈춤 장면을 앞두었을 때였다. 처음에는 가볍게 기침이 나는구나 싶더니 곧 목 안이 퉁퉁 부었고 이윽고 목뿐 아니라 전신의 근육에 염증이 꽉 찬 듯이 아프고 잘 움직여지지 않더니 이내 약간의 거동에도 식은땀이 줄줄 나는 지경이 되었다. 아침에 이부자리를 박차고 일어날 엄두가 안 날 만큼 아프기까지 이

틀? 사흘? 그쯤 되어서는 하숙을 치는 여관의 여자 사장도 눈치를 줄 만큼 기침이 심했다. 내가 밤새 기침을 해서 다들 잠을 설쳤다는 것이다.

하는 수 없이…… 이성용 의원에 갔다. 가지고 있던 곽향정기산(어쩌면 이 약이 증상을 더욱 심화시켰는지도 모른다)은 이미 다 털어먹은 채였다. 일터 바로 위층에 병원이 있다는 것은 상당히 편리한 일이었다. 그리로 올라갈 마음먹기가 어려웠을 뿐. 내게 이성용 씨는 호감이 가는 지식인이기도 했지만 그보다는 껄끄러운 건물주, 일그러진 나를 똑바로 비추는 닮은꼴의 면모로 더욱 강렬한 인물이었으니까. 아무려나 이성용 씨에게 진찰을 받아야 한다는 마음의 고통보다는 신체적인 증상이 훨씬 무거웠기에 두 번 생각할 것도 없었다.

이성용 씨의 병원은 뜻밖에도 한산했고 간호사도 한 명뿐이었다. 직원 구성도 카카듀와 같군……. 그런 생각을 하며 초진 접수증을 쓰고 잠깐 앉아 있자니 이성용 씨가 직접 진료실 문을 열고 나를 불렀다.

"폐병일까요?"

증상을 설명하자 이성용 씨는 철제로 된 납작한 타구

를 내밀며 객담을 뱉어보라 하였고 나는 지시대로 한 후에 불안한 마음으로 물었다. 당시에 이성용 씨는 가정내 폐결핵 치료법에 대한 칼럼을 절찬리에 연재하고 있었다. 그런 칼럼이 인기를 얻는다는 것은 폐결핵 환자 내지 그 가까운 의심 환자가 그만치 많다는 의미가 있었고 공기를 통하여 감염된다는 그 질병이 내 몸을 피해갈 거라 착각해선 안 됨을 의미하기도 했다.

"담배를 줄이세요."

하지만 이성용 씨는 그렇게 말하며 웃을 뿐이었다.

"영업은 어떻게 되어가십니까? 작업은?"

이어지는 물음에 나는 종로 서의 베레모를 떠올렸다. 진찰인지 취조인지 헷갈렸기 때문이다.

"영업이야 바로 아래층이니 요즈음에는 저보다 더 동향을 잘 아실 게고, 작업이 큰일이지요. 의상비 안무비 합쳐 자그마치 500원을 넘게 썼는데……."

주인공인 내가 몸져누워 작업이 지연되고, 작업이 지연되니 기본 안무 비용에 안무가의 일급이 추가되고. 말하다 보니 조급한 기분이 들었다.

"안무비요?"

“네, 배우들이 탈을 쓰고 춤을 춥니다.”

“선생도요?”

“네. 저, 그러니 약을 좀 독하게 써주십시오.”

“〈숙영낭자전〉에 원래 그런 대목이 나오던가요?”

“나의 오리지날입니다.”

탈이란 즉 가면, 마스크, 얼굴 위의 얼굴. 그것의 사용은 본디부터 극의 모태가 되는 것이다. 고대 그리스에서부터 중세까지는 배우들이 얼굴을 드러내는 일이 드물었다고 하지 않는가. 가면이 역할의 은유가 아니라 역할 그 자체였던 시대를 지나, 인본주의의 시대가 도래하면서 배우들은 가면을 벗었을 것이다. 그때에는 그것이 극의 혁명이었을 것이다. 구극이 기껏 벗어던진 가면을 신극이 다시 한번 집어 들게 된 것은 그것을 언제든 벗을 수 있게 되어서다. 과거에는 가면을 벗는 것이 금기였으나 오늘날 가면을 쓰는 것은 금기가 아니며, 한때의 금기마저 연출의 한 소도구로 이용할 수 있게 된 것이 오늘날의 신극. 또한, 이러한 예술적 시도를 할 수 있는 사람은 조선 천지에 나 정도밖에는 없지 않나 하는 자부에 나는 심취해 있었다.

"말씀대로면 이미 가장 심하게 앓을 시기는 지났고 인제는 안정만 조금 취하면 자연히 나을 겝니다."

이성용 씨는 내 팔에 주사를 놓으며 말했다.

"안정이란 어떻게 취하는 것입니까?"

"휴식이 제일이지요."

나는 어리석은 물음을 했다는 것을 조금 늦게 알아채고 얼굴을 붉혔다.

"안정실 병상에 잠시 누웠다 가세요. 그리고 뜨거운 물을 많이 마시세요. 커피도 좋지만은 이 경우에는 전통차가 좋겠습니다. 상기동차◆라든지?"

진료실을 나서서 간호사의 안내를 따라 안정실로 갔다. 안정실에도 환자는 거의 없었다. 이성용 씨의 병원은 사실 다소간 재정난을 겪고 있는 것일까……. 그래서 우리 가게의 월세나 이성용 씨의 칼럼 연재 고료에 기댈 수밖에 없는 것일까? 그렇게 생각하자 이성용 씨에 대한 부러움과 부러움에서 파생된 미움이 조금은 누그러지는

◆ 겨우살이차.

듯했다.

*

그럼에도 나는 이성용 씨가 조선의 보기 드문 미남이라 생각했다.

이성용 씨를 직접 만나기 몇 해 전에 쓴 〈미남미녀운동〉이라는 글이 있다. 급진적이고 극단적인 주장을 내세우는 광인과 통상적이고 평이한 감각을 지닌 보통 사람의 대화로 이루어진 만담 형식의 글이었다. 내가 그 글에서 미인으로 거론한 인물의 명단은 잔 다르크, 레닌, 그리고 그리스도. 평범한 사람은 거듭하여 묻는다, 그러니까 레닌을 예로 들면, 사상이 아름다웠다는 것이오? 그러면 미친 사람이 화를 내며 대답한다. 사상뿐 아니라 언어가! 행동이! 나아가 얼굴이! 평범한 사람은 한숨을 쉬며 답한다. 누가 신문에 당신을 평하였는데 정신에 이상이 생겼다고 하옵디다. 이 글을 쓰고는 욕을 제법 먹었는데 내게도 할 말은 있다. 당시에 나는 부인들 대상의 잡지며 신문기사를 통해 미용법 운운하는 글을 꽤 보았는데, 노력으로 아리따워질 성싶으면 사상부터 미화하여야 한다는 나의 믿음을 쓰고 싶었을 뿐이다. 얼굴에 무엇을 바르거나 신문의 체조를 따라 하여 고와질 것 같으면, 책을 더 읽고 언행에 신중을 기하여 아름다워지라는 법은 없겠는가?

이성용 씨를 보고는 나의 미인론이 틀리지 않았음을 알았다. 이성용 씨는 기품과 고운 얼굴을 타고나기도 했지만 겉모양을 흉하게 하지 않을 행실을 후천적으로 습득하였다. 그리스도를 본받은 사상을 내재하였고 말 한마디 동작 하나하나에 서두르거나 허둥거리는 낭비가 없었다. 앨리스의 짝이 정 필요하다면 저 정도의 남성은 되어야 하겠다고 나는 생각했으나, 그에게는 이미 국적을 초월하여 부부의 연을 맺은 상대가 있었다.

그렇게 생각한 까닭은 물론 앨리스도 겉과 속이 빠짐없는 미인이기 때문이다.

미인이란 드문 것이다. 예를 들어 운규, 나는 운규를 아꼈고 조선에 둘도 없는 천재, 귀재라 생각했지만 운규를 미인이라 생각하지는 않았다. 도리어 운규는 나의 미인론에 심대한 위협이 될 만한 존재였다. 운규를 제외한 대중 일반을 대하여서는 우리 모두 미인이 되어야 한다고 부르짖고 싶었으나 운규에게는 굳이 미인까지 되어라 강요하고 싶지 않았다. 운규는 어디까지나 운규인 것으로 충분했기에.

그러는 나 자신은 미인도 귀재도 아니라는 사실을 내가 가장 잘 알고 있었다.

*

감히 말하건대 조선 영화사에서 가장 실험적인 영화가 될 나의 작품, 〈숙영낭자전〉의 대개봉일은 11월 17일이었다. 이에 앞서 11월 5일 저녁 경운동 천도교기념관에서 강연을 하기로 했다. 주요 신문사 연예·영화기자들로 구성된 동호회 성격의 모임 '찬영회'에서 기획한 행사로, 1부에서는 나를 비롯한 영화 및 문예계 인사들의 강연을, 2부에서는 톨스토이의 《부활》을 각색한 영화 〈카추샤〉의 기념 상영을 준비한 모양이었다. 내가 맡은 주제는 '영화와 조선 여성'. 28년 그해는 톨스토이 탄생 100주년이 되는 해로 찬영회 행사도 그런 의의로서 마련된 것이었으며 나 역시 톨스토이와 관련된 내용을 준비해야 마땅했지만, 이 틈을 타 나는 내 영화 이야기를 실컷 할 생각이었다. 우선 나와 작업한 여배우들, 가령 김정숙이나 신일선 이야기를 해서 흥미를 끌고 배우 말고도 영화업계에서 여성들이 할 수 있는 일은 많이 있다는 식의 이야기를 한 후, 우리 영화의 내용 면에서는 조선 여성들이 어떻게 등장하고 있는지를 이야기하는 듯하다가 천기라도 누설하는 척, 마침 이 주제에 딱 들어맞는 영화를 곧 개봉할 터인데 말마따나 곧 개봉할 영화라 개봉일까지는 모든 것을 비밀에 부쳐야 하지만 이 자리에 계신 여러분께만 마지못해 큰맘 먹고 알려드리는 척 〈숙영낭자전〉의 홍보를 하면 어떻겠는가. 나에게 주어진 강연 시간 30분을 그보다 더 효과적으로 활용할 방법은 떠올릴 수 없었다.

하여간 내가 하는 일이 다 그렇듯 계획은 완벽했으나…… 어느 지점에서 비위가 맞지 않았는지 강연을 듣던 여성들이 일시에 콧방귀를 뀌며 일어나 강당을 가버리는 것이었다. 단체로 어머 늦겠군, 하며 바삐 나가 보아야 할 약속이라도 있는 듯이 말이다. 행사가 모두 끝난 후에 경성 라디오 방송국JODK 연예부 출신인 이서구 씨가 (참고로 이 작자는 과거에도 나의 낭독 솜씨가 마음에 든다며 내 귀에 대고 "당신은 이 자리에 모인 우리 모두의 신랑입니다"라고 속삭인 적이 있었다) 여자들이 뭘 몰라서 이 감독님을 몰라본다고 위로하였지만 '영화와 조선 여성'을 주제로 떠들어 여자들을 내쫓은 내게 그런 위로가 제대로 들리기나 했으랴. 〈숙영낭자전〉 홍보는 고사하고, 당황하여 허둥지둥 강연을 마무리 짓고 강단에서 내려와야만 했으니 부끄럽고 서글프기가 이루 말할 데 없었다.

홍보의 첫 방아쇠를 잘못 당긴 탓일까. 〈숙영낭자전〉의 흥행 성적도 기대에 한참 못 미쳤다. 《중외일보》와 단성사의 협조로 《중외일보》 독자 우대 광고를 내고 그걸 오려 들고 극장에 가면 영화 값 소액을 할인해주는 행사를 했는데, 나중에 신문사로 돌아온 광고지 개수는 일부러 헤아릴 필요도 없을 만큼 초라한 양이었다. 세상에는 웃돈을 주고서라도 보고 싶은 구경이 있고, 푯값이 꼭 제값으로 여겨질 만치의 구경이 있으며, 할인을 해준다면야 볼만한 구경이 있는가 하면 표를 거저 준대도 마다할 구경이 있는 법이다. 굳이 나누자면 내 작품은 마지막 집단에 가장 가까운 것인가. 할인을 해줘도 굳이 보고 싶지는 않은 것인가. 나는 못 하는 술에 몸을 푹 담그고 싶을 만큼 좌절하였다.

나와는 견원지간인 W는 물론이요 하물며는 심훈 선생마저 내 작품에 대한 혹평을 신문에 실은 것 역시 상처였다. W는 배우 겸 감독으로 나선 나를 "제 주제에 저를 라운규라 착각한 모양이다"라고 조롱하였고 심훈 선생은 "이 지경으로 나아가다가는 우리 조선의 영화 작품이란 모두가 꼭두각시놀음만도 못하게 되리라"고 한탄하였다. W의 평이야 늘 나라는 재목의 값을 깎지 못해 안달인 놈의 글이어서 꼭 저다운 소리를 하였구나 하고 오늘도 해가 동쪽에서 뜨는구나 하듯 태연하게 넘길 만하였지만, 짐짓 조선 영화계와 그 미래를 건전하게 염려하는 체하며 나를 업계의 오점으로 몰다시피 한 심훈 선생의 평으로부터는 상처를 면할 수 없었다. 무엇이 어쩌고 어째? 내가 〈장한몽〉에 발탁한 덕에야 영화계에 발끝이나마 담가 볼 수 있던 위인이, 〈장한몽〉의 원래 주연이었던 주삼손이 도주하지 않았다면 영화 맛을 볼 일도 영 없었을 위인이 나더러 그런 소리를 해? 그러는 저는 얼마나 훌륭한 영화를 만들었다고. 제가 만든 〈먼동이 틀 때〉

는…… 그건 흠잡을 데 없는 영화였지. 아무려나 영화 꼭 한 편 만들어본 주제로서 나더러 무엇이 어쩌고 어째?

뒤늦게라도 입소문이 나 흥행의 새 바람을 일으키기를, 고도화된 연출 기법이 낯설다면 대규모 탈춤 장면의 눈요기라도 노려주기를, 이도 저도 아니라면 김명순의 색기가 (〈숙영낭자전〉에 대한 유일한 우호적 평가는 김명순이 조선에서 드물게 밤프◆ 연기를 할 줄 안다는 것이었다) 관객들을 홀려주기를…… 나는 간절히 바랐지만 그런 일은 일어나지 않았다. 나는 개봉 사나흘 만에 나란히 실린 W와 심훈 선생의 혹평과 악평을 탓하기로 마음먹었다. 믿었던 운규조차 〈숙영낭자전〉을 두고는 한마디도 해주지 않았고 되레 그것이 그의 배려일지도 몰랐다. 작품이 별로다 싶으면 아무리 재산이 많고 아무리 고위층 출신이라도 앞뒤 없이 들이받고 보는 운규가 졸작으로 정평이 난 내 작품에 대하여는 아무 말도 하지 않은 바는, 그가 무한한 인내심과 나에 대한 의리로 욕을 참고 있다는 의미일 공

◆ 밤프(vamp): 프랑스어로 요부.

산이 컸다.

달이 넘어갈 무렵에는 아무도 더는 〈숙영낭자전〉 이야기를 하지 않게 되었다. 우습고 우습구나, 십수 년을 고심하고 1년여를 계획하여 수 개월간 촬영한 영화가 보름 될까 말까 한 사이에 잊힌다는 것은. 그쯤 가서는 W와 심훈 선생의 평도 그리워지려 하니 이상한 노릇이었다. 적어도 그 악평들이 회자될 때에는, 우스개가 되고 손가락질을 당하기는 했어도, 그 조롱과 비난들이 작품이 대중의 눈에 '보이고 있다'는 증거가 되기도 하였으므로.

이즈음 앨리스는 좌절한 나를 위해 또 무언가를 꾸미고 있었다. 카페 영업이 생각보다 시원치 않아 전전긍긍하는 나를 피로회로 놀래켜주었듯, 내 마음을 밝히고 영업에 활력을 불어넣을 핑계가 필요했던 것이다.

*

그해 12월에는 이상한 일이 참 많았다. 그전까지의 말썽과 야단, 크고 작은 소동들을 돌이키자면 참으로 새삼스러운 말이지만 정말이지 그해 12월만큼 수상하고 소란한 시기는 달리 없었다.

28년 12월의 첫 번째 미스터리, 그것은 닥터 리, 이성용 씨의 증발이었다.

같은 건물 바로 위아래층 사이이면서도 병원이 이사를 가는 줄은 까맣게 모르고 있었다. 그달 초순에 신문을 보다가 이성용 의원 자리에 다른 의사가 들어와 개업을 하였다는 기사를 읽고서야 이게 무슨 헛소리인가 하며 위층으로 올라가 보았는데, 정말로 엉뚱한 얼굴의 안경잡이가 의사 가운을 입고 앉아 있는 것이었다.

"이성용 선생은 어디 계십니까?"

"글쎄 다들 내게 그것을 묻는데 말이죠."

새 의사는 노골적으로 투덜댔다.

"댁 같은 사람이 하도 많아 영업에 방해가 되어서 신문에 기사까지 냈는데도 이 지경이라니요."

새 의사는 노골적으로 투덜댔다. 딱히 어긋남 없이 합당한 불평으로 생각되었으며 내가 그라도 마땅히 그와 같은 불만을 품었으리라 납득이 되었지만, 한편으로는 못생긴 게 성품마저 보잘것없구나 하는 품평도 되었다. 전임자인 이성용 씨에 비하면 어쩔 도리 없이 그러했다.

“나는 아래층 끽다점 사장인데, 그러면 월세는 선생 앞으로 드리면 되는 것인지요?”

“글쎄 나도 월세를 내는 입장이라, 그 무슨 뚱딴지같은 말씀이신지.”

나는 도깨비에라도 홀린 심정이 되어 계단을 내려왔다. 올려다보면 2층은, 불과 두 달 전 진료를 받기도 했던 구 이성용 의원은 까마득히 멀고 높아 다시는 갈 수 없는 세계처럼 느껴졌다(실제로 당장 ‘이성용 의원’에는 다시 갈 수 없게 되었고……). 지난달 하순까지 폐결핵의 가정치료에 대한 연재물을 절찬리에 발표하던 이성용 씨는 불과 며칠 사이 어디로 자취를 감추었을까. 그 기사들을 읽는 것이야말로 오며가며 으레 나누는 인사보다도 확실한 안부라 여겨왔건만. 두 번째 미스터리 또한 바로 거기에서 촉발되기도 했다.

앞으로 월세는 누구한테 내야 한단 말인가?

가게로 돌아와 앨리스에게 사정을 전하자 앨리스는 별것 아니란 투로 답했다.

“건물주는 여전히 닥터 리니까 아저씨가 염려하실 것은 없어요. 돈이야 우편환으로 부치면 그만이고 우린 이미 이달 치 월세까지 내뒀는걸요."

앨리스의 말을 듣고 보니 내가 쓸데없는 호들갑을 떨었구나 싶었다. 나는 괜스레 매무새를 가다듬으며 원고지가 어지럽게 펼쳐져 있는 구석 내 자리에 앉았다. 앉아서 잠자코 연필을 깎고 있었는데 번뜩 뇌리에 스친 생각이 있었다. 양손에 나누어 쥔 접이칼과 연필을 동시에 떨어뜨리게 만드는 의구심이었다.

이성용 씨가 운영하던 독일식 끽다점은 어찌 되었지?

우리는 가게 자리만 이성용 씨에게 빌린 것이 아니고 커피 원두도 그가 수입해오는 것을 사다 쓰고 있었다. 이성용 씨가 그의 주업인 병원을 접었다면 부업인 카페만 계속할 이유가 있을까. 보아하니 이성용 씨가 증발한 지 하루 이틀 된 일도 아닌 듯한데, 그렇담 우리 가게 원두는 도대체 어디서 난 것일까? 항간에는 어느 끽다점에서 콩 볶은 물이랍시고 지푸라기 및 잡초 따위를 검게 달여 커피로 속여 판다는 소문도 돌던데, 혹시 우리 카페가……?

세 번째 미스터리가 될 만했던 이 생각에 대하여도 앨리스는 시원한 답을 가지고 있었다.

"별생각을 다 하세요. 백림관은 이관용 씨가 계속하고 계세요."

나는 얼굴을 붉혔다. 그렇군. 커피와 관련된 부분이라면 모두 앨리스가 (실상 커피뿐 아니라 영업 전반에 대하여도) 책임지고 있는 데다 내가 아무리 서울내기라곤 해도 남대문 인근 사정에 대해서는 밝지 못해 괜한 불안증을 일으킨 것이었다. 이성용 의원은 이성용 씨만의 것이었지만 백림관에는 동업자가 두엇 더 있었던 것이 뒤늦게야 기억이 났다. 나는 민망한 마음에 헛기침을 하며 말을 돌렸다.

"겨울은 겨울인가보다, 목이 따가운 것을 보니. 상기동차 하나 우려주련?"

"그래요."

10월에 심한 고뿔을 겪고서는 가게에다 약효가 있는 전통차 몇 종을 갖다 놓고 (그러고 보니 이 또한 이성용 씨의 조언을 따른 것이었다) 나 혼자 마시고 있었다. 찾는 사람이 있다면 버젓한 메뉴로 올릴 생각도 있었지만 앨리스는 커피 파는 가게에 전통 차 냄새 섞이는 것도 좋지 않다는 입장이었다.

"아저씨는 걱정이 많아 탈이에요."

내 자리로 상기동차를 가져다주며 앨리스는 말했다.

"내 탈이 진정 그것 하나라면 좀 좋을까."

농담을 던지며 먼저 웃었는데 앨리스는 웃지 않았다.

"그건 그렇고, 크리스마스 계획은 있으세요?"

"그게, 인제는 내 신앙이 영 엉터리가 되어서 말이다."

잊고 있었지만 앨리스는 어쨌거나 목사의 딸이었다. 아무리 오촌지간이고 동업자라곤 해도 가게 바깥에서 앨리스가 어떻게 지내고 있는지는 일절 관심을 두지 않아온지라, 귀국 이후에 이 애가 교회에 나가고 있는지, 그게 어느 교회인지 같은 것 역시 굳이 알려 한 적 없었다. 나는 만약 앨리스가 이번 성탄에는 저랑 같이 교회에 가시지요, 하면 어떤 말로 거절해야 할지 내심으로 궁리하기 시작했다. 신학교를 떠나며 일정하게 다니는 교회가 없어진 나로선 둘러댈 말이 마땅히 없었다. 그런데 앨리스가 하려던 말은 전연 내 예상에서 벗어난 것이었다.

"가게에서 포틀럭 파티를 하면 어때요?"

그러면서 앨리스는 포틀럭 파티의 개념 개요를 덧붙여 설명했다. 파티 주최자가 주 요리를 제공하고 손님들이 각자 챙겨온 술과 요리를 더해 그럴싸한 한상차림을 이루어 함께 즐기는……. 처음 듣는 서구식 파티 문화였으므로 흥미를 느낄 법도 했는데, 그보다는 목사의 딸인 앨리스가 성탄절에 흥청망청 파티를 하자는 제안을 내놓은 것이 놀랍고 의아한 마음이 앞섰다.

"너 교회 안 나가도 되니?"

"〈마태복음〉 18장 20절, 두세 사람이 내 이름으로 모인 곳에는 나도 그들 중에 있느니라."

앨리스는 막힘없이 대꾸했다. 그것 말 되는군. 구세주 탄신일을 기념하는 파티라면 그의 이름으로 모이는 것이 맞지. 또한,

"예수는 성전 된 자기 육체를 가리켜 말씀하신 것이라."

"〈요한복음〉 2장 21절."

내가 대구를 이루어 읊자 앨리스가 받쳐 말했다. 성전이신 구세주가 우리의 집회에 함께하고 계시다면 그곳이 바로 교회가 아니고 무엇이겠는가. 앨리스는 과연 목사의 딸이었지만, 성경에 대한 그 해박한 지식을 저의 편의대로 풀이하는 데에 거리낌이 없었다. 나는 그 궤변이 마음에 쏙 들었다. 숫제 훔쳐버리고 싶을 만큼이나 마음

에 드는 생각이었다.

*

조선 민중의 입장에서 긔독, 즉 그리스도는 외래한 신(또는 과대평가된 외국인)이었으며, 기독교 또한 어디까지나 서양 귀신을 모시는 종교였다. 그런데 그의 탄신을 기리는 성탄절은 어느새 조선에서도 삼척동자부터 팔순 노인까지 온 민중이 누리는 대중 명절이 되어 있었다. 교계에서야 물론 교세의 확장과 땀 흘려 전도에 힘쓴 교인들의 노고, 무엇보다도 그리스도의 은혜를 그 이유로 꼽고 싶겠지만 (그게 틀렸다는 말도 아니지만) 알고 보면 이 역시 3·1의 영향력에서 비롯된 또 하나의 현상이었다.

당시의 통계로 조선의 기독교인은 조선인 쉰 명 중에 한 사람꼴이었지만, 만세에 가담한 죄로 투옥된 조선인 중에서는 다섯 명 중 한 사람꼴이었다. 알기 쉽게 3·1이라고는 하지만 그날 하루 대한독립만세를 부르고 끝난 것이 아니라 봉화를 이어 붙이듯 전국에서 때와 곳을 달리하여 지속한 운동인지라 수많은 인원이 끊임없이 체포되었고 그중 상당수가 한겨울인 12월 하순까지도 출소하지 못하고 있었다. 그러한 연고로 교계를 위주로 수형 중인 형제자매와 구세주 탄생의 기쁨을 나누자는 취지의 대중 집회 및 행사를 수차례 열었고, 일제는 이 또한 3·1의 후속된 반일 행동으로 번질 가능성을 재며 감시를 늦추지 않았는데, 이에 주최 측은 대체로 3·1 수감인사 출소 조치를 적극 부르짖기보다 가난하고 병든, 즉 감옥에 있는 우리 형제자매들처럼 어려움을 겪는 이웃과 따뜻한 정을 나누는 것을 주제로 하여 일제의 핍박을 우회하는 전략을 취하였다. 물론 자선 행사라고 해서 일제의 감시를 원천적으로 회피할 수는 없었지만, 이 같은 부담에 대한 보상이라도 되는 듯이 조선 민중의 열렬한 호응이 뒤따랐다. 그전까지 성탄절을 모르던 사람은 있지만 3·1을 모르는 사람은 없으니까. 조선 사람으로서 3·1을 모른다는 것은 언어도단이니까!

이러한 사정으로 1920년대 들어서는 성탄절이 조선 민중에게도 그리 낯설지 않은 명절이 되었지만, 내게는 20년대 이전의 성탄절들에 대한 기억이 훨씬 더 많고 모두 또렷하다. 그중에서도 으뜸은 앨리스가, 미옥이 마리아를 연기했던 어느 유년의 성탄 전야. 나는 열 살, 미옥은 열한 살이었던가? 내가 열한 살, 미옥이 열두 살이었나? 아무려나 그해에 우리 교회 학교의 소년 소녀들은 성탄절마다 이미 교인이신 부모님께 선보일 요량으로, 또는 아직 신앙이 없는 부모님께 그리스도 탄생의 기쁨을 전하기 위한 목적에서 촌극을 준비하였는데, 미옥은 마리아였고 나는 동방박사 세 사람 가운데 하나였다. 그러고 보면 그것이야말로 나의 첫 무대 경험이기도 했다. 겨우 10분, 15분 남짓의 어린이 촌극에 불과했고, 그다지 유쾌한 기억이 아니기는 하지만.

어째서 저 애는 주인공이고 나는 아닌가.

그것이 내 불만의 주제였다. 하물며는 미옥의 막냇동생 준섭도 아기 예수 역할로 무대 중앙에 서는데 나는 어찌 조연 가운데 하나밖에 되지 못하는가. 그마저도 마구간의 나귀 역할을 맡을 뻔하다가, 마리아와 요셉 부부의 투숙을 거절하는 여인숙 주인의 역할을 맡을 뻔도 하다가 우기고 고집부리고 뻗대어 간신히 얻은 것이었다.

만왕의 왕께 황금을 드립니다.

만왕의 왕께 유향을 드립니다.

만왕의 왕께 몰약을 바칩니다.

몰약을 든 동방박사였던 나는 마리아였던 미옥과 눈이 마주치고는 울음을 터뜨렸다. 무대 위에서였다. 연습 때는 한 번도 그런 적이 없었다. 사촌 매형이 너털웃음을 터뜨리며 구유에 누운 아기 예수를 보고 감격을 이기지 못한 명연기라 치켜세웠다. 그로부터 오랜 시간이 지난 지금은 나도 그 말씀이 옳았다고, 이 몸은 애초부터 무대에 살고 무대에 죽을 팔자였노라고 주장하고 싶지만, 아무리 생각해도 열 살, 열한 살 남짓 먹은 내게 그런 의도와 그걸 표현할 재주가 있었을 것 같지가 않다.

다만 나는 억울했다. 부모님이 나를 보러 교회에 오지 않아서 화가 났다. 애초에 요셉 역할을 할 기회가 전혀 없었던 것은 아니지만 그건 미옥과 부부가 되어야 한다는 뜻이어서 싫다고 했는데, 그냥 하겠다고 할 걸 그랬다는 마음에 후회가 되었다. 눈에 띄고 싶어서 다른 동방박사들과 다르게 말해보았는데 그러지 말 걸 하는 생각도 들었다. 그 와중에 못생긴 미옥이 정말 꼴도 보기 싫었다.

그 모든 못난 마음이 뒤엉킨 실타래 가운데 아주 조그만, 너무도 가느다래서 곧 끊어질 것만 같은 선의가 있었다.

아주 작은 소신으로 말하건대 내가 그때 울어버린 것은 다른 모든 못난 마음들 때문이 아니라 그 가느다란 사랑 때문이었다. 나는 어렸고, 스스로가 다른 아이들보다 꽤나 잘난 줄로 착각하고 있었기에 꿍꿍이가 다소 복잡했지만, 그런 부분을 합쳐서도 하여간 어린아이였기에 순진했다. 꼭 다른 아이들만큼 순진했을 것이다. 나는 내 마음이 지저분하다는 것을 잘 알았다. 지저분하지만 거기에는 분명, 내가 지닌 모든 것으로 구주의 탄생을 축복하고 싶은 순정한 마음이 섞여 있었다. 그 한 가닥의 사랑을 아무에게도 보여줄 수 없어서, 그건 대체로 내 탓이어서 나는 서글펐다. 잘못의 일부는 미옥에게도 있었다. 하필이면 너 같은 게 내 조카라서, 하필이면 너 같은 게……. 책망할 수 있는 유일한 타인이 미옥이어서 나는 미옥을 마음껏 미워하기로 했다. 그러지 않고서는 나 자신을 감당하기가 너무 어려웠다.

*

산타클로스가 빨간 옷을 입게 된 것은 코카콜라의 홍

보 때문이라는 설이 있다. 겨울철 급감하는 콜라 판매량에 대응하기 위하여 산타 영감을 광고 모델로 데려다 세우고 자기네 브랜드의 붉고 흰 컬러를 테마로 옷을 입혔다는 것이다. 그런데 이것은 주객이 전도된 이야기다. 산타클로스는 그보다 더 오래전부터 빨간 옷을 입었다. 19세기 어느 미국인이 자기 딸을 위해 세인트 니콜라스를 주인공으로 한 시를 썼고, 미국 신문의 풍자 만화가가 그 시를 보고 털 달린 빨간 옷을 입은 뚱보 영감을 그린 것이 우리가 아는 산타클로스의 시작이라는 것이다. 코카콜라가 산타클로스를 마케팅에 동원한 것은 30년대부터이니, 역시나 코카콜라가 영감에게 붉은 옷을 입힌 것보다는 영감이 애초 붉은 옷을 입고 다니다 코카콜라에 캐스팅된 거라 봄이 옳다.

원체 사물과 사건과 단어의 유래에 관심이 많은 나지만, 그해 성탄 포틀럭 파티에 앨리스가 입고 온 빨간색 케이프 코트를 생각해서라도 나는 꼭 이 전후 관계를 바로잡고 싶다. 앨리스는 자기가 미스 산타라도 되는 듯이, 목사가 아니라 산타클로스의 딸이라도 되는 듯이 새빨간 옷을 갖추어 입고 왔고, 변변한 소품이나 트리 장식도 없이 그저 초를 밝혀두었을 뿐인 우리 가게에 성탄 분위기를 더하는 인간 장식품 노릇을 훌륭히 해냈다.

개점 피로 전시회와 달리 성탄 포틀럭 파티는 어느 신문에도 광고를 내지 않고 동무들과 조촐히 지내기로 했다. 내가 직접 글씨를 써서 초대장을 만들어 돌렸고, 가게를 장식한 검정색과 빨간색, 흰색 모포 가운데 검정색만을 걷어내는 것으로 간단하게나마 성탄 분위기를 차렸다.

성탄 특수인지 뭔지는 몰라도 장사 사정은 그리 나쁘지 않았고 나도 지난 한 해를 돌이키는 애상감에 젖어 마음이 상당히 물러졌다. 비록 그 해에 만든 영화 두 편이 다 망하기는 했어도 나의 소중한 오촌 조카 앨리스를 다시 만났고 그 애와 함께 만든 이 가게가 있으니 앞으로가 걱정되지 않다는 생각을 했던 것이다. 닥쳐오는 추위가 그리 걱정되지 않았고 나의 예술은 아직 끝나지 않았다고, 오히려 이제부터가 시작이라고 나는 믿을 수 있었다.

돌이켜 생각하면 그것은 정주하는 인간의 마음가짐이 내 안에도 생겨나기 시작했다는 신호였으리라. 집을 떠나 상선학교에 들어갔던 19년 이래 거의 10년간 내게는 내 소유의 지붕이 없었다. 부산 시절에는 여인숙 신세, 하숙 신세, 하물며는 빈 절간에까지 기어 들어간 적이 있었고 경성에 돌아와서도 사정이 크게 나아지지는 않았다. 여전히 내게는 집도 없고 식구도 없었으며 (부모님과 형은 내 책임이 아니니까 여기서는 빼놓고 얘기해도 무방할 것이다) 굳이 따지자면 내 하숙방에 몰래 들어와 같이 자는 운규 정도가 가족의 정의에 가장 가까운 존재라 할 수 있었다. 그렇게 먼지처럼 떠돌던 내가 뿌리내릴 땅을, 내 것이라 부를 수 있는 지붕 하나를 마침내 갖게 되었으니 그 이름은 카카듀……. 나는 미처 알아차리지 못했으나 카카듀가 나를 변화시키고 있었던 것이다.

하여 성탄 파티는 눈물 나게 즐거웠고, 무려 행복하기까지 했다. 당시에 어울리던 이들이 빠짐없이 찾아와 주었고, 아무래도 포틀럭 파티니까 춥수이를 사오는 사람이 한둘은 아니겠거니 짐작했으나 연말이어서인지 다들 통이 커져 각자의 사정에서도 큰맘 먹고서나 맛볼 수 있던 요리와 술을 무진장들 마련해와서 상 위에 다 둘 수가 없을 정도라 내로라하는 부호의 연회도 이것만은 못하리라 싶었다. 연극쟁이 시절에 어느 기생이, 지금은 얼굴도 생각나지 않는 여인이 내 생일을 축하해준답시고 차려놓았던 상도 그에 당치는 못했으니까……. 그때 처음 보고 앞으로 또 구경해볼 일이 있을까 싶었던 포도주가 버젓이 상 위에 올라와 있는 것을 보고 나는 오랜만에 그때 일을 떠올렸다. 이 비싼 걸 여기서 또 보다니. 하기사 그날은 내 생일이었고 오늘은 나 따위보다 훨씬 더 귀한 이의 생일이 아닌가. 그러고 보면 참 애송이였구나, 나는……. 나도 나지만 여자도 참으로 요령이 없었노라고 나는 잠깐 생각했다. 가엾은 것들. 그러나 말마따나 오래전 일일 뿐이어서 그리 서러운 마음은 들지 않았다.

셋, 둘, 하나, 메리 크리스마스!

회중시계를 가진 파티의 손님 몇몇이 성탄 전야의 카운트다운을 헤아렸고 시간은 자정을 넘겨 25일이 되었다. 파티는 변함없이 떠들썩했다. 우리는 제비뽑기를 해서 자기 작품을 암송하는 놀이를 하기로 했다. 내가 뽑혔을 때 나는 의자 위로 펄쩍 뛰어올라 (취했기 때문이다) 아리랑을 불렀고 엉터리로 몰려 뒷머리를 긁적이며 의자에서 내려올 수밖에 없었다.

“아리랑은 라운규 선생 것이잖소. 이 선생 이제 보니

몹쓸 사람이네, 이거. 남의 작품을 제 것처럼."

"경기도 아리랑을 라남 사람이 어디서 배웠겠습니까. 내가 알려준 것이란 말입니다."

좀체 호승심을 드러내는 법이 없어 좋게 말하면 온순하고 나쁘게 말하면 겁보인 탓에 평소라면 그렇지요, 운규 씨 것이지요 하고 넘겼을 내가 펄펄 뛰자 다들 웃음을 거두고 운규를 보았다. 운규가 (웬일로 기생집에 안 가고) 마침 와 있었는데, 사람들의 이목이 제게 모이자 얼굴을 붉혔다. 부끄러워서인지 분이 나서인지 잘 구별되지 않는 낯빛이었다.

"이 감독 말이 맞소. 이 감독이 쓸 곳이 있노라고 진작부터 지방 각 곳의 민요를 채록해둔 노트가 있는데, 그걸 보고 이것 내가 쓰겠다고 했습니다."

"내 말이 옳지요! 그래도 아리랑은 운규 씨 것이 맞습니다."

그 후에는 다 같이 아리랑을 불렀다. 맨정신이었다면 아뿔싸 떼로 부르는 이 노랫소리가 길바닥에도 다 들릴 텐데, 지나가던 일경이 듣고 쳐들어오기라도 하면 큰일인데 하며 지레 겁을 먹었으련만, 워낙에 취해서 그런 것은 무섭지도 않았다. 우리는 아리랑 아리랑 아라리요를 다 같이 부른 후에 한 사람씩 돌아가며 3·3·4조의 창작 가사를 붙여 불렀다. 가령 "성탄절 우리네 신세 좋다" 또는 "아리랑 파티가 재미나네" 같은 시시껍절한 구절에 불과했지만, 그 자리에 모인 우리 모두에 대한 노랫말이었기에 한 사람 한 사람 차례가 끝날 때마다 웃음이 터져 나왔다. 순서 없이 떠오른 대로 발표하는 형식이라서 멀리 떨어져 앉은 사람들끼리 제가 지은 가사를 서로 먼저 선보이려다 목소리가 엉켜 웃음을 자아내기도 여러 번이었다. 그럭저럭 재미지게 이어지던 아리랑 놀이가 끝난 것은 이 한마디가 나왔을 때였다.

"시절도 모르고 신들 났네."

손으로 무릎을 두드리며 굿거리장단을 맞추던 사람들이 일제히 손을 멈추었다. 한창 열을 올리던 사람들 모두 방금 노래 부른 사람을 찾느라 두리번거리기 시작했다. 워낙에 북새통이어서 범인 찾기가 수월치 않았다. 바로 그때 그게 자기 소행이라 고백하듯 누가 벌떡 일어나서 가게 문을 나섰다. 누구 한 사람 선뜻 따라나서지 못했고 파티는 곧 다시 왁자한 분위기를 되찾았다. 여전히 당황한 기색을 감추지 못하는 사람은 나 하나뿐인 듯했다. 그런데 그 순간 나의 당혹은 아까의 것과는 미묘하게 다른 당혹이었다.

누구지?

나는 그가 누구인지 몰랐다. 모르는 사람이 여태 내 가게에서 열린 나의 파티에 잠입해 있었다는 것이 께름칙했다. 앨리스의 친구일까? 나는 멀찍이에서 함박웃음을 지은 채로 손뼉 치고 있는 앨리스를 바라보았다. 친구가 파티 분위기를 망치고 떠나간 것으로 보기는 힘든 명랑한 모습이었다. 그렇다면 앨리스에게는 도리어 내 지인으로 보였겠구나, 그 불청객이. 그렇게 생각하니 나도 앨리스처럼 빨리 잊어버리는 편이 이득일 성싶었다. 여기는 나와 앨리스 공동의 아지트이기도 하지만 대중 영업을 하는 끽다점이니, 점주의 개인 행사에 모르는 사람이 엄벙덤벙 와서 끼어 있는 것이 그렇게 이상한 일은 아니기도 했다. 마음만 먹으면 충분히 그렇게도 생각할 수 있는 일이었다. 그리고 나는 파티 덕에 한껏 들뜨고 즐거워진 마음을 더욱 더 누리고만 싶었다.

동틀 무렵까지 먹고 마시고 떠들다 하나둘 가버리고

마침내 나와 앨리스, 둘만 남았다. 파티는 떠들썩하고 재미있었지만 앨리스와 나는 서로 멀찍이 떨어져 있었기에 (그건 손님들이 피울 말썽을 감독하기 위한 조치이기도 했다) 밤새 한마디도 나누지 않은 채였다. 나는 앨리스에게 성탄 인사를 하고 싶었지만 앨리스가 먼저 입을 열었다.

"오늘은 휴점할까요? 몸도 곤하고, 청소할 것도 많고."

"그러자. 오늘은 교회 가는 사람이 많아서 어차피 영업도 안 될 거다."

"아저씨, 목이 다 쉬었네요."

앨리스는 내 말을 들었는지 말았는지 비틀거리며 카운터 테이블 뒤로 넘어가고 있었다. 곧 역한 기름 냄새가 풍겼다.

"얘, 곤로 쓰지 말아라. 취했지 않니."

"상기동차 한잔 드세요."

"고뿔 든 게 아니라 밤새 떠들어서 그렇다. 괜히 불 쓰지 말아라. 큰일 날라. 어차피 곧 집에 가서 누울 텐데 뭐 어떠니."

"그럴까요?"

앨리스는 입에 함빡 웃음을 머금고 카운터에서 나왔

다. 손에는 내게 타주려 했을 상기동차 주머니가 들려 있었다.

"미슬토는 이것뿐이라."

앨리스는 차 주머니를 앉아 있는 내 머리 위에 올려두고 쓰러지듯 내게 안겼다. 그러고는 내 볼에 입을 맞추며 말했다.

"메리 크리스마스."

나는 멍청하게 앨리스의 말을 따라 했다.

"메리 크리스마스."

몇 마디 말로는 도저히 설명할 수 없는 기분으로 가게를 나와 마침내 혼자가 되었을 때, 혼자서 거리를 걷기 시작했을 때, 나는…… 행복했다. 뿌듯했다. 2리터짜리 빨간색 페인트 통에 검정색이든 흰색이든 다른 색 페인트 몇 방울을 섞는다고 해서 2리터의 빨강이 아예 다른 색이 되지는 않는다. 나의 행복은 2리터의 빨강처럼 자명했다. 막연한 심정으로 나는 앞으로의 모든 성탄절이 이랬으면 좋겠다고 생각했고 그러지 못할 까닭은 하나도 떠올릴 수 없었다.

그리고 바로 그다음 순간, 일경에게 체포되었다.

*

나를 체포한 자는 늘 내 뒤를 밟던 그 베레모 형사가 아니었지만 서에 가보니 베레모가 기다리고 있었다. 베레모를 보았을 때는 오히려 안도가 되었다. 또 늘 하던 그 헛짓거리를 반복하겠거니 믿었던 것이다. 그날은 달랐다. 나는 이유도 모르고 모진 매를 맞았고 입고 있던 옷은 피범벅이 되어버렸다. 놈들은 내 양손을 묶고 그 줄을 천장 갈고리에 정육점의 고기처럼 매달아놓았는데, 갈고리가 애매하게 늘어져 있어서 꿇은 무릎이 바닥에 닿을락 말락 해 무릎과 발끝에 번갈아 힘을 주어 몸을 버티지 않으면 손목이 끊어질 것 같았다. 주걱인지, 다듬잇돌인지, 곤장인지 모를 넓적한 몽둥이가 쩍 소리를 내며 엉덩이에 닿는 순간 간밤에 마신 술이 싹 내려가 머리가 맑아지는 듯했고 그 내려온 술이 고스란히 입으로 튀어나올 듯한 구역감이 들었다. 나는 억 소리도 내지 못하고 이를 악문 채 구토를 참았다. 다시 한 대 쩍, 닿자 엉덩이와 허벅지 사이로 벼락을 맞은 듯했고 통증은 벼락처럼 잘게 찢어지며 주변 피부에 샅샅이 스며들었다. 쩍, 어째서 엉덩이만 때리는 것인지라도 좀 알고 싶었지만 알려 줄 리는 만무했고 다시 쩍, 생각할 틈도 없이 다음 매가 날아들었으며 계속해서 쩍, 더는 참을 수가 없어서 식도 가득 올라온 간밤의 흔적을 내뱉으니 때리던 놈들이 저희들끼리 일본말로 내가 피를 토한다는 대화를 주고받는 것이었다. 덕분인지 그사이에 매질이 멈추어 나도 정신을 좀 차려보았더니 적포도주가 다량 섞인 토사물은 과연 핏덩이를 토한 것처럼도 보였다. 베레모가 다가와 내 앞에 쪼그려 앉았다. 대체 왜냐고, 이유라도 알고 맞자고 나는 흐느끼며 물었다. 베레모는 정말 딱하다는 듯 이마를 찌푸려 눈썹을 팔八자로 만들며 그건 다음에 말해주겠다고 했다.

그렇다면 이번에는 영문도 모르고 당할 수밖에 없고, 게다가 다음에 또 똑같은 꼴을 당한 다음에야 이유를 들을 수 있단 말인가?

심지어 오늘은…… 성탄절이 아닌가?

다시 매가 쏟아졌다. 실수로 등허리를 후려친 젊은 경찰이 일본어로 말했다. "움직이면 허리가 망가진다." 꽉 깨문 이 사이로 신음도 아니고 비명도 아닌 짐승 소리 같은 것이 새어 나갔다. 도대체 내가 무엇을 잘못했는지 짐작도 되지 않았다. 영화를 만든 것? 끽다점을 차린 것? 영화는 망했고 끽다점은 베레모 스스로가 우리 가게에서 커피를 사 먹은 적도 있지 않은가. 그 베레모는 이제 제 혁대를 풀어 반으로 감아쥔 채 내게 채찍질을 퍼붓고 있었다. 통증도 통증이려니와 억울한 마음에 눈물이 줄줄 났다. 다음? 다음이 있을까 보냐. 이딴 나라, 이까짓 나라, 내가 먼저 떠나주마. 내가 버려준단 말이다.

그런 생각을 곱씹다 나는 아마도 정신을 잃었던가 보다…….

깨어나니 어찌 된 영문인지 나는 카카듀로 돌아와 있었다. 겨울이라 바닥은 차가웠고 맑은 오후의 햇살은 그래도 따가워서 배는 차고 등은 뜨거운, 당연하지만 기이하고 불유쾌한 온도 차를 느끼면서 깨어났다. 눈을 뜨고 보니 시체처럼 엎드러져 있던 내 앞에 쪼그려 앉은 사람은 이제 베레모가 아니고 앨리스였고, 장소 또한 종로경찰서 취조실에서 나의 정든 끽다점으로 바뀌어 있었던 것이다. 나는 신음으로 앨리스의 이름을 불렀다. 앨리스…… 앨리스…… 미옥아.

"왜, 경손아."

앨리스가 대답했다. 분명 앨리스의 입에서 나온 앨리스의 음성이었는데, 정말 앨리스가 한 말이라고는 생각할 수가 없어서 나는 고개를 불쑥 들었다.

"앨리스?"

앨리스는 한심해하는 눈길을 내게 떨어뜨리고 있었다. 표정을 보니 헛나온 말이 아닌 듯했다. 별안간 끌려가서는 매를 맞고 돌아와 뜬금없이 조카애한테 반말을 듣는, 내게 해롭고 이상한 일들이 연거푸 일어나는 상황이 꿈만 같아서, 악몽이 아닐 리 없어서 나는 스스로를 꼬집어보고 싶었다. 하지만 손가락 하나 움직일 힘 없었고 얼얼한 통증만 온몸에 남아 있었기에, 그 상황을 꿈이라고 생각할 근거는 더욱 많이 필요했다.

"그래, 인마."

"앨리스……!"

"왜 자꾸 부르냐, 이 새끼야."

내가 우습고 만만해서 반말을 하는 것까지는 알겠는데 상소리까지 할 일인가……. 마음이 사뭇 쪼그라들어 눈물이 났다. 내 눈에 그렁그렁 고인 눈물이 흐르기 시작했지만 앨리스는 아랑곳 않는 투로 말했다.

"너, 내가 너보다 한 살 많은 건 기억하지?"

앨근

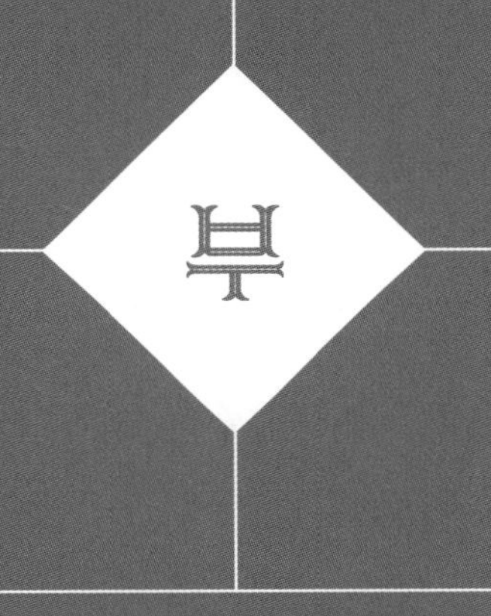
부

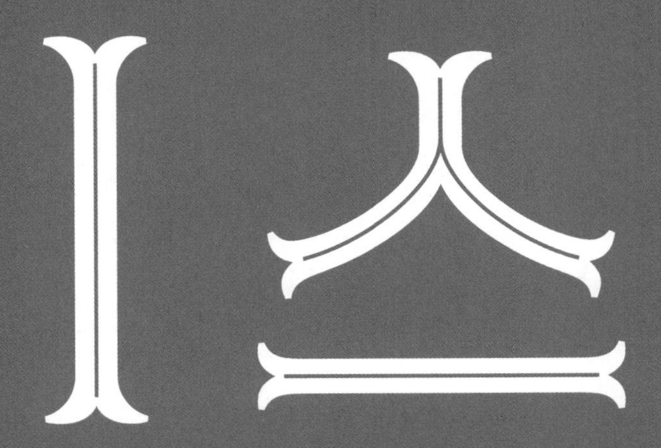

어떻게 살아야 좋을지 모르겠어.

어떻게 살아도 엉망진창일 것만 같아.

끝까지 조금도 바뀌지 않을 것 같아.

*

아버지는 전령이었다.

만세 운동의 정신을 담은 민족 대표 33인의 선언문을 아버지가 상해까지 전달했다. 이후로도 아버지는 조, 미, 중, 일을 오가며 정보를 전달하는 임무를 맡았다. 그 역할을 수행하기에 영어와 일본어를 유창하게 구사하는 아버지보다 나은 인재는 없었다. 아버지는 대대로 조선

정부의 통역을 담당한 역관 집안에서 났고 조선 정부의 주된 외교 상대는 명과 청이었으므로 중국어 역시 아버지에게는 어렵지 않았다.

*

앨리스는 영어 말문이 먼저 트였는지 조선말 옹알이가 먼저 터졌는지 기억하지 못한다. 어머니 이마리아는 앨리스가 처음으로 한 말이 '마'였다고 했다. 그것이 '엄마'인지 '맘'이 되려다 만 말인지는 확실하지 않다. 그런 앨리스가 처음으로 느낀 감정은, 그것이 감정이라는 사실을 인지한 채로 느낀 첫 번째 감정은 '아버지는 멋있는 사람'이라는 것이었다. 앨리스의 첫 기억은 아버지가 설교하는 장면이다. 예배당 맨 앞줄에서 어머니의 품에 안겨 아버지를 바라보고 있는 유년기의 자신을 삼인칭 시점으로 기억한다고도 하니, 무작정 믿을 만하지는 않으나 기이할 만큼 상세한 기억이기도 하다. 앨리스는 예배당 강대상에 깔린 면보의 색깔을 기억했다. 끝단을 장식한 레이스 무늬를 그리라면 그릴 수도 있을 것 같다고 했다. 스톨의 색깔은 흰색…… 부활절 예배였을 것이다. 장사 지낸 지 사흘 만에 부활하신 그리스도처럼 우리 민족이 압제를 디디고 새로 일어서리라고 목청을 높이는 아버지. 아멘 아멘 열성적으로 연호하는 성도들. 훗날 아버지를 저버리게 될 포와 사람들.

조선으로 돌아올 때는 어땠나. 일본에서 내렸다가 부산행 배를 탔을 때, 흠 잡을 데 없이 훌륭한 일본어를 구사하는 아버지 덕에 앨리스의 가족은 일본인으로 여겨지고는 했지만 여권을 내밀 때마다 요주의 대상으로 변경되었다. 앨리스와 같이 포와에서 난 동생 엘리자베스와 피터는 어머니의 품에 안겨 있었으나 혼자 걸으며 모르는 사람과 얘기도 할 수 있는 다섯 살 난 앨리스는 제일 먼저 보안대를 통과해 부모를 기다렸다. 어머니 이마리아가 동생들을 안고 뒤따라왔고 아버지 현순은 한참 만에야 보안대를 빠져나왔다. 요코하마항에서 그런 일을 겪고 난 후 어머니는 절대 모르는 사람을 따라가선 안 된다며 단단히 주의를 주었다. 어머니의 우려대로 고베항에서도, 부산항에서도 크게 다를 것 없는 순서로 보안대를 통과해야 했고 앨리스는 침착하게 기다렸다. 부산에서 어머니는 울었던 것 같다. 그저 조국에 돌아오는 길인데 이런 수모를 겪어야 하다니. 영문 모르는 앨리스도 어머니의 품에 안긴 동생들도 울었다. 아버지를 찾아 상해로 향할 때에야 앨리스는 강렬한 유년기의 기억으로 남아 있는 이 사건의 의미를 깨달았다. 자기를 비롯해 가족 중 세 명에게만 있는 미국 여권의 힘을 알아차린 것이었다.

*

아버지가 멋있는 사람이라는 앨리스의 생각은 한 번도 변한 적이 없었다. 그건 앨리스만의 비밀도 아니었다. 아버지를 둘러싸고 있는 청년과 소년 무리가 근거였다. 머리가 좋고 육체미가 우수하고 문무양도文武兩道 출중한 한편 인품과 유머 감각을 갖추어 늘 사람이 따르는 아버지, 자기를 따르는 사람들에게 무엇이 옳고 무엇이 그른가에 대해 늘 힘주어 이야기하는 아버지. 앨리스는 아버지가 자신만의 아버지 같지 않다는 점에 불만을 느끼지 않았다. 심리학자 칼 융이 주창한 엘렉트라콤플렉스에 대해 들었을 때는 아버지에 대한 자기의 사랑이 그렇게 유아적이거나 병적이지는 않은지 남몰래 생각해보기도 했지만, 역시나 아버지는 워낙 멋진 분이어서 동경하게 되는 것이 당연하다는 결론에 다다를 뿐이었다. 하물며 아버지 당신을 따르는 무리를 제외하고도 어머니와 남매들 아홉 모두가 아버지의 공유자였다. 한술 더 떠 아버지는 (그 자신의 의지에 따르자면) 가족과 교인들만의 것이 아니라 민족 전체에 몸과 마음을 바친 분이기도 했다. 앨리스는 아버지를 독차지하고 싶은 욕망이 전혀 없었다. 그러고 싶다고 해서 그럴 수 있는 분이 아니라는 사실 또한 누구보다도 잘 알았다.

만세 운동을 기점으로 아버지의 행방이 묘연했을 때에도 가족들은 아버지를 원망하지 않았다. 처음에 아버지가 강원도로 전도 사역을 떠난다고 했을 때 모두 그 말을 추호의 의심도 없이 믿었다. 아버지가 아무것도 알려주지 않았기 때문이다. 만세 운동이 일어나기 며칠 전인 19년 2월 26일의 일이었다. 나중에야 앨리스와 가족들은 아버지가 강원도가 아닌 상해로 갔다는 사실을 전해듣게 되었다. 만세가 일어나고도 한참 후였다. 이듬해 5월 가까스로 아버지와 만나고서야 앨리스는 아버지가 임시정부의 밀사로 일하고 있다는 사실을 알았다.

*

앨리스는 곧 조계지의 아침을 좋아하게 되었다. 가족의 거처는 불란서인들이 조성한 서구적이고 현대적인 거리에서 다소 떨어진 중국식 가옥에 마련되었지만 조금만 걸어 나가면 조계지 중심가에 닿을 수 있었다. 날이 밝으면 집 동편에서는 중국 현지인 시장이 열려 떠들썩했고 집을 나와서 서편으로 걷다 보면 차츰 고요해졌다. 새소리 섞인 이른 아침의 공기를 마시며 임시정부까지 걸어갔다가 돌아와 동생들을 깨우는 일과는 앨리스의 작은 즐거움이 되었다.

상해에서 앨리스의 아버지는 목사로 활동할 수 없었지만 여전히 청년들의 관심과 사랑을 한몸에 받았다. 퇴근길마다 여러 청년이 아버지와 어깨동무를 하고 집으로 찾아왔다. 김단야, 박헌영, 임원근. 민족주의와 코뮤니즘을 큰 모순 없이 내면화한 청년들은 현씨 일가의 남매들, 특히 앨리스와 피터를 예뻐했다. 아버지를 존경하는 청년들이었기에 아버지를 잘 따르는 자식들에게 마음이 기울었을 것이다.

한번은 아버지가 상해 경찰에게 체포된 적이 있었다. 그때 뇌물과 보석금을 써서 아버지를 빼내준 사람이 박헌영이었다. 잡혀간 연유부터가 기가 막혔다. 조계지를 오가는 조선인들을 가리키며 왕궈루亡國奴, 망국노라 놀리는 중국인 어린아이에게 야단을 쳤는데, 아이를 울린 것을 폭력 행사로 간주하여 체포했다는 것이다. 임시정부 고위직이라고 해도 중국 정부에서 정식 국가의 공무원으로 인정해주는 것은 아니어서 아버지는 아이 하나 울린 죄로 터무니없는 형을 살 뻔했다. 집으로 돌아온 아버지를 보고 식구들 전부가 울음을 터뜨렸지만 정작 아버지는 태연했다. 박이 보석금을 내주리라 애초부터 내다보았노라 하면서. 당시에 아버지와 박은 앨리스와 피터를 데리고 코뮤니즘 이론서들을 탐독하고 있었다. 아버지는 박을 큰아들처럼 대했고 앨리스에게도 그는 뒤늦게 얻은 큰오라비 같았다.

종교적 신실함을 체득한 사람은 정치사상에 고무되기도 쉽다. 아버지가 그러했고 앨리스도 마찬가지였다. 더구나 모든 조선인과 마찬가지로 그들에게도 3·1이 있었다. 3·1은 민족이 피워 올린 불이었다. 모두가 그 불을 보고 연기를 마시고 영혼을 데었다. 아버지는 남보다 열정이 많은 중년이었으되 하물며 앨리스는 소녀였다. 아버지도 앨리스도 새로이 마주한 사상 앞에서 근본부터 흔들리며 이끌렸다.

현앨리스는 코뮤니즘이 아름답다고 생각했다.

돌이킬 수 없이 상한 이 세상에 아름다운 것은, 썩지 않는 것은 오로지 사상뿐이라 믿었고 그 최첨단에 놓인 코뮤니즘이 제일의 아름다움이라 생각했다. 그 사실을 의심할 수 없었기에 그것을 위해 죽어도 좋을 것 같았다. 마침내 앨리스에게 아버지나 어머니보다 사랑하는 것이 생겼다. 그것은 인물도 사물도 아닌 사상이었다.

*

어머니…… 그때 어머니의 마음이 어땠는지를 앨리스는 이제야 조금 이해할 수 있을 것 같다.

가족 모두가 모여 있다고 해서, 아버지가 약간의 급여

를 받아온다고 해서 형편이 나아진 것은 아니었는데도 어머니는 학비를 마련해와 앨리스에게 일본행을 명했다. 어머니는 그 돈을 어디서 구했을까. 아무려나 아버지도 박도 말리지 않았고 앨리스도 내심 대학 진학이 욕심났기에 또다시 바다를 건넜다. 이제서야 돌이켜 보건대 어머니는 아버지로부터 앨리스를 떼어놓고 싶었던 듯하다. 어머니는 그 또래로서는 드물게 신식 교육을 받았고 결혼 전 이씨 집안에서 자라며 비교적 빠르게 기독교 신앙을 받아들인 분이기도 했으며 이름을 이마리아로 고친 것도 당신 자신의 뜻이었다. 여덟 남매의 어머니, 목사이자 임시정부 외무 인사인 현순의 아내로 고단한 삶을 가누고 있으나 사실 어머니는 자유롭고 독립적인 한 여성으로 살고 싶었을 것이다. 큰 뜻을 품은 남편을 만나는 바람에 그를 보좌하는 역할로 살아가고는 있으나, 장녀만큼은 자기가 살지 못했던 삶의 바다로 내보내고자 했던 것이다.

그렇게 도착한 오사카에서 앨리스는 한 남자를 만났다. 간사이 법대를 졸업해 변호사가 되었다는 조선인 남성 정준. 앨리스에게는 첫사랑이었고 정준 역시 그렇다고 했다. 아버지를 존경하는 마음과도, 아버지를 따르는 그 어떤 청년들에게 느꼈던 끌림과도 다른, 분명한 설렘이 앨리스를 안팎으로 뒤흔들었다. 일본 유학 만 1년이 못 되어 결혼을 결정했고 두 사람은 상해로 건너가 현씨 집안에 인사를 드렸다. 아이런리에 있는 작은 한인 교회에서 식을 올린 후에 부산 동래 지역에 있는 정준의 본가로 넘어갔다. 뜻밖에도 웬 여자애가 부부를 기다리고 있었다. 그 애도 정준의 아내라고 했다.

엄밀히 말해 정식으로 혼인한 사이도 아니고 여자애가 워낙 어려 아무 짓도 하지 않았다고 정준은 변명했으나, 유학을 가기 전부터 정혼하여 그 집에서 데리고 있던 아이였다 하니 정준이 앨리스를 속인 것은 틀림없었다. 앨리스로서는 이해할 수 없는 이야기였지만 정준의 주장에 따르면, 정준이 그 애와 파혼하여 집 밖으로 그 애를 내쫓으면 그 애는 자결하거나 집안에서 처단되거나 아예 없는 사람인 양 살아가게 될 터였다. 구식 조선 여성에게 명예란 혼인과 뗄레야 뗄 수 없는 것이기 때문에.

그렇다면 떠나는 쪽은 앨리스 자신이 되어야 하지 않을까, 앨리스는 생각했으나 이미 태중에 아이가 자라고 있었다. 이 애를 낳고 나서 결정해도 늦지 않아. 화가 치밀어 오를 때마다 앨리스는 그렇게 되뇌었다. 앨리스는 딸을 낳았다. 그러자 시가에서는 여자애와 정준의 정식 혼례를 거론하기 시작했다. 아들을, 어서 아들을, 하루 빨리 아들을. 정준은 아직 자기도 앨리스도 젊다는 점을 내세워 부모를 설득했다. 젊다는 것은 앞으로 아들을 낳을 가능성과 그럴 시도를 할 시간이 넉넉하다는 것……. 부모가 한 수 물러나자 정준은 앨리스더러 내가 너를 보호해준 거라며 으스댔다. 그렇다고 그 애를 아예 내보내야 한다는 것까지는 아니었다. 앨리스는 그 남자를 사랑하는 자신을 저주했다.

임신한 앨리스가 꼼짝도 못 하는 사이 정준은 공무원이 되었다. 앨리스에게는 3 · 1에 고무되어 독립운동을 하려고 일본에 왔다고 했으면서, 독립운동가의 딸인 앨리스를 아내로 얻어 귀국하자 일본 정부에 협력하는 일꾼이 되었다. 여자를 사랑할 때에도 나라를 사랑할 때에도 이 사람은 어제와 오늘이 다르구나, 내일은 또 어떤 얼굴을 하고 있을지 모르는 남자와 나는 결혼해버렸구나. 어떤 날은 딸을 데리고 도망치고 싶었고 어떤 날은 친정과의 연락을 일절 끊고 사기꾼 남편 곁에 눌러앉아 버리고 싶었다. 스스로도 기가 차는 일이지만 이전의 자기를 완전히 포기할 만큼 그를 사랑한 것 또한 어쩔 수 없는 사실이었다. 그 마음을 읽기라도 한 듯 아버지가 찾아왔다.

아버지는 앨리스가 다시 아버지의 '심부름'을 맡아주기를 바랐다. 앨리스는 그럴 수 없다고 말했다. 그렇다면 단 한 번만, 단 한 사람만 맡아달라고 아버지는 거듭 부탁했다. 이번 심부름은 소식이나 물건을 전하는 것이 아니라, 왜정에서 신원을 의심하는 남자 하나와 동행하여 그 사람의 신용을 보증하는 내용이었다. 김창이라는 남자를 블라디보스토크까지 무사히 보내주면 되는 일. 간단한 임무였고 어려운 부탁이었다. 김창은 앨리스가 업거나 질질 끌어 옮길 필요 없는 사지 멀쩡한 청년이라는 점에서 간단했고, 그의 신원을 보증하기 위해 미국인인 앨리스가 그의 약혼자 행세를 해야 한다는 점에서 어려웠다.

어려서부터 앨리스는 종종 이런 심부름을 아버지로부터 하달받아왔다. 아버지가 밀사라는 사실은 상해에서 재회한 이후에야 알았으나, 그 사실을 알고 나니 그 전에 뜻 모르고 행해왔던 아버지의 명이 대개 임시정부 인사들과 관련되어 있었다는 깨달음이 따라왔다. 아버지가 몇 날 몇 시에 어디서 뵙자신다는 전언, 이 물건을 가져다드리면 받으신 분께서 뜻을 알거라 했다는 전달 등. 다만 사람을 옮기는 일은 처음이었다. 더구나 결혼한 여성이 (한편 처녀의 몸이라 해서 그 일이 쉬웠을까, 그 또한 나름의 어려움이 있었으리라만은) 낯모르는 청년과 약혼한 행세라니. 그렇다면, 앨리스가 이 심부름을 거절한다면, 혼자 블라디보스토크로 향할 청년은 어떻게 되는 것일까? 청년은 목숨을 보전할 수 있을까?

앨리스는 정준과 그의 부모에게 상해의 친정으로 돌아가보아야 한다고 통보했다. 어머니가 편찮으신데 남매들 중 큰 아이들은 아직 학생이고 어린애들은 너무 어려 어머니를 돌볼 수 없고 도리어 손길을 필요로 한다는 핑계를 댔다. 시가는 발칵 뒤집어졌다. 정준이 나서서 앨리스를 변호했고 아들이라면 껌뻑 죽는 정준의 부모는 또다시 그에게 한 수 접어 주었다. 정준은 앨리스에게 조건을 내세웠다. 딸을 두고 갈 것. 딸을 데리고 가면 영영 돌아오지 않을지도 모르니까.

과연 내가 고른 남자다. 아주 바보는 아니구나. 앨리스는 속으로 혀를 내둘렀다. 딸을 데리고 정준의 집을 아주 떠나버리는 상상은 앨리스도 해본 것이었다. 앨리스는 정준의 또 다른 아내, 어린 여자애에게 딸을 맡기고 상해로 떠났다. 돌아가는 데에 그렇게 오래 걸리리라고는 상상하지 못한 채로. 앨리스가 상해에서 김창과 동행하여 블라디보스토크로 간 사이 아버지는 일본에 가 있었고 앨리스가 상해로 돌아왔을 때도 아버지는 가족들 곁으로 아직 돌아오지 못한 채였다.

상해에 남아 있던 어머니와 남매들은 포와로 돌아갈 준비를 하고 있었다.

*

앨리스는 자기가 예쁘다는 사실을 어느날 갑자기 알았다. 누가 일러주지 않았는데도 저절로 알았다. 앨리스는 똑똑하니까. 그래도 누가 예쁘다고 해주면 좋을 것 같아서 남한테 물어본 적은 있다. 헌영 동지, 내가 예쁜가요? 뜬금없는 물음에 박은 얼굴을 붉혔다.

앨리스 동지, 공부나 하시오.

앨리스는 예쁨을 자랑스럽게 여긴 적이 없었다. 예쁜 얼굴에 대한 앨리스의 관점은 실용적 차원을 벗어나지 않았다. 어여쁜 얼굴은 때로 편리하고 때로 거추장스러웠다. 사람들의 환심을 쉽게 살 수 있어서 편했고 기억에 잘 남아서 불편했다. 원하던 남자로부터 사랑받게 되었을 때는 가치 있게 느껴졌으나 그 남자의 사랑을 더는 원치 않게 되니 아깝다는 생각과 쓸모없다는 생각이 동시에 들었다.

나는 뭐지?

이제까지 나는 무엇이었고, 앞으로 뭐가 되려는 거지?

앨리스는 아버지를 사랑하는 딸이었고, 자기가 맡은 몫에 대해 깊이 고민해보기도 전 이미 밀정 역할을 수행하고 있었다. 한편 앨리스는 조선인 평균을 훌쩍 뛰어넘는 공부를 쌓은 지식인이기도 했다. 그것이 어머니의 바람이었기에. 앨리스는 밀정이 되고 싶다거나 자유로운 지식인이 되고 싶다는 생각 같은 건 해본 적 없었다. 한 남자의 아내 되기, 그것이 앨리스가 자발적으로 택한 길이었다. 앨리스를 엄마로 만들고는 앨리스의 딸을 빼앗아버릴, 어제와 오늘과 내일이 모두 다른 비겁한 남자의 아내가 되는 길.

앨리스는 아버지 뜻대로도 어머니 원대로도 자기 멋대로도 살 수 없었다. 모두가—자기 자신을 비롯한 모두가—자기를 내버려두었으면 싶었는데 그런다 해서 잘 살 자신이 있는 것도 아니었다. 아무도 자기에게 어떤 기대도 걸지 않기를 바랐지만 먼저 나서서 모두의 기대를 저버릴 용기는 내지 못했다.

지쳤기 때문에. 겨우 스물 몇 해를 살았을 뿐이지만, 이미 흠뻑 지쳐 있었기 때문에.

김창과 함께 블라디보스토크에 다녀온 앨리스가 곧장 조선으로 돌아가기를 망설인 건 그래서였다. 앨리스는 잠깐이나마 다시 딸로 살고 싶었다. 아내, 며느리, 아이 어머니를 기다리는 사람들이 아니라 큰딸을 환대해줄 가족 곁에 있고 싶었다. 더구나 포와에서라면, 풍족하지는 않았으나 세상에 걱정할 것이라곤 조금도 없었던 시절 가족들과 함께 살았던 땅이라면.

앨리스의 가족들에게 포와는 고향과 같았다. 결혼한

지 얼마 되지 않아 서먹했던 청년 현순과 이마리아가 마침내 가족이 된 곳이었고 앨리스와 엘리자베스, 피터가 태어난 곳이었다. 유아기에 그곳을 떠난 엘리자베스와 피터는 어떨지 몰라도, 그곳에서 태어난 최초의 한인이며 다섯 살까지 거기 살았던 앨리스에게는 포와야말로 진정한 고향이었다. 그곳에서 태어나기는 앨리스가 선택한 바가 아니었지만 그곳으로 돌아가는 것은 앨리스의 소망이었다.

가족 중 아버지가 제일 먼저 포와에 갔다. 아버지는 목회와 통역으로 모은 돈을 아껴 상해로 부쳤다. 가족들은 그 돈으로 차례차례 배를 탔다. 온 가족이 다시 포와에서 재회하기까지 꼬박 1년이 걸렸다. 아버지에 이어 가족 중 두 번째로 배에 탄 사람이 바로 앨리스였다. 가족 중 마지막으로 어머니가 바다를 건널 때까지 앨리스는 포와 집 살림의 기틀을 닦는 한편 아버지의 심부름을 도맡아 했다. 조선인이 지니고 있어선 안 되는 물건을 안전한 장소까지 옮겨다주는 일, 미국인이라면 별 무리 없이 출입할 수 있는 곳으로 가 아버지의 메시지를 전달하는 일 같은 것. 이따금 다시 바다를 건너는 심부름도 있었다.

소녀 시절과 다를 것이 없었다. 결혼 같은 건 한 적도 없는 것 같았다.

포와 생활이라고 처음부터 모든 것이 순조롭지는 않았다. 포와에 뿌리내린 조선인 대부분이 임시정부 대통령 이승만의 지지자였고, 임시정부의 외교 책임자였지만 이승만에게 불복하여 결국 사임한 현순은 그들로부터 배신자 취급을 받았다. 그 사실을 알았을 때 앨리스는 도망치고만 싶었다. 교민 대부분은 알파벳도 모른 채로 포와에 온 사람들이었다. 그들 중 누구도 아버지의 도움 없이 이곳에서 생존할 수 없었다. 아버지는 포와 이주 1세대를 관리 감독한 통역 기술자였다. 어떻게 그럴 수 있었을까. 어떻게 그들은 늘 친절한 이웃이자 현명한 마을 지도자였던 아버지를 배신자로 여길 수 있었을까. 그런데 아버지는 어떻게, 그들에게 실망하지 않을 수 있었을까.

아버지는 담임하는 교회 시무에 열성을 다할 뿐 아니라, 야학을 개설하고 포와 교육 당국과 교섭하여 조선말 교과서를 만들며 포와의 한인 청년 세대 양성에 힘을 쏟았다. 앨리스는 교회 청년부의 대표이자 주일학교 지도자가 되었다. 늘 아버지가 별 힘들이지 않고 그 자신의 타고난 매력을 이용해 사람들의 마음을 얻는다고 믿어 왔던 앨리스는 새로운 깨달음을 얻었다. 아버지는 겨우 사람들의 환심이나 사려고 그 모든 일을 하는 것이 아니었다. 신념에 힘껏 매진하는 그의 모습에 사람들이 매료될 뿐이었다. 덕분에 앨리스에 뒤이어 포와에 온 가족들은 아버지를 둘러싼 구설이 있었다는 것조차 눈치채지 못했고, 마침내 하나가 된 현씨 일가는 포와 한인 사회의 모범된 가정으로 자리 잡았다.

계속 그렇게 살 수만 있었다면 더 바랄 게 없었을 것이다.

*

앨리스는 잠시 이야기를 멈췄다.

나는 앨리스의 얼굴을 빤히 바라보았다. 계산이 틀리지 않다면 앨리스의 이야기에서 내가 등장하기까지 얼마 남지 않은 시점이었다. 담담하던 앨리스의 얼굴이 까닭 모를 분노와 슬픔으로 얼룩져 있었다. 앨리스의 이야기에서 나는 과연 어떻게 등장할지가 무척 기대되었지만 함부로 재촉할 수는 없었다.

이야기는 조선에서 온 전보로부터 다시 시작되었다. 앨리스의 딸이 위독하다는 소식이었다.

전보를 받았을 때 앨리스가 받은 충격은 전보 내용 그 자체가 아니라 자신의 무심함에 대한 것이었다. 포와에 자리를 잡은 이후로 앨리스는 딸을 거의 생각하지 않고 지냈다. 딸 생각을 하기에는 너무 바쁘고 고된 하루하루를 보내고 있었고, 딸을 떠올리자면 남편 정준도 덩달아 떠오르므로 그 생각을 묻고 지내려 애쓰기도 했다. 나중 가서는 주일학교 아이들이 자기를 미세스 현이라고 부르는데도 자기에게 딸이 있고 남편이 있다는 사실을 상기하지 못하게 되었다. 미세스 현이라고 불릴 때마다 딸을 떠올렸다면 어떻게 제정신으로 살 수 있었겠는가.

조선으로 돌아가 보니 딸은 이미 죽어 땅에 묻힌 지 오래였다.

처음에 앨리스는 전보가 늦어졌을 가능성에 대해 생각했다. 전보를 띄우자마자 딸이 숨을 거두었을 가능성에 대해서도. 배를 타고 오는 사이에 일이 이렇게 되어버린 것이라는 생각……. 하지만 변변한 비석도 없고 봉분도 있으나 없으나 한 딸의 무덤에는 잡초가 이미 무성했다. 그 자리에 어린아이가 묻힌 지가 수백 년은 된 듯 보였다. 마침내 앨리스가 떠올린 것은 정준의 비겁함이었다. 죽었다고 하면 내가 오지 않을까 봐 위독하다고 했구나. 내가 그렇게나 모진 사람이라고 생각해서. 그렇지만 떠난 아내를 불러들이려고 아이를 파는 사람은 과연 나보다 덕이 있는 사람인가?

그렇게 재회한 남자와 또다시 아이를 가져버린 것에 대해 앨리스는 부끄러움을 느꼈다. 어제와 오늘과 내일이 모두 달라 신용할 수 없는 남자, 아둔하면서도 비겁하여 얕은 수를 쓰는 남자, 그럼에도 여전히 나를 사랑한다고 말하는, 나의 거절이 두려워 떠는, 약하디약한 남자.

앨리스는 여전히 그의 아내였다.

태기는 앨리스에게 바닥 모를 공포를 선사했다. 손바닥 뒤집듯 태도를 바꾸는 시부모도, 아이를 핑계로 앨리스를 주저앉힐 궁리만 하는 남편도 치가 떨리게 싫었다. 앨리스는 이혼을 요구했다. 앨리스를 어르고 달래고 구슬리다 못 한 남편은 아이만은 낳고 떠나라 엄포를 놓았다. 앨리스는 이혼하여 이 애와 함께 가거나, 이혼하지 않고 이 애와 함께 여기에서 죽거나 둘 중 하나뿐이라 선언했다. 또다시 아이를 두고 갈 수는 없었다. 원치 않은 임신이었지만 그렇다고 해서 태중의 아이가 밉지는 않았다. 사랑으로, 오직 사랑으로, 지상의 그 어느 곳보다도 사랑이 넘치는 가정으로 그 애를 데려가고 싶었다.

남편은 믿을 수 없는 사람이었지만 그래서인지 유한 면도 있었다. 혹은 이참에 집 안에 있는 또 다른 아내와 정식 혼인을 해야겠다 마음먹었을지도 모른다. 결국 앨리스는 자기 뜻대로, 앨리스의 어머니가 그랬듯 아이를 품은 몸으로 배에 올랐다.

조선을 떠나던 날에 나와 잠시 스친 일에 대해서는 끝내 언급하지 않았다.

*

"마셔."

나는 잠자코 앨리스가 건넨 그릇을 손에 받았다. 내용물이 무엇인지는 눈을 감고도 알 수 있었다. 한동안 물보다 커피보다 자주 마신 곽향정기탕……. 그것을 나는 앨리스가 나를 미워하고 있지는 않다는 뜻으로 받아들였다. 괜시리 눈시울이 뜨거웠다. 호되게 혼을 낸 어머니가 직후에 베푼 따사로운 손길처럼 서러웠다. 나를 혼낸 건 앨리스가 아니고 앨리스 또한 내 어머니가 아니었으나.

"왜 그랬는지 짐작 가는 데가 있어?"

앨리스는 상냥했지만 한번 놓았던 말을 다시 높이지는 않았다. 이봐, 아무리 내 쪽이 연소하다지만 나는 네 당숙이야 하고 점잖게 꾸짖고도 싶었지만 그러기에 나는 너무 쇠약해진 채였고 비교적(이라기보다 변함없이) 건재한 앨리스에게 의존해야 하는 상태였다.

"없지, 아무리 생각해도…… 없어."

나는 힘겹게 고개를 틀어 앨리스를 똑바로 쳐다보며 말했다. 내가 뭘 어쨌단 말인가? 나는 작가였다. 감독이었다. 관훈동에서 작은 끽다점을 운영하는 상인이었다. 총독부의 눈에 거슬릴 만한 일로는 성탄 전야에 목청 높여 아리랑을 부른 것밖에 떠오르지 않았다. 내 글이 민족정서를 자극해서라면 심훈을 먼저 잡아갈 일, 내 영화가 반일 정서를 담고 있어서라면 운규를 먼저 잡아갈 일이었고 간밤의 아리랑 역시 나 혼자 부른 게 아니었다. 그러나 짐작 가는 곳이 전혀 없다는 말은 거짓이었다. 앨리스가 들려준 긴 이야기로 미루어 뭔가 오해가 생긴 게 틀림없었다. 앨리스는 지금도 아버지, 그러니까 내게는 사촌 매형 되는 분과 공작을 벌이고 있는 눈치였고 총독부에서 그걸 전혀 모르지는 않을 터였다. 그렇다고 해서 미국 여권을 지니고 있는 앨리스를 함부로 취조할 수는 없으니, 민족적이고 반일적인 예술가로 보이는 앨리스의 동업자가 항일 방면으로도 동업 중인가를 확인해보려 한 게 틀림없었다.

물론 나는 결백했다.

부끄러울 만큼이나 아무것도 몰랐다.

"아직 들려줄 이야기가 남았어."

이제부터 나올 이야기는 우리의 작은 끽다점에 대한 것일 터. 이미 모두 나도 아는 이야기일 거라 짐작하면서도 나는 잠자코 있었다. 앨리스가 나에 대해 어떻게 술회할지 궁금했으니까.

"아이를 낳고 조선으로 돌아와서……."

나를 만났지.

"이성용 박사를 만났어."

앨리스는 단호하게 나의 기대를 잘라냈다.

*

이성용은 그 자신을 코뮤니스트라 인정한 적이 없으나 그의 많은 친우는 코뮤니스트였다. 말하자면 매주 예배당에 나가지만 그리스도를 구주로 고백한 적 없는 사람과 같았다. 비록 진한 혈연은 아니어도 왕실과 핏줄이 닿아 있었으므로 자기가 코뮤니스트라 말하기는 쉽지 않았으리라. 그러나 그는 조선인이었고 따라서 3·1주의자였으며 유학생이었다. 당시에 유학을 나간 사람들은 반드시 열렬한 친일이나 철저한 반일, 둘 중 하나에 몰두하게 되었는데, 이성용의 선택은 반일이었다. 코뮤니스트가 될 수 없는 까닭과 같은 이유에서 그는 민족주의자일 수밖에 없었다. 외국인 여성과 멋대로 결혼해버렸다는 이유로 집안에서 유학 자금을 끊은 사이 그는 독립운동가들과 어울렸다. 손수 어렵게 벌어들인 돈을 학비로만 쓰지 않고 임시정부 후원에 상당 보태기도 했다.

그가 특히 관심을 둔 곳은 구미위원부였다. 구미위원부는 구라파와 미주를 아우르는 임시정부의 외교 기관이었다. 21년은 앨리스의 아버지가 구미위원부에서 밀려난 때였고 이성용이 유학을 시작한 해였다. 그해 연말에 미국의 주도로 화성돈◆태평양회의가 열렸을 때 임시정부 구미위원부는 대한민국 대표단을 파견했지만 대표단은 회의 참가에도 청원서 접수에도 실패했다. 현순을 내쫓은 사람들이 현순보다 일을 잘하지는 못했던 것이다.

이성용은 현순이라는 인물에게 호기심을 느꼈다. 애초 현순은 구미위원부가 아니라 정식 국가와 같은 외교 대사 공관을 설립해야 한다 주장했고 임시정부의 주미 대표로서 미국 국무장관에게 독립요구서를 보내기도 했다. 미국 정부가 묵묵부답으로 일관하는 사이 사태를 파악한 이승만이 현순을 해임했고 임시정부에서는 미 국무부에 독립요구서 철회 서한을 발송했다. 만약 이때 현순이 자리를 보전하고 임시정부가 그의 전략에 협조하였더라면 어땠을까. 이성용이 돌아올 곳은 일본의 식민지가 아닌, 대한민국이라는 새 이름을 건 조국일 수도 있었다.

◆ 화성돈(華盛頓): '워싱턴'의 음역어.

현앨리스를 처음 만난 자리에서 이성용은 바로 이 이야기를 했다. 당신 아버지는 훌륭한 분이시며 나는 그를 지지한다는 말을.

이성용과 앨리스는 처음부터 죽이 잘 맞았다. 앨리스에게 이성용을 소개해준 임시정부 인사는 앨리스가 경성에 제대로 자리 잡을 수 있도록 이성용이 도와줄 거라 하였고 이성용과 앨리스를 대면시킨 백림관 단골손님 또한 이성용에게 앨리스를 잘 부탁한다 했다. 서로 친하게 지내도록 주선한 것은 맞지만 생활상으로나 정신적으로 교류하기를 권한 것이지, 둘이서 짜고 독립운동을 하기를 바란 것은 아니었다는 말이다. 그러나 두 사람은 만나자마자 서로의 동지가 될 수 있음을 알아보았다. 앨리스는 이성용의 백림관이 단순한 커피하우스가 아니라는 점을 간파했고 이성용 역시 앨리스가 보통 사람이 아니라는 것을 꿰뚫어 본 것이다.

이성용은 돈이나 몇 푼 더 벌자고 백림관을 만든 게 아니었다. 절연했던 집안과의 관계를 회복했고 본인이 의사인데 무엇이 아쉬웠겠는가. 돈이라면 저 콧대 높은 관훈동에 땅을 사서 3층 양옥을 짓고도 남을 만치 있었다.

문제는 그가 지나치게 세간의 이목을 끄는 인물이라는 점에 있었다. 조선 민중들로부터 받는 사랑이라면 쑥스럽고도 감사한 것으로 그만이었지만 총독부로부터 받는 뜨거운 관심은 곤란하고 성가셨다.

총독부는 예수를 경계하는 본디오 빌라도처럼 그를 끈질기게 감시하고 있었다. 언젠가 이성용이 자기를 따르는 이들을 규합하여 민중 봉기라도, 제2 제3의 만세라도 일으키리라 믿는 듯했다. 이성용은 그럴 생각이 없었다. 지도자가 되어 앞에 나서기보다는 조력자나 후원자로 뒤에 서고 싶었다. 이러거나 저러거나 난처하기는 매한가지였다. 귀국 후에도 꾸준히 임시정부와 그 밖의 독립군 단체에 후원금을 보내고 있었고 총독부에 꼬리를 밟히는 것은 시간문제로 보였다. 후원을 지속하려면 병원 말고 다른 사업체가 필요했다. 백림관은 그렇게 탄생했다. 명목상 유학파 조선인 신사들이 의기투합하여 만든 정통 서구식 끽다점이라 하였지만, 서류상의 주인은 이성용의 아내였다. 남편이 아내 가게에 투자 명목으로 돈을 보내는 것쯤은 예사로운 일이 아닌가. 아내가 끽다점 손님으로 위장한 누군가에게 수상쩍게 두툼한 커피

봉투를 건넨다고 해서 총독부가 어쩔 것인가. 아내는 조선 사람도 아닌 것을.

끽다점 사업에서는 이성용이 애초 구상한 것 이상의 소득이 발생했다. 구라파에서 커피를 제대로 배우고 돌아온 (그렇게 알려진) 유학생과 그의 외국인 아내가 차린 백림관은 친일 조선인이 상류층 일본인을 대접하기에 알맞은 곳이었으니까. 외국인들이 주로 드나드는 다른 킷사텐들과 달리 백림관은 조선인과 일본인이 섞인 일행들이 자주 찾았다. 즉 백림관에서는 누구나 군사, 정치, 행정, 상공업 관련 최신 고급 정보를 커피 한 잔 값에 엿들을 수 있었다. 서로 얼굴을 모르는 상대끼리 접선 장소로 활용할 수 있다는 점, 마담에게 물건을 맡아달라거나 인편 전달을 부탁할 수 있다는 점 등은 말할 나위도 없으리라. 하물며 커피를 파는 커피하우스라는 본질도 독립운동에 이로운 것이었다. 안중근이 이토 히로부미를, 강우규가 사이토 마코토를 저격하기 직전 들른 곳이 바로 끽다점이 아닌가.

하여 앨리스와 이성용은 금세 하나의 합의점에 이르렀다. 끽다점을…… 하나 더 만들면 어떨까? 이미 백림관이 있으니 충분하다고 할 수도 있겠지만, 그런 장소는 많으면 많을수록 좋으니까. 가게 자리는 이성용이 제공할 수 있었다. 커피라면 앨리스도 만들 줄 알았다. 남은 문제는 앨리스에게 배우자만큼 믿음직한 동업자가 있냐는 것. 이성용의 아내는 조선인과 혼인하여 사업체를 등록할 수 있었지만 앨리스는 아니었다. 한때 조선인 배우자가 있었지만 지금은 독신인 외국인 여성. 앨리스는 곧 자기의 조선인 친척 하나를 떠올렸다. 젊은 예술가로서 끽다점 사업에 손대도 이상하지 않을 남자 친척.

마침내 앨리스의 입에서 기다리고 기다리던 내 이야기가 나왔으나 조금도 달갑지 않았다.

*

그러니까 앨리스도 같은 의견이었다. 급작스럽게 내가 당한 매타작은, 섣불리 손댈 수 없는 앨리스에게 일경이 보내는 경고였다. 너는 이 자를 알고 있겠지? 이 자가 다치는 것은 원치 않겠지? 물론 앨리스는 내게 연민을 느꼈다. 그렇지만 나 때문에 뭔가를 희생할 만큼 나를 중요하게 여기지는 않았다. 앨리스가 제 입으로 그렇게 말하지는 않았지만, 수고롭게 들을 필요조차 없을 만큼 자명한 바였다.

나도 내가 느낀 배신감에 대해 굳이 말하고 싶지는 않았다.

왜 나였지? (이미 설명되었다) 월세라며 털어간 목돈은 다 뭐였는가? (독립운동 후원금이다) 이제 어쩔 셈이지? (……)

그것이 진짜 궁극적인 문제였다. 이제 어떻게 할 것인가? 앨리스가 무슨 꿍꿍이로 나 몰래 무얼 하고 있었는지 다 알아버린 이제, 내가 또 잡혀가면 어떻게 되는 것인가?

"나는 떠나겠어."

앨리스는 언제나처럼 자신만만한 선언조로 말했다. 이상하게도 그 순간 나는 내력이라는 낱말을 떠올렸다. 달아나기……. 그건 우리의 집안 내력일까, 아니면 내 세대에서 발현된 새로운 특성인 걸까? 어느 쪽이든 겉보기만으로는 친척인 것을 알기 어려운 나와 앨리스 사이에 닮은 점이 하나쯤은 있다는 새로운 발견임에는 틀림이 없었다.

“나도 데려가.”

앨리스가 잘 못 들었다는 듯 혹은 잘못 들었다는 듯 눈을 크게 떴기에 나는 다시 말했다.

“어디로 갈는지는 모르겠지만 갈 거면 나도 데려가.”

*

일이 이렇게 된 후에야 하는 말이라서 민망하지만 정기탁이 세계 시장, 세계 시장 떠들 때부터 내게는 상해가 낯설지 않았다. 상해…… 바다 위의 땅이라고 이름 지은 도시. 그 이름처럼 바다에 안겨 있어 일찍이 서구 열강을 맞아들였고 이제는 동양 최대의 국제도시가 된 곳. 소싯적 상해 유학을 다녀왔기로 소위 세계의 맛을 잘 안다는 듯 구는 정기탁은 다소 꼴불견이었지만, 그가 상해 타령을 할 때마다 내심으로는 언젠가 나도 상해에 진출할 수 있을지 점쳐보곤 했다. 앨리스가 상해행을 선언했을 때 동요하지 않은 것은 그래서였다. 올 것이 왔다고 느낀 것이다, 내 딴에는. 영화로 성공하여 정식으로 초청받은 것이 아니라는 점은 쓰라릴지언정, 상해행이 단순한 도주는 아니라고 스스로를 설득하기가 어렵기는 했을지언정.

조선인인 내게는 여행 허가증이 필수였으나 미국인인 앨리스에게는 그런 것이 필요하지 않았기에 나는 앨리스가 나를 두고 먼저 떠나버릴까 봐 전전긍긍했다. 다행히 앨리스는 나를 기다려주기로 했다.

해가 바뀌어 1월이 되어서도 앨리스는 아무 일 없었다는 듯 카카듀를 계속 운영하였고 나는 여행 허가증 발급에 도움이 될 만한 사람들을 닥치는 대로 만나고 다녔다. 표면적으로는 조선 영화 수출을 위해 중국 시장을 탐방하겠다는 핑계를 댔다. 현지 시장을 둘러보고 다시 조선으로 돌아올 거라는 거짓말.

여행 허가에는 아무 도움이 되지 않을 거란 사실을 알면서 운규와도 만났다. 몸이 아직 성치 않아 빨래방망이로 쥐어팬 걸레짝 같은 꼬락서니의 나를 본 운규는 울었다.

"내가 말했지, 그 여자가 이 감독을 망쳐놓고 만다고."

운규가 전후 사정을 눈치챈 것일까 뜨끔했으나 이야기를 더 나누어보니 오히려 완전한 헛다리, 내가 앨리스를 둘러싸고 치정의 다툼이라도 벌여 흠씬 얻어맞은 것으로 생각한 모양이었다. 내가 총독부에 끌려가 린치를 당했으리라곤 상상도 못 했겠지. 이 친구는 나를 뭘로 보는 걸까. 누구와 싸워도 상대가 안 돼 뒈지게 얻어맞을 놈, 겁이 워낙에 많아 경찰에 붙잡혀갈 짓 따위는 일절 손도 대지 않을 놈. 헛웃음에 뒤이어 눈물이 핑 돌았다. 운규가 나를 틀리게 보았다고는 할 수 없고, 이런 나를 그는 내내 염려하고 있었으니까.

한편 뜻밖에도 찬영회의 이서구가 결정적인 도움을 주었다. 이서구는 여느 예술인에 대한 동경 이상으로 과한 호감을 나에게 보이는 이였기에 조금 껄끄럽기도 했지만, 워낙에 명랑하고 붙임성이 좋은 사람이라 다양한 분야에 지인과 친우들을 두고 있었다. 그가 대체 무슨 수를 썼는지는 알 길이 없으나 1월 중순에 곧장 천진행 여행 허가증이 나왔다. 한번 났던 허가도 언제든 취소될 수 있으므로 지체 없이 기차를 탔다. 그즈음에 나는 언제 또 일경에게 붙잡힐지가 두려워 (처음에도 아무 이유 없이 잡혔기 때문이다) 불안증이 심했는데, 천진행 기차에 오르자 거짓말처럼 마음이 편안해지고 그렇게 안 오던 잠기운이 솔솔 쏟아졌다. 이처럼 간단한 일을 왜 진작 해치우지 않았던가, 진작에 길을 떠났더라면 몸과 마음이 상할 일도 없었을 것을…….

"자면 안 돼. 보는 눈이 많아."

상모 돌리듯 윗몸을 휘저으며 조는 나를 앨리스가 팔꿈치로 툭 쳤다.

그 말에 퍼뜩 정신을 차리고 자세를 고쳐 앉았다. 경성에서의 마지막 나날 동안 나를 괴롭히던 불안증이, 내가 경성에 따돌려두고 왔다 믿었던 악귀 같은 괴로움이 막 기차에 올라 나를 찾아 두리번대는 듯했다.

한동안 침묵이 흘렀다. 나는 앞좌석에 앉은 초로의 부부, 뒷좌석에 앉은 중국인 부자를 의식했다. 보는 눈이 많다는 것은 이들도 일경 밀정일 가능성이 있다는 말인가……. 나란히 앉았으되 서로 그리 다정하지도 매정하지도 않아 꼭 가족처럼만 보이는 이런 사람들까지도. 하지만 자면 안 된다는 것은 왜인가. 자면 누가 내 여행 허가증을 훔쳐 가기라도 한단 말인가. 아니면 이서구가 쥐여 준 (그는 찬영회에서 모아온 돈이라고 했지만 자기 주머니에서 나온 돈일 공산이 크다) 돈이라도…….

"자는 사이 일경을 맞닥뜨리면 방비할 수가 없잖아."

앨리스가 내 귀를 쥐고 소곤거렸다. 그런 생각은 미처 하지 못했기에 얼굴이 화끈거렸다. 그럼에도 고쳐세운 정신은 오래가지 못했다. 여전한 잠기운을 떨치려고 나도 앨리스에게 말을 건넸다.

"피로회 날에 네가 가지고 왔던 것은,"

갑자기 생각났다는 듯이 가볍게 나는 물었지만 그것은 연기였다. 실은 내내 이에 대해 묻고 싶었다. 그날 출근길에 앨리스가 안고 왔던 커다란 원통, 나에게 내용물을 보여주지 않고 낯선 이에게 들려 보낸 물건.

"그건 포스터 따위가 아니었지?"

가능한 수상하지 않은 말을 골라 말하려 한 나의 노력에 화답하듯, 앨리스는 입으로 대꾸하지 않고 손으로 총 모양을 만들어 보였다. 그럴 줄 알았다. 나는 잠자코 고개를 끄덕였지만, 다시 생각하면 모골이 송연한 일이었다. 그렇게 손님이 많은 날 가게에서 그 물건이 발견되어 무슨 일이라도 났더라면. 하물며 앨리스는 출근길 인산인해를 헤치며 그것을 껴안고 가게에 들어오지 않았던가. 그 외에도 아직 궁금한 것이 있었다. 나는 잠시 고민하다 품 안에서 수첩과 연필을 꺼냈다.

What were the 3 red gourds? 붉은 박 세 개는 뭐였지?

딴에는 누가 우리의 대화를 엿듣고 추궁하기라도 할까 봐 필담을 썼고 필담이라도 누군가의 눈에 띄면 곤란해질까 봐 영어로 쓴 것이었다. 조선인인지 일본인인지 분간이 안 되는 앞좌석의 부부나 중국인처럼 차려입은 뒷좌석의 부자가 영어에는 밝지 않기를 바라면서. 앨리스가 이전 질문에 제스처로 답한 것도 같은 까닭이리라. 앨리스도 비슷하게 생각했는지 이번에는 목소리를 내답했다.

"It was just a sign."

그저 사인이었다……. 하기사 그렇지, 간판 대신 눈에 띄는 물건을 가게 앞에 달아둔 것에 달리 어떤 목적이 있으랴. 공공연히 업소명을 말하지 않고도 목적지를 알고 알리기 위함이 아니라면. 나와 내 친우들끼리는 미인의 자그마한 기행이라고만 여겼던 앨리스의 일거수일투족 모두에 숨은 의미들이 있겠구나, 생각하니 착잡해졌다. 동시에 마음이 더욱 놓이기도 했다. 그런 것이었구나, 그런 것이었어……. 나만이 어리석었던 것이 아니었다. 작정하고 감쪽같이 숨겨온 것을 알아차리지 못한 게 나의 모자람만은 아니지 않은가.

카카듀는 정말로 카카듀였구나.

우리가 함께 만든 가게는 그야말로 거짓의 전당이었구나.

나는 내가 배우인 줄 알았지만 나 또한 관객 중 하나였구나.

*

천진에 닿을 때까지 나와 앨리스는 줄곧 영어로 대화했다. 주위 승객들이 알아듣지 못한다는 확신이 들자 제법 솔직한 대화도 나눌 수 있었다. 영어를 쓸 때만큼은 앨리스가 내게 더는 존대하지 않는다는 사실도 신경 쓰이지 않았다. 나는 상해에서도 계속 영화를 하고 싶다는 뜻을 밝혔고 중국어를 잘 못 해 고민이라고 했다. 앨리스는 영어를 이 정도로 하니 중국어도 금방 익힐 거라며 나를 북돋워주었다. 영화에 대해서는 자기가 잘 몰라서 미안하지만, 언어에 대해서라면 확실히 말할 수 있다고. 그러자 정말로 자신감이 생겼다. 내 영어는 신학생 시절 김만수 선생에게서 수학한 것이 끝이었는데 미국인인 앨리스와 막힘없이 소통할 수 있다면, 내게 어학의 재능이 없지 않다는 의미가 아니겠는가. 중국어를 빠르게 익히지 못하더라도 필담으로 대화할 만치의 한문 소양 정도는 있고, 영화라면 앨리스가 따로 자신감을 불어 넣어줄 필요도 없었다. 나의 재능을 내가 잘 알고 있었으니까.

우리는 천진에서 며칠 묵었다. 최초 이틀은 방 안에서만 보냈다. 나만 방 안에 있었고 앨리스는 이따금 밖으로 나가 동지라는 사람들을 만났다. 이틀째 되던 날 저녁에 앨리스가 어두운 얼굴로 돌아왔지만 까닭을 묻지는 않았다. 다음 날부터는 앨리스와 함께 영화를 봤다. 매일 같이 극장에 나가 오전 프로, 오후 프로, 심야 프로를 다 보고 돌아왔다. 그러기를 사흘 만에 마침내 내가 이유를 묻자 앨리스는 말했다.

"네가 다시 조선에 돌아가더라도 천진 가서 뭘 했느냐는 말에 대답은 할 수 있어야지."

왜 그런 말을 하지? 나는 조선으로 돌아갈 생각이 없는데.

"아니, 너는 조선으로 돌아가야 돼. 이대로 상해에 가면 즉각 체포될 거야."

어째서?

"너는 지금 일본 경찰의 요시찰 대상 목록에 올라 있어."

나는 고개를 끄덕였다. 그렇군. 종로 서의 베레모는 나를 놓쳐서 어지간히 분했나 보군.

원래라면 조선인은 여행 허가증에 기재되어 있는 도시에만 방문할 수 있었다. 다만 먼 도시로 갈수록 경유지가 늘어나니, 여정 도중 다른 도시에 들르는 것이 크게 제한되지는 않았다. 얼굴이 알려지지 않은 독립운동가들은 이 점을 이용하여 한 번 발급받은 여행 허가증을 최대한으로 사용하곤 했다. 난도가 높은 것은 여행 허가증 발급 자체고, 그 이후는 오히려 어렵지 않은 셈이었다. 여행 허가증에 기재된 도시가 충분히 멀지 않아도 활용할 만은 했다. 일단 해외에 나오면 일제의 입김이 약해지니까. 나 역시 여행 허가증에 기재된 방문 허용 범위는 천진까지였지만 감시가 적어질 것을 염두에 두고, 적당한 때를 보아 상해로 건너갈 계획이었다. 그러나 일경의 요주 인물로 찍혔다면 이 모두가 공염불이었다. 경유 도시 방문의 융통성도, 감시 약화도 기대할 수 없었다. 기차역에 닿아 이름이 적힌 여행 허가증을 내보이는 즉시 요시찰 대상임이 탄로 날 테니까.

나를 요시찰 대상으로 등록해 내 여정을 방해한 자는 베레모가 분명했다. 철딱서니 없는 소리지만, 기분이 그렇게 나쁘지 않았다. 내가 그렇게 중요한 인물이란 의미가 되니까. 다만 이유가 궁금하긴 했다. 왜 여행 허가증을 내주는 동시에 요시찰 대상으로 등록도 했을까. 해외에서라면 나뿐만 아니라 일행인 앨리스도 굴비 엮듯 잡아넣을 수 있어서가 아니었을까.

너는 어떡할 생각이니.

나의 물음에 앨리스는 대답하지 않았다. 우리가 함께 상해에 간다면 우리 둘 다 위험해질 것이다. 잠시 구류되었다가 풀려날 수도 있지만 갖은 누명으로 끝 모를 옥살이를 해야 할 수도 있다. 물론 상해에서 다시 도주할 수도 있을 것이다. 그러나 그때의 도주는 체포로부터의 유예에 불과할 뿐, 언젠가는 반드시 위험에 처하게 된다.

하지만 앨리스 혼자서는 아무런 부담 없이 상해에 갈 수 있다. 나는 그냥 경성으로 돌아가면 된다.

대화가 어영부영 끝나고 우리는 각자의 침상에서 잠

을 청했다. 깨어 보니 앨리스는 이미 떠나고 없었다. 앨리스와 나의 생각이 같았다. 하지만 앨리스와 나의 바람은 달랐다. 한편으로는 뿌듯하고 한편으로는 서운했다. 그러나 기분만으로는 무엇도 해결할 수가 없었으므로 자리에서 일어나 짐을 싸고 경성으로 돌아가는 기차를 탔다. 그때처럼 내가 혼자로 느껴진 순간은 다시 없었다.

*

부재 간에 경성에는 앨리스와 내가 만주로 허니문을 떠났다는 소문이 퍼져 있었다. 아아 우습구나, 나와 앨리스는 그런 사이가 아니려니와 허니문이라손 쳐도 세상에 어느 멍청이가 밀월지에서 배필을 놓치겠는가. 어디부터 바로잡아야 좋을지 몰라 멍텅구리답게 웃고 말았지만 혼자 카카듀를 지키고 있자니 오는 사람마다 미스현의 행방을 물어 난감하기 이를 데 없었다. 뒤늦으나마 이성용 씨가 사라진 뒤 그 자리에 개업한 의사가 어떤 기분이었을지 이해가 되었다.

그건 그렇고 이제부터는 어떻게 살아야 하는가…….

때는 2월, 음력으로는 설, 그러니까 이제 막 29년이었다. 쇼와 4년이었고 기사년이었다. 새해였다. 내게는 아무런 계획이 없었다. 생전 처음으로 아무것도 하고 싶지 않았다. 뭘 어째야 좋으랴……. 집도 없고 돈도 없고 앨리스도 없는데. 아무리 곤하고 궁할 때라도 찍고 싶은 영화는 있었고 구체적으로 하고 싶은 작품은 없을지라도 영화를 하고 싶다거나 연극을 하고 싶다거나 글을 쓰고 싶다는 마음, 즉 뭐라도 만들어야겠다는 마음은 늘 품어 왔던지라 그런 무력감이 낯설고도 신기했다.

달리 할 일이 없었기 때문에 팔던 커피나 마저 팔기로 했다. 아무래도 좋지 않은가? 월세를 낼 필요가 없으니 (정확히는 낼 방법을 모르니) 거리낄 것도 없고 따로 바쁘게 돌아다닐 일정도 없는 몸. 커피는 그럭저럭 끓일 줄 알고 가게도 멀쩡하니 장사가 답이 아니겠는가……. 아침마다 그럴 의욕이 솟지는 않아서 문 열고 닫는 때가 들쭉날쭉했으나 어쨌건 경영은 계속했다. 금방 돌아올 것처럼 꾸미느라 가게 문 앞에 휴업 표시만 간단하게 달아두었던 게 오히려 묘수였던 셈이다.

일이 이렇게 돌아가니 운규만 신이 났다. 가게와 달리

여관 하숙방은 천진으로 떠나기 전 정리한지라 돈을 아낄 겸 새 거처를 구하기 전까지는 운규네 집 신세를 지기로 했고 (그간 운규가 내 방에서 묵은 날을 따지면 나도 운규네 집에 넉넉히 1년은 머물 수 있을 듯했다) 내가 카카듀에 나가는 날마다 운규가 따라나섰다. 운규는 곧 터줏대감 노릇에 몸이 익어 언젠가 내가 말했던 것처럼 카카듀 테이블 하나를 제 전용 작업상처럼 여기며 아예 원고와 필기도구를 두고 다니게 되었다. 앨리스가 가게를 지킨 지난 네댓 달 동안에 두어 번 얼굴을 비춘 게 전부였던 점을 떠올리니 운규가 앨리스를 얼마나 눈엣가시로 여겼는지 새삼 실감이 되었다.

운규의 피붙이들이 나를 불편해할까 봐 가능한 빨리 더부살이를 정리할 생각이었지만 식구들은 오히려 내가 오래 머물기를 바랐다. 내가 있으니 아이들 아버지가 기방에 가지 않는다고. 예의로 하는 말치고는 묵직해서 아유, 별말씀을 다 하십니다, 하고 얼른 너스레를 떨 생각도 들지 않았다. 보기에 운규가 모범스러운 아버지 같지는 않았지만 아이들은 운규를 좋아했다. 그야 나라도 그랬으리라. 그리 다정한 아버지는 아닐지언정 아이들이 옛날이야기를 청하면 조선 제일의 연기력으로 호랑이든 토끼든 도깨비든 춘향이든 눈앞에 대령해주는 것이 꼭 요술쟁이 같았으니까. 덕분에 가정을 이룬다는 것, 가장이 된다는 것에 대하여 깊이 생각해볼 기회도 되었다. 좌우간 생각할 시간은 딱 미칠 만큼이나 많았다.

문제는 카카듀에 드나드는 손님이 점점 줄어든다는 것이었다. 영업을 재개한 지 꼭 보름째 되는 날에는 나와 함께 출근한 운규 말고는 손님이 전혀 없었고 그 뒤로도 그런 날이 드물지 않게 이어졌다. 이 또한…… 내가 손님이라도 발길을 끊겠구나 하는 생각이었다. 첫째 주인 내키는 날에만 가게를 여니 찾아왔다 허탕을 칠 위험이 있었고 둘째 내가 끓인 커피는 맛이 없어서 왔다 갔다 하는 수고에 돈까지 쓸 값어치를 못 하는 데다, 셋째…… 이제는 어여쁜 마담도 없는 가게. 모두 이해할 수 있었다.

나는 모든 것을 이해할 수 있었다.

"운규 씨."

내가 부르자 운규는 펜대를 까닥이며 내 쪽을 보았다. 대배우 겸 감독인 본인에게 의자 하나는 모자라다는 듯 옆자리에 발을 올려두고 건들거리면서.

"카카듀 닫을까요?"

"벌써?"

운규는 자세를 고쳐 바르게 앉으며 큰 소리로 되물었다.

"가게 연 지 얼마나 되었다고? 닫자면 점심때에나 닫지요."

그러게 말이오, 가게 연 지 얼마나 되었다고…….

커피가 팔리지 않으니 돈이 모이지 않았고 돈이 모이지 않으니 원두를 사다 쓸 수가 없었다. 원두라는 물건은 아무튼 말려서 볶은 것이니 멸치처럼 오래 가야 이치에 맞을 것 같았지만 며칠만 두어도 못쓰게 되었다. 팔리는 커피는 하루 열 잔도 안 되는데 원두는 때마다 사다 써야 하니 고스란히 손해만 났다.

"그런 뜻이 아니라……."

나는 운규를 가게 밖으로 데리고 나갔다. 멀뚱멀뚱 서 있는 운규 앞에 한쪽 무릎을 세워 앉았다.

"이 감독, 이게 무슨 짓이오?"

"무등 태우려는 거 아니오."

운규는 어리둥절해하며 내 어깨에 올라탔다. 체구가 작은 운규는 보기보다도 가벼웠다.

"어쩌자고?"

"거기 위쪽에, 박 좀 떼주시오."

운규는 잠시 미동도 하지 않았다. 그제야 가게를 닫는다는 말의 본뜻을 알아차린 모양이었다. 이윽고 운규가 끙 하고 용쓰는 소리를 내자 붉은 박 하나가 바닥에 툭 떨어졌다. 박을 따라 바닥으로 시선을 떨어뜨리니 어깨가 흔들려서인지 운규가 어이쿠 하고 겁을 내며 내 머리채를 움켜쥐었다. 우리는 엉터리 곡예단의 죽마 재주꾼처럼 한쪽으로 휘청거리다가 간신히 중심을 잡았다. 그러는 우리 꼴이 우습기도 했지만 상황이 상황인지라 코끝이 시큰시큰 매워오기도 했다. 연달아 두 개의 박이 더 떨어졌다. 조심조심 운규를 내려주고 보니 박 두 개는 깨지고 하나는 금이 가 있었다. 흩어진 박 조각들을 줍느라 굽혔던 허리를 펴니 길 건너에 낯익은 얼굴이 하나 서 있었다.

베레모였다.

베레모는 외투 주머니에 양손을 찔러넣은 채 굳은 표정으로 서 있을 뿐이었다. 심장이 빠르게 뛰었다. 당장 길을 가로질러 가 멱살을 잡고도 싶었고 그가 먼저 내게 다가와 못다 때린 매를 또 때릴까 두렵기도 했다. 문득 베레모가 몸을 돌려 걷기 시작했다. 나는 베레모가 떠난 빈자리를 한참 더 보다가 가게로 들어갔다.

*

"잘됐지 뭐, 이제 영화만 합시다."

가게를 정리하자 운규는 쾌재를 불렀고 운규의 말을 듣는 즉각 다음과 같은 생각이 뇌리를 지나갔다.

그만둘까? 영화도.

그 생각은 천진에서 돌아온 이후 흠뻑 젖어 있던 권태에서만 비롯된 게 아니었다. 운규와 또 동업을 하느니 영화를 관두고 말리라던 예전의 결심이 다시금 떠오른 것이었다. 물론 영화라면 조선에 운규를 따를 자가 없다는 것이야 알았다. 그가 영화계에 입문할 때부터 보아온 난데 나보다 더 아는 자가 있을까.

신년에 개봉한 운규의 신작은 내가 아는 한 조선 영화사 최초로 불길 장면을 담아낸 〈벙어리 삼룡〉이었다. 그 영화의 라스트 신을 찍느라 운규는 말복에 두꺼운 솜옷을 입고 옷에다 불을 붙이고 뛰어다녔다……. 〈아리랑〉

이후 부진하다는 평이 많았으나 그것들은 〈벙어리 삼룡〉의 라스트 신과 함께 모두 불타 없어진 듯했다.

"이제부터는 이 감독하고 나하고 문예 영화를 하는 거야. 이 감독이 신문에 소설을 쓰고 내가 그것으로 영화를 찍고. 우리를 빼놓고는 조선 영화라는 것이 성립하지도 못하게끔 해보자고."

나는 운규가 뭔가 크게 착각하고 있다고 생각했다. 〈백의인〉 이후로는 내게 신문 연재를 시켜줄 지면도 없었거니와…… 나를 그렇게 높이 평가해주는 것은 고마웠지만 내게는 이제 이야기가 없었다. 하고 싶은 이야기도, 떠오르는 이야기도. 이상한 일이지. 천진 가는 열차 안에서는 상해에서도 영화를 하리라고 굳게 다짐했건만, 그때 먹은 마음에는 한 치의 티끌도 없었건만. 마치 앨리스가 나에게서 이야기의 샘을 훔쳐 가버린 것 같았다. 속이 말라 겉으로만, 가짜로만 살아온 것이 꼭 그때부터였으니까. 그것을 도둑맞은 줄도 모르고 기차를 타버린 것이다, 멍텅구리 같은 나는…….

"우선은 시나리오 하나 쓰십시다."

"좋지요."

하지만 그 대답은 건성이 아니었다. 나는 운규와 함께 보내는 나날이 좋았고 운규의 식구들이 좋았다. 가장 좋은 것은 물론 운규였고 어쩌면 운규가 내 영감을 되찾아 줄 수도 있으리라는 희망이 또 좋았다.

시원스레 대답은 했지만 이후로도 달라진 것은 없었다. 기합으로 될 일이었다면 진작에 되었겠지. 아무 시도도 해보지 않은 것은 물론 아니다. 사랑 이야기를 써볼까? 신식 교육을 받은 남성과 대갓집 여식으로 난 구여성 사이에 사랑이 싹트지만 시대의 벽에 가로막히고 결국은 배신으로 끝이 난다. 너무 전형적이군, 못 쓰겠어. 활극을 써보자. 두 친구가 의리의 짝패를 이루어 경성 제일의 주먹이 되지만 결국은 배신으로 끝이 난다. 뭐가 이렇담? 다시. 납량영화도 좋겠지, 운규가 여지껏 하지 않은 장르니까. 우물에 빠져 죽은 이가 귀신이 되어 다시 나타나 복수를 시작하고 결국은 모두 죽어 끝이 난다, 그것이 배신자의 말로니까. 희극, 배신. 비극, 배신. 배신, 배신, 배신. 대체…… 어디부터 잘못된 것일까? 나는 앨리스가 나를 배신한 게 아니라는 것을 알았다. 앨리스는 그냥 앨리스다웠을 뿐이다. 머물어 죽기보다 쫓기듯 사는 아이, 생각보다 행동이 반보 앞서가는 아이, 애초부터 나를 조금도 필요로 하지 않았고…… 앞으로도 그리워하지 않을 아이.

나는 모든 것을 이해할 수 있었다. 더는 카페를 찾지 않는 손님들을 이해하듯 앨리스의 마음을 이해할 수 있었다. 그야 나는 감독이고, 배우고, 이야기꾼이니까. 인간의 마음을 이해하는 것은 나의 특기라야 하니까. 끝끝내 이해할 수 없는 것은 나 자신뿐이었다.

*

좌우간에 죽으라는 법은 없는지라…….

뜻밖의 인물에게서 동아줄이 내려왔다. 기탁, 〈춘희〉를 함께 만들었던, 그렇게 나를 볶아대며 찍은 그 작품을 두고 주연 여우와 홀랑 상해로 건너갔던 바로 그 정기탁이 편지를 보내온 것이었다. 자기는 이제 상해 영화계에 궁둥이를 제대로 붙였으니 걱정 말고 그대도 오라고, 평양에서 알아주는 부호인 자기 아버지에게 말해둘 테니 여비도 걱정할 필요가 없다고. 기탁이 상해로 건너간 이후 처음으로 나누는 연락이었다. 이미 상해행을 기도했다 실패한 바 있는 내 사정 따위 알 리 없는 기탁의 속 편한 소리가 기막히기도 했지만, 이거야말로 좋은 기회일지 모른다는 생각이 들었다. 믿는 구석도 없이 그저 해외 영화계 탐방이라는 명목으로 떠난 천진행과 달리 어엿한 해외 영화사의 정식 초청인 데다, 불온분자인 앨리스도 이제는 일행이 아니니 떳떳하게 조선을 떠나도 좋으리라는.

언제까지고 나를 반길 줄로 믿었던 운규의 가족들도 그즈음에는 알게 모르게 눈치를 주기 시작한지라 (언제 나간다는 말도 없이 몇 달을 눌러앉아 있었으니 원망할 도리는 없다) 더더욱 그 기회가 간절했다. 이서구를 찾아가 한 번만 더 여행 허가증을 받아다 줄 수 없겠느냐고 통사정을 했고 평양 기탁네 본가에 가서 여비도 받아왔다. 일이 잘되려 할 때는 막힘이 없는 법이라, 내가 천진에 간 사이 나와 무슨 관계인지 며칠 내내 취조를 당했다던 이서구는 여전히 내게 호의적이었고 (그가 왜 그렇게까지 나를 좋아했는가는 여전한 불가사의다) 기탁네 본가에서도 자칭 아들의 친우일 뿐 얼굴 한 번 비친 적 없는 내게 별 의심도 없이 거금을 내주었다.

문제는 운규였다.

"안 되지, 못 가지. 나하고 영화 하기로 해놓고 가기는 어딜 가나."

식구들은 내가 떠난다니 다들 마음 놓은 눈치였는데 운규만이 고집을 피웠다. 이서구와 얘기가 잘되어서 여행 허가증만 나오면 곧장 출발할 생각이었건만 운규가 방문 앞에 앉아 버티니 상해는커녕 이서구를 만나러도 못 나갈 판이었다. 운규는 요강을 끌어다 내 앞에 놓으며 엄포를 놓았다.

"가려면 시나리오 하나 써놓고 가시오."

기탁의 편지를 받은 이후로 한껏 들떠 저 혼자 상해로 날아간 듯했던 내 정신이 운규의 그 말에 별안간 내 몸으로 돌아온 듯했다. 시나리오를 쓰라고? 한동안 밥 수저 말고는 무엇에도 손대지 않고 지내온 나더러 뚱딴지같은 시나리오를 쓰라고?

"못 쓴다면?"

"정신 차리쇼. 여기서도 안 되는 시나리오가 거기 가서는 된답디까?"

그도 그렇군……. 어디까지나 영화인으로서 초청을 받은 것인데, 가서 나 이제 영화 못 만드는 폐인이오, 손 놓은 지 꽤 되었소 하면 기탁이 퍽이나 반겨주겠군. 어떻게든 다시 쓸 수 있는 인간이 되어야 했다. 운규가 떼를 써서가 아니라 나 스스로를 위해서.

나는 운규에게 새 노트와 필기구와 해태 몇 갑을 청했다. 운규는 애들을 시켜 내가 부탁한 것들을 마련해주고 내 곁에 머물며 나를 감시했다. 때로는 신문을 읽고 때로는 누워서 창을 하고 또 때로는 저도 시나리오를 쓰면서. 둘이서 쉴 새 없이 담배를 피우며 작업에 매진하니 담배 연기 때문에 노트가 안 보일 지경이었다. 운규는 내가 시나리오를 쓰는 척만 하다 도주할 것을 우려했는지 밥상 들어올 때와 요강 내갈 때가 아니면 방문을 열지 않았다.

그렇게 꼬박 스무 날을 살았나 보다. 기어이 나는 새 작품을 완성했다.

"거보라고. 하면 되잖아."

그 한다, 라는 것이 이렇게 무식한 방법이 될 줄이야 몰랐지만…… 운규 말이 맞다는 의미에서 웃었다. 엉덩이에 욕창이 나도록 앉아서 담배를 줄창 피워댄 탓에 온

몸이 넝마처럼 힘이 없었으나 마지막 문장을 쓴 후의 흥분은 아직 오른손에 남아 있다. 나는 운규에게 노트를 건넸고 방문을 등지고 앉아 있던 운규도 내게 손을 내밀었다. 한번 읽어보라는 뜻에서 건넨 노트를 내려놓고 운규는 내 손을 잡았다.

“고생했습니다, 이 감독.”

“고맙습니다.”

우리는 한동안 그대로 손을 잡고 있었다. 악수논정 하는 것도 오늘뿐이요……. 〈장한몽가〉의 한 자락이 머릿속으로 흘렀다. 운규는 눈물이 영글어 있는 얼굴을 돌리며 너스레를 떨었다.

“아차, 읽어는 보아야지. 쓰는 체만 했는지 참으로 썼는지 내 한번 보아야지.”

나는 내주었던 손을 거두고 운규의 평을 기다렸다. 감독이자 연기자인 운규는 노트를 펼치자마자 중얼중얼 대사를 읊으며 몰입했다. 내가 저를 어느 역으로 그리며 썼는지를 금세 찾아낸 모양이었다. 대사의 내용과 내가 써둔 지시에 따라 변화하는 운규의 표정을 보고 있자니 벌써 영화를 보고 있는 듯한 기분이 들었다. 내가 시나리오를 쓰고 운규가 감독 및 주연을 맡은 영화, 나와 운규의 영화…… 어쩌면 마지막이 될 우리 두 사람의 영화. 그것을 생각하니 한동안 나와 함께 스스로를 유폐하느라 나만큼이나 핼쓱해진 운규의 얼굴 위에 처음 만났던 순간의 그가 겹쳐 보였다. 라남에서 온 라운규요, 나는 이제 당신 마음입니다. 씩씩하게 말하며 엄지손가락을 치켜올려 스스로를 가리키던 운규. 내 눈가에도 눈물이 고였다. 한창 몰입한 운규가 내 눈물을 못 봤으면 해서 마른 손등으로 눈시울을 찍어내는데 별안간 운규가 폭소를 터뜨렸다. 웃어주는구나. 내가 웃기려고 쓴 극을 웃으면서 보는구나. 그것이 좋아서 나도 웃었다. 웃느라 들썩이던 어깨를 줄곧 떨며 운규는 흐느끼기 시작했다. 그래서 나도 울었다.

*

상해에서 나는 영화 두 편과 연극 한 편을 만들고 소설 한 권을 썼다. 30년부터 32년 사이의 일이다.

기탁과 손잡고 상해에서 만든 첫 영화는 망했다. 영화

사 사장 첩의 거처에 머물며 눈치를 보던 나는 기적적으로 회사를 옮겨 두 번째 작품을 만들었는데, 다행히 이 작품이 성공했다. 상해에서의 흥행에 힘입어 조선으로도 필름을 보냈는데 단성사 개봉, 상당한 인기라는 편지만 받고 상영료는 받지 못했다.

그토록 그리던 상해에 만 2년밖에는 머물지 못했던 것을 떠올리면 어리둥절한 심정이 된다. 고작 2년 살 도시에 그토록 가고 싶어 했던 것이 우습다고 하는 편이 옳을까.

상해 시절을 돌이키면 소파 선생의 〈시골 쥐의 서울 구경〉이란 동화가 떠오른다. 대처에 갈 날만을 전전긍긍 그리던 풋내기가 막상 그곳에 가서는 온갖 욕을 다 보고 어이쿠 달아나는 이야기 말이다. 상해 생활은 여러모로 내 생각과 달랐다. 첫째, 미식의 천국이고 촙수이의 본고장인 그 땅에 내 입과 위장은 끝내 적응하지 못했고 둘째, 당시의 중화 영화계는 조선 영화계보다 나은 점이 딱히 없었으며 셋째, 앨리스가 없으므로 거동이 자유로울 것이라 여겼으나 내가 조선인인 한은 언제든 체포될 위험이 있었다.

상해에 닿자마자 나는 이질을 얻었다(같은 중국인데도

천진에서는 멀쩡했는데 별일이다). 중국에서는 곽향정기약을 탕으로 먹지 않는다길래 환으로 사다 먹었다가 병세가 급격히 악화되어 하마터면 영화 한 편 제대로 찍어보기도 전에 무연고 시신이 될 뻔했다. 이제 와서야 문득 깨닫는바, 그 환에 쓰인 재료도 다 그 땅에서 그 나라 물로 길러냈을 게 아닌가. 더구나 환이란 무엇인가, 재료를 갈고 빻고 빚어낸 약이어서 성분이 응축되기 마련. 물갈이 질환에 효험을 보이긴커녕 더욱 심화시킨 것도 당연했다.

중국은 일단 조선보다 땅이 넓고 인구도 많아 관객 수도 많으리라 기대했지만 그것이 또 큰 착각이었다. 관객은 아무나 관객인가, 표를 사야 관객이지. 인구가 아무리 많아도 그들 모두에게 영화표를 척척 살 여유가 있는 것은 아닌지라 시장의 규모가 기대에 미치지 못했다. 외국인 배우인 기탁이 자연스레 한자리 꿰찬 것도, 유학생 출신인 그야 그렇다 치고 입도 트이지 않은 외국인 감독인 내가 도착하자마자 작품에 투입될 수 있었던 것도 알고 보면 시장이 그리 크지 않아서였던 셈이다. 좁아터진 나라와 쥐똥만 한 시장을 두고 서로 감독이 되겠다고 아옹

다옹하는 조선 영화계와 비교하면 경쟁이 그리 치열하지 않은 것은 좋은 점이었지만, 잠재력에 비하여 성장 속도가 느린 시장이어서 조선보다 낫다고만 볼 수는 없었다. 이것도 대공황 탓인가, 답답했지만 내 힘으로 어떻게 해볼 만한 문제가 아니었다.

답답하다고 여기저기 쏘다닐 수도 없는 점이 더욱 속을 답답하게 했다. 앨리스가 불란서 조계지의 아침을 좋아한다 했던가. 왜 좋아했는지를 나도 곧 알게 되었다. 그밖에는 좋아할 것이 별로 없었으리라. 조선인 신분으로 조계지 바깥을 돌아다니면 아무 이유 없이 체포될 수 있었다. 경성에서는 경찰을 조심해야 했지만 상해에서는 군인을 조심해야 했다. 이렇게 말해야 하다니 분하지만 속령인 조선에서 일제가 활개 치는 건 그렇다 치겠는데 엄연한 남의 땅인 상해에서 왜 일본군이 설치는지 이해할 수 없었다. 이해가 안 되어도 안 되는 대로 죽은 듯이 지내야만 했다.

그렇다고 조선으로 돌아갈 엄두는 나지 않았다. 세계 영화계를 호령해보겠노라고 기탁처럼 큰소리치고 떠나온 길인 것은 아무래도 좋았다. 망신이야 영화가 망할 때마다 겪어보았으니 새삼스럽지도 않은 몸. 상해 물을 먹었다는 이유만으로 요시찰 대상이 되는 것이 문제였다. 일제의 입장에서 상해는 대한민국 임시정부가 있는 곳이고 어떤 조선인이든 일단 그 도시에 다녀왔다 하면 아무리 허울 좋은 말을 둘러대도 핑계만 되는 것이다.

그러니 무슨 말이 더 필요하겠는가. 상해 시절의 나는 그 어느 때보다도 비참했고 세상 그 누구와도 비길 수 없도록 초라했다. 영화를 망쳐 기탁의 회사도 말아먹었을 적에는 더더욱 그랬다. 그럴 때에 나를 따라 상해에 왔다는 (그럭저럭 자리를 잡아 영화 한 편 시작했다는 편지를 이서구에게 보냈는데 그게 그대로 신문에 나간 탓인 듯하다) 조선 영화인들을 만나 의기투합, 심기일전하여 찍은 영화가 성공한 것까지는 좋았지만 일본군에 체포될까 두려워 포스터에도 내 이름을 넣지 못했고 이 영화를 조선에 팔겠다고 큰소리치며 떠난 동료는 끝내 돌아오지 않았다.

어떻게 살아야 좋을지 모르겠다.

어떻게 살아도 엉망진창일 것만 같다.

끝까지 조금도 바뀌지 않을 것 같다.

나는 앨리스가 읊조렸던 탄식을 염주처럼 굴리며 지

냈다. 마작을 배웠고 (소질도 있었거니와 내가 손님인 도박판에서는 내가 감독인 영화판에서보다 중국어가 빨리 늘었다) 서반아 카바레(불란서 조계지에 있었지만 가게 주인은 서반아인이었다)에서 뽀이 노릇도 해보았다. 상해에서 사귄 중국 친구 전한이 중국어 소설을 써보라 독려하고 직접 찍어주기까지 했는데 (그가 몸담은 '남국사'라는 단체는 극예술 연구회 겸 잡지사였다) 이렇다 할 반향은 일으키지 못했다.

홍콩에 가야겠다.

상해에 질린 내게서 또 예의 못된 버릇이 나왔다, 끝까지 진득하게 달라붙지 못하는……. 왜 홍콩이었는고 하면 당시에 4억이나 되었던 중국 인구를 500 될까 말까 하는 영국인들이 좌지우지하는 것처럼 보이는 게 인상 깊어서였던 듯하다. 적어도 거긴 영국령이라 일본놈 눈치를 볼 것도 없으리라 싶었고 항구 도시니 (이름부터가 향항香港이 아닌가) 수가 틀리면 어디로든 떠날 수 있을 듯도 싶었다. 그래 홍콩에 가자, 경성에서 상해는 어려웠지만 상해에서 홍콩은 어렵지 않으리라. 홍콩에서라면 이태리, 불란서, 서반아 어디라도 갈 수 있으리라.

그렇게 마음먹은 직후에, 거짓말처럼 이성용 씨를 만났다.

*

이미 말했듯 상해에서 첫 작품을 망치고도 두 번째 기회를 얻을 수 있었던 것은 나를 따라 상해에 왔다는 조선 영화인들을 만난 덕이었다. 그중 전창근 씨의 활약이 특히 눈부셨는데 나의 작품 〈개척자〉로 배우 데뷔한 이후 각본가, 감독으로도 활동한 그는 그 이력이 말해주듯 마스크도 브레인도 뒤지지 않는 사람이었고, 하물며는 연애술마저도 비상하여 상해에 오자마자 백계 러시아 여자와 결혼을 해버리고는 처가에 생활을 의탁하고 있었다. 우리는 농반진반으로 그를 민간 외교원이라고 불렀고 그는 별명답게 새로운 영화사와도 간단히 담판을 지어 투자를 끌어왔다. 모르긴 몰라도 우리 영화는 조선에도 중국에도 세금 한 푼 내지 않아서 더욱 이문이 남았다고 하는데, 이만하면 전창근이 얼마나 대단한 수완가인가는 더 설명하지 않아도 될 것이다.

그런 그를 어디에서 재회했던가 하면 조계지 안의 불란서 공원이었다. 불란서 조계지에 불란서식으로 꾸며두어 불란서 공원이었지만 실향 조선인 만남의 장이라 부르는 편이 더 적절할 듯싶은 곳이었다. 어설픈 중국어 실력으로 조계지 바깥에 나갔다간 체포되기 십상이고 조계지 내에서라도 조선인 티를 내며 돌아다니다가는 일본군에게 뒷돈을 받아 조선인을 조계지 밖으로 팔아넘기는 중국 경찰에게 붙잡힐 수 있었기에, 조선인들은 허름한 중국식 장포나마 사서 걸치고 불란서 공원만 하염없이 거니는 게 일과였다. 내가 그랬고 전창근이 그랬기에 우리는 만날 수 있었던 것이다, 혹시 조선…… 설마 영화…… 이 감독님? 창근 씨! 하면서.

두 번째 영화의 필름을 조선으로 들고 간 촬영기사의 소식이 감감해진 이후로 나는 발길을 끊었던 불란서 공원을 다시 찾았다. 인간의 식견으로는 설명할 수 없는 기연이 나와 전창근을 만리타향 상해에서 다시 만나게 해주었듯, 나를 홍콩으로 보내줄 누군가가 나타나주지 않을까 바란 것이었다. 공원 산보 말고는 크게 할 일이 없기도 했다. 뽀이로 일하던 카바레에서는 손이 너무 느려

해고당했고 한창 어울리던 현지인 친구 전한은 중국 정부의 조사를 받으러 다니느라 바빴으니까(그 또한 그의 나라에서는 불온한 예술인이었으므로).

바로 그럴 때에 이성용 씨가 나타난 것이었다.

공원 벤치에 앉아 이런저런 상념에 빠져 있던 나는 나를 향해 똑바로 걸어오는 신사를 곧바로 알아볼 수 있었다. 나처럼 아무 데에서나 몇 푼 주고 사 걸친 허름한 장포 차림이 아니라 양장을 번듯하게 빼입은 조선인 신사. 나는 가까워져오는 그를 어……? 어……! 하며 손가락으로 가리켰는데 그는 내 앞에 멈춰서서 모자를 벗었다. 나를 우연히 발견한 게 아니라 내가 거기에 있다는 것을 알고 일부러 찾아온 듯했다.

"오랜만입니다."

오랜만이던가, 이상하게도 그 순간 그를 어제도 만난 것 같은 착각이 들었다. 우리 가게의 건물주였던 그가 사라진 후에 앨리스도 떠났고, 그러고서 내가 가게를 닫았으니까. 그와 앨리스와 카카듀가 모두 있던 날들이 내게는 바로 어제 같았다. 헤아려보면 꼬박 3년 전 일인데도.

"여기서 뭐하는 겁니까?"

그가 상해에 있을 줄은 꿈에도 몰랐기에, 그보다 그가 사라지고서 그에 대해 생각할 일이 거의 없었기에, 더불어 한때는 그래도 가까웠다고 할 수 있는 사이(임대인과 임차인 관계)로 만리타향에서 재회한 것을 믿을 수 없었기에, 그런데 여하간 내가 상해에서 지낸 지도 2년이 되어가는데 지척에 이런 지인이 있었다는 것을 여태 몰랐다는 것이 기막혔기에 나는 줄곧 물었다. 차차 아시게 될 겁니다, 하며 그는 나를 데리고 공원을 벗어났다. 걷다 보니 임시정부 청사였다.

상해 임시정부 청사는 조계지 내 중국인 공동 가옥 한 동을 통째로 빌려 쓰는 것이어서 겉보기로는 관공서라고 생각하기 어려운 건물이었다. 이웃한 건물들에는 여전히 중국인들이 살았고 창문마다 뻗어 나온 대나무 막대기에 빨래가 나부꼈다. 누가 이런 곳에 정부 청사가 있으리라 짐작이나 하겠는가, 그렇지만 상해의 조선인들은 모두 그곳이 임정이라는 것을 알았다.

"여기서 일하십니까?"

"일단 들어가보세요."

나는 쭈뼛거리며 문 앞에 섰다. 임정 청사가 어디인지

안다고 해서 아무 때나 들어갈 수 있는 것은 아니었다. 조선인 가운데에도 일본 밀정이 있는지라 출입 통제가 삼엄했고, 조선인이라고 누구나 청사에 가보고 싶어 하는 것 또한 아니었다. 아무 짓 안 했어도 체포하는 판국에 청사에 드나드는 것을 들키면 더더욱 위험해지지 않겠는가. 가능하면 나는 임시정부와 연 맺기를 피하고 싶었다. 그래서 갑자기 나타난 이성용이 갑자기 나를 청사에 데려온 것이 황당하고 겁났다.

"반가운 얼굴이 기다리고 계시니 어서 들어가보세요."

앨리스인가.

마침내 앨리스인가, 나는 생각했다. 이성용 씨를 만났으니 앨리스를 다시 만나는 것도 꿈은 아닐 거라고.

안으로 들어가자 뜻밖에도 양식으로 번듯하게 꾸며놓은 건물 내부가 눈에 들어왔다. 이성용 씨를 따라 2층으로 올라갔다. 이성용 씨는 방문을 노크하고 검지손가락을 입술 앞에 세워 보였다. 너무 놀라지 말라는 뜻인 듯했다. 놀랄 것 없고말고. 앨리스를 다시 만나는 순간을 나는 여러 날 그려왔다. 얼싸안고 울어버릴지, 멱살을 잡고 화를 낼지, 그저 말없이 바라보고 있을지 정하지 못했으나 다만 그 순간을 간절히 바라왔다. 이윽고 문이 열렸다.

“어서 오세요, 이 선생.”

문을 열어준 사람은 앨리스와 전혀 닮은 구석이 없는 장년의 남성이었다. 앨리스를 다시 만나도 놀라지 않으리라던 결심이 무색하게 도리어 놀라버린 내게 이성용 씨가 말했다.

“인사드리세요. 김구 선생님이십니다.”

*

뜻밖에도 백범 선생은 이미 나에 대해 잘 알고 있었다. 영화인이자 작가이며 소년 시절 신학을 전공하려 했다는 사실까지. 심지어는 이런 말까지 했다.

“내 보기에 이 선생은 종교 방면으로 나가는 게 좋았겠어요. 지금이라도 연예 활동 접고 종교인으로서 우리 정부를 도와주면 어떻겠소.”

앨리스겠구나.

나의 그 모든 이력과 내력을 파악하고 있을 만한, 백범 선생에게 나에 대해 부담 없이 귀띔해줄 만한 인물을 나로서는 더 떠올릴 수 없었다. 가령 사촌 매형은 예술인으로서의 내 경력을 잘 모를 터였고 이성용 씨는 예술계에 입문하기 전의 나를 알지 못할 것이었다. 그렇다면 앨리스는 그리 멀리 있지 않겠구나. 또한 내가 예술 그만두고 종교로 선회하기를 원하는 건 백범 선생이 아니라 앨리스일 수도 있겠구나…….

"제가 상해에 있다는 사실은 어떻게 아셨습니까?"

"〈양자강〉을 보았습니다."

그건 내가 상해에 와 찍은 두 번째 영화, 조선 영화인들과 의기투합하여 만들었으나 누구의 이름도 포스터에 기입하지 못한 문제의 그 작품이었다. 감독의 이름이 불문에 부쳐진 영화를 보고 그것이 내 작품인 줄을 알 사람은 많지 않았다. 앨리스. 앨리스가 〈양자강〉을 봤다. 그리고 그걸 백범 선생에게 고했다.

"저를 여기 데려오신 이유가 무엇입니까?"

설마하니 예술 생각을 뿌리 뽑아 전도사나 목사로 만들려고 하는건 아니겠지. 백범 선생이 나를 두고 한 논평을 이해할 수 없는 것은 아니었다. 같은 조선인이라도 종교인의 활동 범위는 보다 자유로웠다. 종교인을 잡아 가

두면 단순한 조선인 핍박이 아니라 종교 박해가 되기 때문에 국제적인 보호를 기대할 수 있었다. 당장 사촌 매형 현순 목사가 그렇지 않았던가. 그가 임정 밀사로 활약할 수 있었던 까닭은 그 자신의 수완뿐 아니라 직업적인 혜택도 있었던 것이다.

"우리 정부가 다른 것은 몰라도 3·1은 목숨 걸고 기념합니다."

요는 조만간 돌아올 3·1 기념행사 연극을 내가 연출해주기를 바란다는 말씀이었다. 각본이 있느냐 했더니 없다고 하고 무대가 있느냐 했더니 청사에서 하면 어떻겠느냐 해서 무례인 것도 잊고 픽 웃어버렸다. 좁아터진 청사 건물에 무대는 그렇다 치고 대략 700명에 이르는 상해 체류 조선인들을 어찌 다 수용하려고. 이렇게 하십시다, 방금 이성용 씨가 나를 찾아낸 불란서 공원에 하루 양해를 구하여 임시 무대를 세우고 옥외 공연을 하는 겁니다. 내놓고 반일 정서 연극을 했다가 경찰에 단체로 붙들려갈 일은 없을 겁니다. 왜냐 무언극을 쓸 테니까요. 제목은…… '사망선을 넘어간다'로 하겠습니다.

나는 신들린 듯 그 자리에서 내가 올릴 연극의 얼개를

읊었다. 간만에 확신과 함께 찾아온 영감이 나를 붙들어 세우는 듯한 느낌이 들기도 했거니와, 아무리 임시정부의 요인이고 훌륭한 어른이라지만 내 예술을 깡그리 무시하는 듯한 말을 하여 내 심기를 상하게 한 백범 선생에게, 보시오 내 예술은 당신이 무시할 만한 게 아닙니다, 선포하고 싶었던 것이다.

이야기를 마치고 청사를 나와 이성용 씨와 산보를 좀 더 했다. 이성용 씨는 여기서도 의사로 일하고 있다고 했다. 처음에는 경성에서처럼 적당한 자리를 구해 이성용 의원이라는 간판을 내걸었지만 곧 문을 닫고 불란서 의사가 크게 하는 병원에 월급 의사로 들어가게 되었다고.

"중국 경찰들에게 뇌물을 주지 않았더니 온갖 핑계를 붙여 잡아가려 하더군요."

불란서 병원에서 근무하지 않을 때는 임시정부 관련 인사를 비롯한 조선인들을 진찰한다고 했다. 700에 이르는 동포 모두가 그의 환자였다. 고작 700이 아니라 무려 700이었다. 상해의 탁한 물 탓에 물갈이 병을 앓는 사람, 일자리가 달리 없어 공사판에 갔다 몸이 상한 사람, 아직 조선말밖에 못해 의사에게 어디가 아픈지 설명할 수 없는 사람, 돈이 없어 의사를 만날 엄두도 내지 못하는 사람……. 무엇보다도, 즉시 치료해야 하는 부상이나 질환에도 불구하고 병원에 갈 수 없는 임시정부 요인들. 어쩌면 그는 멋대로 조선을 떠난 게 아닐 수도 있겠다는 생각이 뒤늦게야 들었다. 상해는 그가 필요했을 것이다.

"혹시 앨리스와는 소식이 닿으십니까?"

이 질문을 하며 나는 스스로에게 상처를 입혔다. 앨리스와 아무 사이도 아닌 그에게, 그러니까 그가 내게 묻는 것이 아니라 내가 그에게 이런 것을 물어야 한다는 사실을 믿을 수 없었다.

"미스 현은 상해에 있습니다."

헤어지기 직전에 이성용 씨가 말했다.

"곧 만나게 될 겁니다."

우리는 다음 모퉁이에서 서로를 등지고 흩어졌다. 상해의 조선인들은 서로의 거처를 함부로 밝히지 않았다. 누가 밀정이고 누가 무고한 동포인지 알 수 없으니까. 물론 나를 임정에 데려간 이성용 씨가 밀정이라 생각할 수는 없었고 이성용 씨도 내가 밀정은커녕 물정 모르는 예술가일 뿐임을 잘 알 터였지만 그렇게 하는 것이 일종의 풍습인지라 우리도 그에 따랐다. 더구나 당시 나의 처소는 나 혼자 묵는 곳도 아니고 중국 대학생들의 하숙방이었다. 그때 내 유일한 수입은 전한이 소개해준 학생들에게 일본어를 가르쳐 받는 삯이었고 그나마도 변변치 못해 숙식을 제공받는 것으로 얼마간 무마하고 있었기 때문이다. 남자 대학생 세 사람의 체취, 특히 발냄새가 얼마나 무시무시했는지 나는 마작판을 전전하며 밤을 새고서야 숙소에 돌아가곤 했다.

다음 날부터 나는 공무원처럼 임정 청사에 출근하며 3·1 기념 연극을 만들기 시작했다. 함께 영화를 찍었던 인물들을 데려다 배우로 세우고 표정과 동작 연기 하나하나를 세심하게 가르치며 극본을 썼다. 무언극이기 때문에 다른 요소들 하나하나에 더욱 정성을 쏟아야 했다. 무대 예술을 맡은 김광주 씨에게 섬세한 배경을 주문했고 주연을 맡은 전창근에게는 잔잔하고 무뚝뚝한 연기를 요청했다. 눈물은 관객들의 몫이니까. 정든 집을 떠나 만주를 거쳐 상해에 이르는 묵묵한 여정에 누구도 눈물을 참을 수 없으리라. 백범 선생, 특히 그를 울리는 것이 나의 목표였다.

그러나 나의 열심이 백범 선생의 무심한 논평에 대한 작은 원한 때문만은 아니었다. 근처에 얼씬거리기도 꺼려지던 청사에 문턱이 먼저 닳을는지 내 신발 밑창이 먼저 닳을는지 재보기라도 하듯 드나들었던 것은 언젠가 앨리스가 거기 나타나리라 믿어서였다. 앨리스, 내 상냥한 조카이자 고약한 동업자 앨리스, 천사 같기도 하고 악마 같기도 한 앨리스, 나를 구하러 온 줄 알았지만 내 세계를 무너뜨리고 떠난 나의 앨리스.

앨리스는 끝내 청사를 찾지 않았다.

*

임시정부의 3·1 기념식은 아이런리 한인 교회에서 거행되었다. 내가 제안한 대로 불란서 공원을 이용하는 방안도 검토되기는 했지만 행사가 해 기운 뒤에 열릴 텐데 조명 장치가 충분치 않다는 우려가 있어 예배당을 수배했다고 들었다. 하긴 아닌 밤중에 사복 경찰이 관객을 뒤에서부터 하나둘 체포해 가면 곤란한 노릇, 납득할 만한 처사였다.

장소 탓인지 그야말로 예배를 연상케 하는 지루한 (백범 선생을 비롯한 임정 인사들께는 죄송한 말씀이지만 솔직히 어쩔 수 없지 않은가) 식순이 흘러간 후에 기념 연극 무대 설치가 시작되었다. 좁은 예배당을 꽉꽉 채운 300여 명의 동포들은 누구 하나 떠나지 않고 자리를 지켰다. 이윽고 개막. 예배당 단상을 가리고 있던 허름한 커튼이 걷히자 어떤 노인이 큰 소리로 흐느끼기 시작했다. 예상대로였다. 관객들은 1막 배경인 조선 가옥 안마당의 형상만 보고도 울음을 터뜨렸다. 김광주 선생이 꼬박 엿새 걸려 그린 1막 배경은 그들 모두의 등 뒤에 놓인 조선 그 자체였다. 전창근의 등장. 처자식들이 그의 팔다리를 하나씩 붙들고 눈물을 쏟았다. 일본군을 피하여 단신으로 떠나야만 하는 망명객의 단호하고도 처절한 모습. 객석의 울음소리는 더더욱 커져갔다. 이미 이 극의 모든 것을 머리에 새겨두어 더는 새롭게 느끼지 못하는 나조차 관객들의 설움에 휩쓸려버릴 것만 같았다.

그렇다고 슬프게만 만든 극은 아니었다. 망명객 주인공을 쫓아다니다 엉덩방아를 찧고 서로를 겨누는 일본군의 슬랩스틱 코미디는 울던 관객들을 웃기기도 했다.

그렇지, 그렇지, 나는 주머니에 넣은 손으로 주먹을 부르쥐며 되뇌었다. 극이 뜻대로 풀려가고 연출가의 의도대로 관객들이 울고 웃을 때의 쾌감은 내가 아는 다른 어떤 만족감과도 비길 수 없었다. 미식으로 얻은 포만감도 단잠 후의 상쾌한 심신도 작품을 완성한 예술가의 기쁨에는 댈 게 아니지. 작품의 완성은 물론 관객 앞에서 이루어지는 것이고……. 이렇듯 내 마음 또한 벅차오르고 있었지만, 민족애로 요동치는 객석의 반응과는 조금 다른 결의 감동이 내게는 있었던 것이다.

객석에서 앨리스를 발견한 것은 바로 그 순간이었다. 2막 개막, 눈 덮인 만주 벌판을 헤매다 지쳐 무릎 꿇는 전창근. 무대 뒤에서는 총성 효과음을 낸다고 각목에 못을 박느라 바쁠 터였고 조명은 긴장감을 조성하기 위해 객석과 무대를 어지럽게 훑고 있었다. 짧은 순간 조명이 예배당 출입문 바로 옆을 짚고 지나갔고, 거기에 꿈에서도 잊을 수 없던 얼굴이 거짓말처럼 떠올랐다. 너무 밝은 빛은 눈을 감은 후에도 눈꺼풀 밑에 도장을 찍은 듯이 뚜렷한 자국을 남기는 법. 조명이 그 자리를 떠난 후에도 내 눈에는 계속 앨리스의 얼굴이 선했다. 꿈인가, 착각인가.

나는 벽에 등을 기댄 채로 옆으로 조금씩 움직였다. 예배당 단상 가까이에서 앨리스가 서 있는 출구까지 가려면 한참을 그렇게 가야 했다. 기념식과 연극을 보러 온 인파가 예배당 긴 의자들 사이를 빽빽하게 메우고 있어 벽에 등을 붙이지 않고서는 움직일 수도 없었다.

네모난 예배당 두 변을 돌아 출입구 바로 옆까지 갔으나 거기에 앨리스는 없었다. 앨리스 또래의 젊은 여자 하나 없었다. 그것이 도리어 앨리스가 거기 있었다는 명백한 증거라고 나는 생각했다. 나는 앨리스와 비슷한 사람을 보고 앨리스라 착각한 게 아니라 정확히 앨리스를 보았고, 앨리스는 그 자리를 떠난 것이 틀림없었다. 아마도 나를, 까닭은 모르겠으나 아무튼 내가 다가오는 것을 보고 피하느라.

나는 정신없이 예배당 문을 나섰다. 3·1 기념식이 한창이었기에 한인 주거지인 아이런리는 텅 비어 있었다. 예배당을 등지고 걷는 여자의 뒷모습만이 오롯했다. 몸을 숨길 지형지물이 달리 없는 큰길이었다. 상해에서는 드문 눈이 내리고 있었다. 무대에서와 같은 눈이…….

"앨리스!"

나는 큰소리로 외쳤다. 앞서 걷던 여자가 멈칫하더니 더욱 빠르게 걷기 시작했다. 예배당 안에서와 마찬가지였다. 멈춰서지 않는다는 것은 그가 앨리스가 틀림없다는 증거였다.

"현미옥!"

더욱 목청을 높여 부르자 여자는 뛰기 시작했다. 나는 그 뒤를 따라 달렸다. 질고 가는 눈이 얼굴에 난 모든 구멍으로 뛰어드는 것을 느끼며, 가쁜 숨과 튀는 침을 가누지 못하며, 금방이라도 넘어져버릴 듯한 기세로 달리며 외쳤다.

"나는 너를 용서한다!"

그건 내가 한 번도 떠올린 적 없는 말이었다. 앨리스를 다시 만나는 순간을, 앨리스 앞에서 내가 지을 표정을, 앨리스에게 내가 건넬 첫마디를 수없이 떠올리고 가다듬었으나 용서라는 말을 염두에 둔 적은 없었다. 하지만 실제로 앨리스를 만난 그 순간은 달랐다. 재회는 내가 그려온 어떤 방식과도 같지 않았고 내 입에서 튀어나온 것은 생각지도 못한 것이었으나, 그 말을 내뱉은 순간 나는 앨리스에게 전하고 싶었던 단 한마디가 바로 그 말이었음을 알았다. 눈물이 얼굴 뒤로 달리고 있었다. 근 몇 년 사이 죽도록 달려본 적이 없었기에 목구멍으로 피비린내가 올라왔다. 여자가 제자리에 멈추어 돌아선 것은 돌연한 순간이었다.

틀림없는 앨리스였다.

어째서인지 나는 더 다가갈 생각을 못 하고 앨리스를 따라 멈춰 섰다. 가로등 아래에 선 앨리스는 기묘한 표정을 짓고 있었다. 가소로워하는 듯도 하고 가엾어하는 듯도 한 얼굴. 네가 뭔데 나를 용서하냐는 듯도 했고 나도 너를 용서하겠다는 듯도 했으며 피차 용서 같은 건 필요 없지 않냐는 듯도 했다. 그 표정이 너무도 묘해 가까이 가지도 물러서지도 못하고 우뚝 선 채 보고만 있었다. 가로등 불빛이 그리는 원뿔 모양의 무대 아래, 눈 내리는 무대 위 일인극 주연처럼 서 있는 앨리스는…… 보다 보니 앨리스가 아닌 것 같기도 했다.

한참 만에 앨리스는 다시 돌아서서 걷기 시작했다. 작은 소리로 뭐라 말한 다음의 일이었다. 우리는 서로 멀리에 서 있었고 우리 사이에는 진눈깨비가 흩날리고 있었기 때문에 나는 앨리스의 말을 알아들을 수 없었다. 입

모양과 아주 가늘게 들려온 목소리로 내용을 짐작할 뿐.
……지 마. 앨리스는 그렇게 말했다. 오지 마 또는 죽지 마. 앨리스는 나에게 뭔가를 금지하려 했고 나는 그것이 무엇인지 알 수 없었다.

예배당으로 돌아갔을 때, 연극은 모두 끝나 있었다.

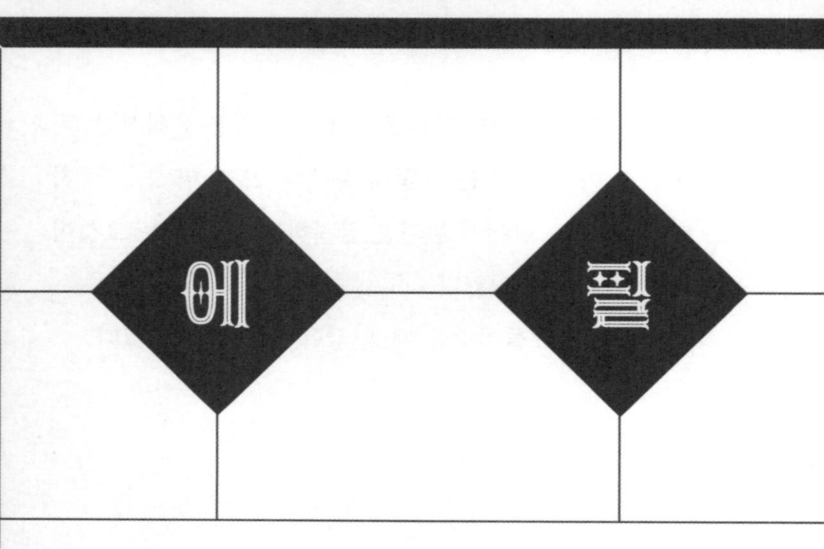
에
필

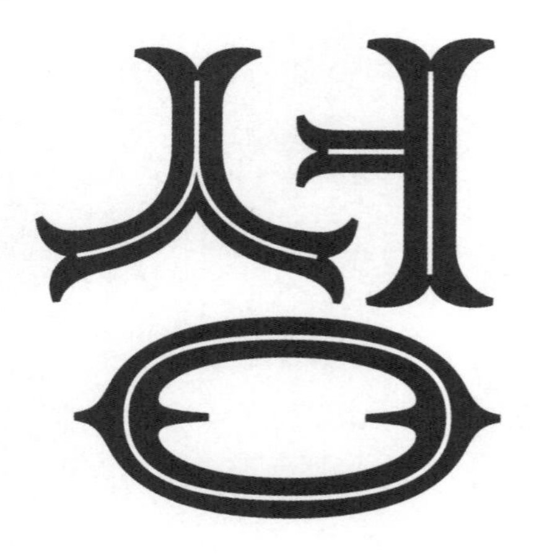
성

탄

여자애의 입은 늘 조금 벌어져 있다. 그 애의 커다란 눈이 언제나 열려 있듯이. 말이 많다는 뜻은 아니다. 여자애는 조금 낯을 가리는 편이고 제 딴에 까다롭게 가려 낸 몇몇 사람 앞에서만 안심한 듯 조잘대기 시작한다. 그런 그 애가 입술을 잘 여미지 않는 건 아직 입으로 숨 쉬는 편이 익숙해서다. 주의를 기울여 들으면 무척 작고 가벼운 짐승이 재빨리 지나가는 듯한 소리가 식식 울린다. 그러다 기침이 터지기도 한다. 콜록, 한참 열어두어 마른 목구멍에 쌓인 먼지를 몰아내야 할 테지, 콜록. 기침할 때는 윗입술 안쪽 가운데의 뾰족한 부분이, 아직 젖을 뗀 지 몇 년 되지 않았다는 증거인 그 꼭짓점이 순간적으로 도드라져 보인다. 넓은 이마를 둘러싼 잔머리 몇 가닥은 어린애 특유의 기름기에 젖어 이마 선에 달라붙어 있지만 귀밑을 따라 내려온 또 다른 머리칼 몇 가닥은 그 애가 기침하는 박자에 맞추어 허공으로 나풀거린다. 콜록! 여자애는 온몸으로 폭발할 것처럼 기침해놓고는 아무 일 없었다는 듯 저 혼자만의 공상에 빠져버린다. 뒷짐을 지고 서 있는 여자애. 깡마른 팔을 등 뒤로 하고 살짝 나온 배를 앞으로 볼록 내밀고, 고개를 약간 기울여 뭔가를 골똘히 생각하는 여자애. 몸에 비해 조금 긴 다리는 팔처럼 말랐고 무릎 오금 안쪽과 복숭아뼈에 때가 조금 있다. 에그, 칠칠치 못한 것. 나는 속으로 혀를 차지만 그까짓 것 가지고 애를 타박할 생각은 전혀 없다. 한참 만에 여자애는 문득 고개를 돌리고 현관 앞 안락의자에 앉아 있는 나를 발견한다. 여자애는 벌어져 있던 입을 더욱 크게 벌려 웃으며 외친다.

퍼!◆

◆ 퍼(พ่อ): 태국어로 아빠.

그래, 그래. 그게 나란다.

나는 팔을 열어 그 애가 달려와 안길 공간을 만들어준다. 스스럼없이 내 품에 뛰어드는 아이는 놀라울 만큼 가벼워서 깃털과 뼈밖에 없는, 뼈조차 속이 비어 있는 작은 새 같다. 너무도 작고 약해서 정신을 바짝 차리지 않으면 내가—쭉 보아오신 바대로 조금도 강한 인간이라 할 수 없는 나조차—그 애를 고장 내고 말 것만 같다.

내게 들려줄 말이 많지만 입으로 숨 쉬는 습관 탓에 말하다 말고 엉뚱한 지점에서 멈추어 숨을 몰아쉬어야 하는 아이. 이해할 수 없는 이유로 엉엉 우는가 하면 별것도 아닌 일 가지고 자지러지게 웃기도 하는 아이. 대단히 영특하지도 눈에 띄게 예쁘장하지도 않아 또래의 다른 아이들과 별다르지 않지만, 그 누구와도 바꿀 수 없이 귀하고 사랑스러운 나의 아이.

만약 누군가 이 애를 다치게 하거든 그 자의 뼈와 살을 모조리 발라버려야지.

아이를 통해 나는 사랑으로 가득 찬 마음이 아무렇지 않게 잔학해질 수도 있다는 것을 깨닫는다. 그러고는 매형을 떠올린다. 앨리스의 아버지도 오래전 이와 비슷한 생각을 했을 테니까. 열 살 열한 살 남짓, 내가 한창 미워하던 시절의 앨리스를 매형은 마음 깊이 아끼고 사랑했을 것이다.

가끔은 내가 그만한 여자애의 아버지가 되었다는 사실을 믿기 어렵다.

*

카루나.

이것이 아이의 이름이다.

카루나는 산스크리트어로 자비를 뜻한다. 태국어에서는 영어의 'please'처럼 부탁과 요청의 문장에 쓰이기도 하는 말이다. 아이에게는 한국식으로 지은 한자어 이름도 있다. 카루나 또는 려麗. 태국 이름으로 불러도 한국 이름으로 불러도 아이는 돌아본다. 동생들과 달리 진득하게 배워 한국어만으로도 나와 제법 말이 통한다. 나와 제 어머니를 닮아 말에 대한 감각이 둔하지는 않은 듯하다.

아내는 기자였다. 중국 국민당계 화교 신문을 내는 신문사가 아내의 직장이었다. 이른바 태국 제일의 반공반

일언론. 코뮤니즘에 대해서라면 나도 이성용 씨(코뮤니스트가 아니지만, 코뮤니스트 친구가 많다)와 별다르지 않으나 반일이라면 태국인들에게 한 수도 접어줄 수 없었다. 그 점에 아내는 호기심을 느낀 것 같다.

아내를 만나기 전까지 나는 태국어를 한마디도 못 했다. 내가 태국에서 처음 얻은 직업은 화교 학교에서 영어를 가르치는 것이었기에 원래 할 줄 알던 중국어와 영어로 아무 불편 없는 생활을 할 수 있었다. 일부러 태국어를 배우지 않은 데는 태국에 오래 머물지는 않으리란 결심도 섞여 있었다. 건방진 외국인에게 국어를 가르치기로 마음먹은 당돌한 소녀 기자(아내는 나보다 열 살 어리다)가 아니었다면, 지금과는 사뭇 다른 삶을 살게 되었으리라. 인도에서 철학을 배우고 싶었고, 영국에서 희곡을 쓰고 싶었고, 이태리에서 영화를 찍고 싶었다. 뜻대로 되었다면 나는 행복했을까? 아이가 있었을까? 결혼은 했을까? 어쩌면 이 나이가 되기 전에 객사했을지도 모르지. 꿈 많던 시절의 나는 내가 보헤미안이라는 사실을 조금도 의심하지 않았다.

태국에는 임시로 머물 생각이었다. 상해에서 일본어

과외를 해주던 중국 대학생들이 태국 화교였는데, 그중 하나가 홍콩으로 바로 가는 것보다 방콕을 경유하는 게 낫고 방콕의 저희 집으로 가면 얼마간 도움을 받을 수 있을 거라 해서 그 뒤를 따른 것이었다. 태국, 좋지. 태국은 아시아에서 일제의 영향력이 가장 약한 나라. 또한 내가 알기로 아직까지 앨리스가 다녀간 적이 없는 나라……. 그때까지의 내 인생에 앨리스의 미답지는 없었다는 점이 판단을 수월하게 했다.

내가 떠나온 때는 1차 상해 사변이 소강상태에 접어들던 때, 일본이 전승축하기념식을 열던 때, 매헌 윤봉길 선생이 의거를 일으킨 때 그러니까 내가 상해에서 임시정부 3·1 기념 연극을 올린 지 두 달이 되어갈 무렵이었다. 장부출가생불환丈夫出家生不還. 매헌 선생이 상해를 향하며 남긴 말이라고 한다. 무릇 뜻을 품고 길을 나선 장부는 살아서 집에 돌아갈 생각을 말아야 한다는……. 마땅한 뜻이 없으나 돌아갈 집도 없었던 나를 한동안 머쓱하게 만든 말이다.

막상 와보니 (그동안의 모든 것들이 그랬듯) 태국도 생각과는 다른 나라였다. 생전 본 적 없는 야자나무들이 사방에 태연하게 자라 있는 열대의 풍광부터도 말할 나위가 없지만, 왕실이 건재하므로 일제의 영향력이 덜하리라는 믿음이 가장 큰 착각이었다. 태국이 일제의 식민국이 되지 않은 까닭은 일제와 동맹을 맺어서였고 일제가 저희들 말로 '대동아전쟁'이라 하는 침략 전쟁을 개시하자 동맹은 일본군 무혈입성의 근거로 전락했다. 일제가 태국을 버마 침공의 전진기지로 삼을 동안 우리는 신혼집을 뒤로하고 아내의 친척 집을 전전하며 숨어 살았다.

카루나, 카루나.

카루나는 자비. 카루나는 부탁합니다.

전쟁이 끝나 방콕으로 돌아온 우리 부부는 나란한 병을 앓고 있었다. 남들은 더위 먹어 죽기도 하는 방콕의 열대야에 아내는 오한으로 덜덜 떨었다. 내게는 몸 왼편이 점차 마비되어가는가 싶더니 문득문득 시야에 이글대는 불빛이 뛰어드는 증상이 있었다. 나는 종로 경찰서장 앞으로 편지를 썼다. 전쟁이 끝났으니, 일제가 물러갔으니 이제는 고국에 연락해도 좋으리라 생각한 것이다. 우리 형을 찾아주십시오. 형에게 내가 살아 있다고 전해주십시오. 답장은 개성에서 왔다. 개성에 사는 형은 의원이었고 방콕에 사는 나는 환자였다. 다음 편지에서 나는 형에게 나와 아내의 증상을 소상히 보고했고 형은 약재를 보낼 수 없으니 처방을 써 부친다는 답장을 주었다. 형이 준 처방을 화교 약방에 들고 가 300첩의 약을 달였다. 형은 명의였다. 나와 아내 모두 씻은 듯이 나은 것은 물론 결혼 10여 년 만에 첫 아이를 얻었다.

카루나.

카루나는 자비. 카루나는 부탁합니다.

이것이 내 아이의 이름이다.

*

아빠, 내일이 크리스마스래요, 크리스마스는 크리스트교의 기념일이래요, 크리스트교는 지저스 크라이스트를 믿는 종교인데 크리스마스는 지저스 크라이스트의 생일이래요. 알고 있었어요?

아니, 처음 듣는다.

태국은 불교 국가라서 성탄을 기념하지 않는다. 별일인 양 쓰기는 했지만 내게는 그렇게 어색하지 않은 일이다. 종교 문제도 그러하려니와, 눈이 내리지 않는 나라에서 성탄을 기념한다는 것이 오히려 기이하지 않은가. 이 상서常暑의 고장에 구유에 누운 아기 예수나 붉은 털옷을 차려입은 산타 영감 같은 것은 영 어울리지 않는다.

그런데요 크리스마스는 어른이 어린이한테 선물을 주는 날이래요.

이제야 본심을 드러내는구나, 요 녀석.

나는 손바닥으로 아이의 정수리를 마구 문지른다. 기껏 매만져두었던 머리가 도로 엉망이 되어 나도 아이도 웃음을 터뜨린다.

그래서 어떻게 하면 좋겠니?

백화점에요, 커다란 크리스마스 장식이 있는데요. 장난감 세일도 막 하구요, 운이 좋으면 합창단을 볼 수도 있대요.

보러 갈까?

아이는 고개를 크게 끄덕이고 내 무릎에서 뛰어내린다.

좋아, 둘이서 백화점에 드라이브 가자. 쌍둥이들 선물도 사고 막내 선물도 사고 엄마 선물도 사자.

엄마는 어린이가 아닌데요?

아빠보다는 어리지 않니.

아이는 잠깐 찌푸린 얼굴로 갸우뚱거리다 나를 따라 차에 오른다. 어린이도 아닌 엄마가 선물을 받는다고 해서 제가 손해 볼 일은 아님을 깨달은 듯하다. 차는 곧 아이가 말한 백화점에 닿는다. 우리는 주차장의 무더위를 헤치고 회전문을 지나 사늘하고 쾌적한 쇼핑몰 안의 대기에 이른다. 내 말이 맞죠. 아이는 의기양양해하며 1층 광장을 장식한 크리스마스트리 앞으로 나를 이끈다. 붉은색 반팔 셔츠 차림의 중창단이 트리 앞에서 크리스마스캐럴을 부르고 있다. 눈 대신 솜으로 장식한 트리와 높은 확률로 단원 전체가 불교도일 캐럴 중창단 앞에서 나는 웃어야 할지 울어야 할지 갈피를 잡지 못한다. 그들이 여기에 성탄을 불러오려 한 노력은 조금도 우습지 않지만, 오히려 참된 마음으로 그들의 노력을 치하하고 싶지만, 그들이 있는 힘껏 재현한 모조 성탄 덕에 새삼 깨달아 버린 것이다. 내가 겨울을 영원히 압류당했다는 사실을.

아빠?

아이가 바지 자락을 잡아당긴다. 나는 아이를 따라 몇 발짝 앞으로 나선다. 하마터면 양쪽에서 다가와 나를 짜

부러뜨릴 뻔한 자기연민과 애상로부터 가까스로 몸을 피한다. 그래그래, 가자. 뭘 갖고 싶으니? 쌍둥이들은 뭘 좋아할까? 아이는 신이 나서 이리저리 나를 끌고 다니며 제 마음에 드는 물건들을 구경시킨다. 나는 아이가 이끄는 대로 이 가게 저 가게를 오가면서도 상념에 젖은 채다. 가령 겨울은, 계절은 내게서 압류된 것이 아니라 유예된 것일지도 모른다는 생각. 나는 봄에 상해를 떠나 여름의 나라에 왔으므로, 긴 여름의 끝에 나는 다시 가을과 겨울을 돌려받을 수 있을지도 모른다는 생각. 내가 두고 온 차가운 계절들이 썩지도 않고 고국에 놓여 있으리라는 생각.

아빠, 빨리요. 아이의 재촉에 나는 정신을 차리고 지갑을 연다. 으응 그래그래……. 하지만 상념에는 아무 힘도 없다. 허깨비처럼 눈앞을 스치며 어리석은 나를 홀릴 뿐이다. 한국에 이제 나를 기다릴 사람은 없다. 형을 비롯한 가족들은 6·25때 죽거나 행방이 묘연해졌고 운규는 그보다 훨씬 전, 내가 태국에 자리를 잡을 무렵 목숨을 거두었다. 내가 다시 영화를 시작하거나, 적어도 태국 현지 문화계 소식이라도 전해주리라 믿으며 편지를 보내

오던 기자와 영화인들은 무역업으로 밥벌이를 시작했다는 나의 말에 하나둘 소식을 끊었다. 후회는 없다. 카루나, 내 아가야. 이건 이 미친 세상에서 내가 누릴 수 있었을 삶 가운데 가장 덜 참혹한 것이다. 하지만, 하지만 앨리스, 한 번만 더 앨리스가 내 눈앞에 나타나준다면.

나는 예술을 믿었다. 신을 믿듯이 아름다움을 숭앙했다. 아름다움을 추종함과 마찬가지로 사랑을 믿었다.

그리고 현앨리스가 나타났다.

그 애는 나의 모든 것을 바꾸어놓고 처음부터 존재하지 않던 사람처럼 사라졌다.

태국에 처음 도착해 연락한 이성용 씨는 앨리스가 미국으로, 포와가 아닌 미국 본토로 갔다고 전했다. 어디서 무엇을 하느냐 묻자 뉴욕에서 대학에 다닌다는 답이 돌아왔다. 2차 상해 사변을 전후하여 이성용 씨와의 연락이 끊어진 후에는 한국에 남아 있던 지인들의 편지에서 앨리스가 다시 등장했다. 그 애가 미군정에서 통역으로 일하고 있다는 소식이었다. 얼마 지나지 않아 다른 편지에서는 앨리스가 서울에서 추방당했다는 이야기가 나왔다. 공산주의자라는 혐의가 있었다는 것이다. 그러더니

6·25 발발 직전에는 앨리스가 아들과 함께 평양으로 갔다는 소식도 전해졌다. 이즈음부터 아내가 앨리스를 그만 잊어버리는 게 어떻겠느냐 권해오기 시작했다. 태국은 반공 정서가 매우 강한 나라라서 가까운 사람이 공산 진영에 속해 있다는 사실이 알려지면 여러모로 피해를 입을 수 있다는 것이었다. 납득할 수 있는 이야기였다. 나는 그저…… 한 가지 생각만을 했다. 여전하군. 앨리스가 여전해서 안심이었다. 전쟁이 났을 때도 큰 걱정이 없었다. 그 애라면 아마 난을 피했으리라. 요령 좋게 빠져나와 내가 들어본 적도 없는 나라에서 나로선 상상도 할 수 없는 일을 하며 후일을 도모하고 있으리라. 어느 날 갑자기 우연인 것처럼 내 앞에 나타나 어머 아저씨 아니세요, 이런 곳에서 다 뵙는군요, 인사를 건네리라. 나를 이용할 거면서 태연히도.

이제는 기꺼이 이용당해줄 수 있는데 어째서 나타나지 않는 거니.

나는 돈을 많이 벌었다. 연극을 하면서나 영화를 하면서는 상상도 못 했던 수입을 무역으로 올렸다. 화교들한테서 배운 수완인지라 화교들처럼 부동산을 샀다. 팔 수 있는 건 전부 팔아 땅과 건물로 바꾸었다. 가난이 지병처럼 느껴지던 시절이 있었고 그때를 돌아보기 싫어서 죽도록 벌었다. 예술에 미련이 없느냐고 한다면 그렇지는 않았지만, 그게 생활보다 중요하다고 느끼는 시절이 나를 지나가버린 지 이미 오래였다. 속물이라고 불러도 좋다. 하지만 스스로는 속물이라 느낄 수 없었다. 나 자신을 위한 부가 아니었으니까. 아픈 아내를 위해서. 나의 딸 카루나, 쌍둥이들, 막내아들을 위해서.

또한 언제 나타날지 모를 앨리스를 위해서.

이제 가요, 하고 아이가 내 손을 잡아끈다. 고삐를 치듯 아이는 내 손으로 내 다리를 몇 번이나 반복하여 두드린다. 나는 한참 동안 멍하니 있던 나를 그제야 깨닫는다. 실컷 쇼핑을 하고도 아이는 조금 부아가 난 듯한 표정이다. 그야 기껏 데리고 나온 아버지란 사람이 제 신명에 맞장구를 쳐주긴커녕 넋을 잃고 망부석처럼 서 있기만 하니 심통이 날 만도 한 노릇. 나는 아이의 기분을 풀어주려 안아 올린다. 품에 안고 다니기에는 아이가 좀 큰데다 짐도 많다. 그렇지만 나는 될 수 있는 한 오래 그 애를 안고 걷는다.

우리 딸, 아빠가 재미있는 이야기해줄까?

마지못해 기분을 풀어준다는 듯 아이는 고개를 끄덕인다. 나는 예전에 쓴 시나리오를 아이가 알아듣기 좋게 풀어 들려준다. 옛날에, 아빠가 살았던 나라에, 사이가 나쁜 윗마을 아랫마을이 있었다……. 아이는 내가 영어 선생이었던 것은 알지만 영화감독이었다는 것은 모른다. 큰맘 먹고 산 에르메스 타자기로 내가 무엇을 쓰고 있는지 모른다.

그게 아빠가 지금 쓰고 있는 이야기예요?

아니, 이건 아빠가 아는 어떤 사람 이야기야.

그런데?

크리스마스에 잘 어울리는 이야기 같아서.

그럼 좋아요.

앨리스와 보낸 그해 성탄절에 나는 앞으로의 모든 성탄이 이랬으면 좋겠다고 막연히 바랐다. 이후의 모든 성탄이 그와 같기는커녕 성탄절을, 성탄이 있는 계절 전체를 송두리째 몰수당한 것처럼 나는 지내왔다. 하지만 이런 성탄도 나쁘지는 않지……. 오히려 이게 내가 누릴 수 있는 가장 아름다운 성탄일지도 모르지. 나는 조수석에 앉은 아이의 머리를 쓰다듬는다.

우리는 차에 선물을 싣고 집으로 돌아간다.

*

내가 조선에서 쓴 마지막 시나리오를 보고 운규는 웃었다. 울기도 했지만 웃기를 더 많이 웃었다. 나는 운규가 왜 웃는지를 알았다. 멋쩍어 따라 웃기도 했지만 운규가 웃다 말고 이 영화는 자기가 찍을 수 없다고 하면 어쩌나 하는 걱정이 더 컸다. 하지만 운규는 그 영화를 찍었다. 찍은 것 같다. 내가 그 영화를 보지 못해서 안타까울 뿐이다.

이야기의 제목은 '철인도'.

줄거리는 이렇다. 언덕 위에 교회와 야학당이 있다. 언덕 남북으로 자리한 두 마을이 공유하는 교회와 야학당. 교회 목사이자 야학당 교장인 목사 서재운은 서로 사랑하고 힘써 배우며 두 마을이 연합하여 새 역사를 써보자는 계몽 정신을 설파하지만 윗마을 아랫마을은 오랜 반목을 해체할 생각이 조금도 없다. 그들의 반목은 고된 노동과 찌든 가난을 극복할 그들만의 취미 활동과도 같은 것이다.

상황을 일변시킨 것은 한 여인이다. 아랫마을 패거리 대장 개고기(내가 운규를 염두에 두고 쓴 배역), 윗마을 패거리 대장 경칠삼, 탄광 대장 원십장이 동시에 한 여인에게 반한다. 아리따운 묘령의 여인은 다름 아닌 서재운의 딸. 포와 유학에서 막 귀국한 참이다.

아마도 운규는 이 지점에서 박장대소했을 것이다. 포와에서 돌아온 목사의 딸 서마리아. 어디서 많이 본 듯한, 특히나 운규가 못 잡아먹어 안달이었던 누군가가 떠올랐겠지.

이어지는 이야기는 다소 전형적인 것이다. 탄광 원십장은 경칠삼을 꼬드겨 개고기와 싸우다 죽게 만들 흉계를 꾸미고 마리아를 독차지하려 한다. 경칠삼은 처음에는 원십장의 흉계에 넘어가는 듯하다 개고기 덕분에 자기가 속았다는 사실을 알아차린다. 두 사람은 임시 동맹을 맺기로 하고 원십장이 보낸 수백 명의 탄광 깡패와 맞서 싸운다. 두 사람의 몰아치는 액션이 이야기의 뻔한 구멍을 메꾸고, 마침내 모든 악을 물리친 두 대장은 손을 맞잡는다. 방금 펼친 싸움처럼 앞으로는 위아랫마을이 연합하여 어려움을 헤쳐나가보기로 다짐한다. 과정은 난폭했을지언정 서재운 목사가 그렇게 부르짖던 계몽 운동의 결과로 나아가게 되는 것이다.

한편 이 소동의 원인이었던 앨리스는, 아니 마리아는 어떻게 되었을까. 마리아는 누구에게도 관심이 없다. 악당 원십장은 물론이고 윗마을 경칠삼, 아랫마을 개고기 그 누구도 거들떠보지 않는다. 마리아는 포와로 돌아간다. 여자로 갈등이 촉발되는 액션 활극에서 여자를 계속 남겨두기는 어렵다. 삼파전에서 후보가 둘로 좁혀졌다고 해서 그 여자가 누군가를 선택할 수는 없다. 그러면 또 싸움이 벌어질 수도 있으니까.

혹자는 내가 여자를, 마리아를, 앨리스를 서사의 도구로 격하시켰다고 비난할지도 모른다. 하지만 내 생각은 다르다. 나는 마리아가 그 지지부진한 서사에 더 참여할 이유가 없다고 생각했다. 언덕을 둘러싼 남북의 마을은 마리아에게는 너무 좁은 세계였다. 마리아는 갈등을 심고 평화를 거둔 후 미련 없이 떠난다, 포와로, 서사 밖으로.

스크린 밖으로.

그 여자는 밖에 있다. 지금 있다. 어디에나 있을 수 있다. 그 여자는 내 의도에 갇힌 적이 한순간도 없다. 언제나 내가 예상하지 못한 자리에서 나를 똑바로 쳐다보고 있었다. 나는 발견된다. 내가 쓴 앨리스가 나를 발견한다. 내 특기는 여주인공을 놓치는 것. 나는 언제나 내 인생의 서사를 스스로 장악하고 있다 착각해왔다.

그리고 현앨리스가 나타난다.

이것이 나에게 일어날 모든 일의 가장 불가해한 요약이다.

이경손은 그의 글 〈무성영화 시대의 자전〉에서 친척 '도로티'에게 상해로 도주할 방법을 문의하려 했다고 썼다. 오촌 조카의 이름을 혼동한 것인지, 그의 실명을 거론하지 않으려 한 것인지는 알 수 없다.

현앨리스의 일생과 그를 둘러싼 시대상을 소상히 복원해낸 정병준 교수의 저서 《현앨리스와 그의 시대》에는 1928년부터 29년 사이 현앨리스의 행적이 나오지 않는다. 생애 대부분에 걸쳐 어느 해 몇 월에 어디에서 무엇을 했는지 기록이 있으나 해당 기간만큼은 공백이다.

처음 발표한 장편소설이 역사·전기소설이어서 다음에도 역사소설을 쓸 것인지 궁금해하는 분들이 많았다. 잘 모르겠다, 어렵지 않을까 싶다 정도로 애매하게 답해오다 어떤 순간에는 넌더리가 나서 다시는 안 쓸 거라고 역정을 내기도 했다. 그러다 몰래 현앨리스에게 관심을 갖기 시작했는데 소설을 구상하는 동안에 이경손에게 매료되었다.

쓰는 동안 여러 차례 계획을 변경해야 했다. 쓰기가 힘에 부쳤고 이미 써놓은 대목들이 적처럼 느껴질 때도 있었다. 적이라 생각했던 장면들을 목발처럼 의지하게 되는 순간들도. 이상한 일이다. 사람의 일 같지가 않다. 인간이 할 짓이 못 된다는 생각과 일개 인간의 뜻만으로 되는 일이 아니라는 생각이 동시에 든다.

그럼에도 쓰는 내내 충만했다.

소설에 쓰인 사건들은 대부분 역사적 사실에 근거하였으나 사실과 이경손의 기억이 상이할 때에는 대체로 후자를 기준으로 삼았다. 가령 이경손은 조선에서 마지막으로 쓴 시나리오가 〈잘 있거라〉였다고 술회했지만 나운규 영화 〈잘 있거라〉의 개봉연도는 카카듀 개업보다 앞선 1927년이었다. 이경손은 내가 서사화한 경험의 당사자이자 역사적 기록물의 저술가였으나, 그의 기억에는 오류가 있었다.

참조할 자료가 미미하거나 서사적 개연성이 필요해 맥락을 만들어내야 할 때는 과감하게 그러했다. 나는 허구적 재현이 역사가 미처 포착하지 못한 진실에 스칠 때가 있다고 믿는다. 역사의 주된 관심사는 될 수 없을 미시적 순간들 사이, 어느 실존 인물이 지었을 표정과 그때의 마음들……. 역사-소설이라는, 허구인 동시에 진실의 가능성을 내포하는 양가적 상태는 이러한 믿음 위에서 비로소 가능하다고 믿는다.

대부분의 연도에서 앞 두 자리를 생략한 까닭은 정확히 한 세기 전에 벌어진 일들을 담은 이 이야기가 오늘날의 것처럼 보이기를 바라서다. 내가 사는 도시의 이름이 경성이던 시절과 지금은 무엇이 다르고 얼마나 닮았는가. 나는 내가 딱히 애국애족 예술가는 아니라고 생각하지만, 어떤 사람들에게는 그렇게 보일 수도 있을 것이다.

2024년 3월 서울에서

박서련

참고 자료

아르투어 슈니츨러, 《초록 앵무새/아나톨의 망상》 최석희 옮김, 지만지드라마, 2019.

이경손, 〈무성영화 시대의 자전〉, 《신동아》, 1964년 12월호.

〈방콕에 정착한 전 영화감독 이경손씨〉, 《중앙일보》, 1975년 1월 6일 ~ 28일자.

정병준, 《현앨리스와 그의 시대》, 돌베개, 2015.

국사편찬위원회 한국사 데이터베이스 db.history.go.kr

조선뉴스라이브러리newslibrary.chosun.com

한국영상자료원 www.koreafilm.or.kr

카카듀 경성 제일 끽다점

초판 1쇄 발행 2024년 3월 13일
초판 2쇄 발행 2024년 4월 29일

지은이 박서련

펴낸곳 (주)안온북스 **펴낸이** 서효인·이정미
출판등록 2021년 1월 5일 제2021-000003호
주소 서울시 마포구 월드컵로14길 28 301호
전화 02-6941-1856(7) **홈페이지** www.anonbooks.net
인스타그램 @anonbooks_publishing
디자인 오혜진 **제작** 제이오

ISBN 979-11-92638-33-1 (03810)